換得好賢妻 1

風文創 449

暖和 著

目錄

序

暖和

讀書時期總會寫這樣一篇作文，我想每個讀者應該都經歷過。你的夢想是什麼，抑或長大後你想成為什麼樣的人。大抵是時間久遠，當時未放心頭，我早已忘記自己寫的是什麼。

我記得，上初中那會兒，我就特別喜歡看小說，那時還沒有網文吧，也可能有我卻不知道，總會把早餐或零食錢省下一半，買各種雜誌或書本。

小說看多了，想寫小說的念頭自然而然的就出現了。我曾寫過無數短篇手稿，依著雜誌上的地址寄出。在未來的幾天裡，我總會特別興奮激動、暗含期待，有時夜裡還會作夢，夢見我的短篇手稿被錄用，我有了一筆小小的稿費，開心地告訴親朋好友，我寫的故事被錄用了。

那種幸福感，猶如浸泡在溫泉裡，舒服得沒法形容。有那麼一段時間，我就喜歡晚上，因為可以作夢，在夢裡所有的想像都能實現。

回頭想想那段歲月，總覺得帶了幾分癡傻以及天真。其實我沒什麼恆心，任何事情都只是三分鐘熱度，失敗了幾回後，我就再也沒有寄過短篇手稿。但我依舊會寫，想寫故事的時候，我就拿著筆寫，一個字、一個字的，將心裡的故事寫出來，寫完便合上日記本。

知道網文的那年，我剛好滿十八歲，家裡正好買了電腦。看了好一陣網文後，老毛病又犯了，手癢癢、心也癢癢。

寫網文的門檻特別低，你註冊一個帳號就行。不怕讀者們笑話，我剛進網文圈的時候，走錯了地方，看的是耽美小說。

剛開始寫網文的兩、三年，寫的全是耽美小說。後來在晉江看耽美時，意外地接觸到了言情。我就像一個，嗯，應該是像一塊缺水的海綿，瘋狂地看我喜歡看的小說。

愛讀書的人應該都知道，鬧書荒真的是特別難受，嚴重點的能直接影響到生活，沒有書看整天都提不起精神，總覺得這日子過得如同缺了個口子。

沒有意外，看多了各種言情文，我果然拋棄了耽美，走向另一條不同的寫作路。

對於寫作方面，我覺得自己很固執，固執地只寫想寫的故事。有讀者可能發現，我一直不說自己寫小說，只說是寫故事。

故事這兩個字，如果將它形容成一個人，在我心裡，它應該是浪跡天涯的俠客，或是遊走四方的詩人。

我想無拘無束地活著，像一陣風能去所有想去的地方；可是生活呢，它非常的現實。一個人自出生，小小的肩膀上就有了小小的責任，一點點長大的同時，肩膀上的擔子也在慢慢地變重。

我的一生，終究無法成為一個故事，那麼就做一個寫故事的人吧！一輩子那麼長，總得有點堅持，或許可以稱它為信念。

我寫故事，你有酒嗎？酒滿上，我要開始講故事了。

第一章

這個身體才十四歲，姓季，單名一個杏字。剛來初潮，季母狠狠地鬆了口氣，小丫頭片子總算長大了。她很快便張羅起換親的事，眼瞅著大兒都快二十一了，這年紀的小夥子早該有孩子喊爹撒著歡地到處跑，要不是家裡窮，大兒也不至於耽擱到這時候；現在想想，虧得她後頭生的是兩個丫頭，大兒和二兒好歹還能成親，可後頭還有三兒和四兒呢，可怎麼辦才好！

季杏喜歡村裡的一個小夥子，那小夥子也喜歡她，可男孩家裡沒有女兒，況且他母親說，要想嫁給小夥子，必須得準備和聘禮同等值的嫁妝。季母沒有同意，季杏便以死相逼，沒想到，這一撞就真的死了。活過來的人是季歌，一個病死在現代醫院的靈魂，不知怎麼回事竟然重生在了季杏身上，沒來得及搞清狀況，就被匆匆忙忙地換了親。

清岩洞是個貧苦窮困的深山溝，而劉家是最苦、最窮的幾家之一。成親原是一生中的大喜事，可劉家卻冷冷清清，並沒有擺酒桌邀請親戚鄰居吃飯。

這是有原由的，四年前劉父患了病，家裡攢的三畝田，被陸續賣掉，緊接著是值錢的物件，掏空了整個家，卻仍沒有治好劉父。劉父死後，劉母一下子就垮了，沒了那股毅力撐著，積勞成疾，家裡實在拿不出銀錢給她治病，沒多久劉母也去了，獨留下六個孩子；幸好當時的劉家大兒劉大郎年滿了十五，也算是成年人了，稚嫩的肩膀撐起了搖搖欲墜的家。

沒田沒地還沒錢，整個劉家就靠著劉大郎，吃了上頓沒下頓，哪來的餘力擺酒桌？這大喜的日子自然就冷清了，跟平日裡沒什麼兩樣。

太陽落山，天色還很光亮，低矮的破敗小屋裡，卻已顯昏暗，季歌轉頭看向窗外，目光幽幽，略顯兩分呆滯。到了這會兒，她才知道換親，竟然是兩家的女兒各嫁對方家裡，這樣就能省了聘禮和嫁妝。今天是她成親的大喜日子，也是劉家大姊劉一朵成親的大喜日子。她的大喜之日是這般模樣，劉一朵那邊應該會熱鬧些吧。

畢竟季家父母尚在，季母千想萬想著大兒能成親，好不容易大兒能娶媳，自然得辦得熱鬧點，哪像劉家這邊。季歌幽幽嘆了口氣，原是長姊如母扛著家裡家外，現在長姊嫁人，這擔子得由她這長嫂來挑了。

瞅著天色也要準備晚飯，季歌便起了身往屋外走。已經到了這地步，只能順其自然地往下走了，總的來說，她是賺了，都是死掉的人還能重活一世，她該高興才是。

劉大郎正在屋前的空地裡砍柴，餘光瞄見季歌從屋裡走出來，他忙擱了手裡的活，起身看向她，吶吶地卻不知道要說什麼。

「我想著該準備晚飯了。」季歌看了他一眼，飛快地低下頭，細聲細氣地說著。

劉大郎十一月滿二十歲，身量還算可以，約有一百七左右，瘦瘦的，五官端正，輪廓偏陽剛硬氣，膚色是深深的古銅色，乍一看不怎麼樣，多瞧幾眼便覺得這小夥子耐看。

「啊。」劉大郎像是沒反應過來似的，緊張地撓了撓頭，咧嘴想笑，不知想到了什麼，笑了一半又沒笑了，他看著季歌，很認真地看著她，眼裡有著歉意。「媳、媳婦，二郎不著家吃飯。」

劉二郎是四月裡剛滿十三歲，也是個很懂事的孩子，小身板有了些力氣，便四處尋些活做，誰家需要幫把手，他都會去，沒錢也行給口飯就好。那些活計可不輕鬆，都是些累活、苦力活，他下午去了花伯家，幫著挑糞，管一頓晚飯。

季歌點點頭。「我曉得了。」說著快步進了廚房。

她也是在農家長大的，一些瑣碎事都會，而且動作還挺麻利。沒多久，便張羅好了兩道菜。「可以吃飯了。」

劉大郎進了廚房，洗了把臉，輕輕鬆鬆地搬起飯桌放到屋前的空地，季歌跟在身後，手裡拿著碗筷。

躲在屋裡的三個孩子，都紛紛走了出來，搬椅子盛飯等。

劉二朵十月裡才滿七歲，一下午就坐在屋裡縫補著衣裳。劉三郎和劉三朵是對雙胞胎，五月裡堪堪滿四歲。劉家伙食不好，沒什麼營養，三個孩子都瘦瘦小小，人也有些顯呆，膽子小畏畏縮縮的樣子。

晚飯過後，天色略顯灰暗，季歌邊收拾著飯桌邊柔聲對劉二朵說：「二朵，鍋裡燒了熱水，領著弟弟、妹妹洗澡去，天黑了就不好做事。」

好在這深山溝裡柴木和水是應有盡有。

劉二朵默默地看了眼季歌，抿著嘴一手牽一個往屋後走。澡堂什麼的是沒有，洗澡的地方就是屋後，屋後是座小山沒人家，這茅草屋就是依著山建的。

柴木曬了一天，已經乾透了，砍成一截一截，平平整整地堆在灶前，劉大郎忙完這事，季歌正好收拾完廚房，劉二郎也從花伯家回來了。

「大嫂。」劉二郎在村裡多有走動，到底不同些，一見面就喊了人。

季歌抿嘴笑了笑。「你倆快去洗澡，天色快暗下來了。」

她是不習慣的，就算周邊沒有人，她仍不習慣，幸好上午自娘家出嫁時她洗了個澡，今晚就這麼應付過去吧。

是夜，躺在床上，兩人都沒有睡覺。這可是新婚之夜，季歌原想著，會經那麼一遭事，可眼下看著好像她想多了些，猶豫了下，她喊：「大郎。」

「妳還小。」劉大郎含糊地說了三個字，他翻了個身，過了會兒，突然伸手把季歌攬在了懷裡。「我會對妳好的。」他說得很認真，像極了一個誓言，一個樸實的誓言。

季歌的身心均放鬆了些，想了想，也認真地回了句。「我會盡力顧好這個家。」

這話剛落，她感覺到，抱著她身體的手臂，又緊了幾分力道。

一夜無夢睡得很踏實，季歌睜開眼，窗外天色已大亮，身旁的人不知何時起了床，只留了淡淡的餘溫。她在床上靜坐了會兒，掀開被子穿衣裳。在家裡轉了一圈，發現家裡就剩她一個人，有那麼一瞬間，她的腦袋是空白的，這是怎麼回事？

正想著，就見劉大郎挑著一桶水大步走過來，她邁了幾步，疑惑地問：「他們呢？」

「二郎給人家割豬草去了，二朵帶著三郎和三朵在小山裡撿柴木。」劉大郎把水都倒進了大缸裡。

季歌見他的架勢，還要去挑水，便問：「都回來吃早飯嗎？」

「嗯。」劉大郎點頭應著，想到什麼似的，又提醒了句。「媳婦，衣服得去前面的小河邊洗，有好幾塊大石頭的地方。」

「知道了。」季歌應了聲，想著先把衣服洗完了，回來晾好再張羅早飯吧。

蹲在河邊洗衣裳時，望著水裡陌生的面容，眉宇間猶帶兩分稚嫩，透著少女特有的青澀感，不是特別白淨，五官還算清秀，端端正正的，季歌自己也覺得好意外，她竟然就這麼平靜地接受了一切，新的世界，新的身體，新的人生，沒有半點排斥。

就是不知道這輩子她能不能過自己想要過的生活，不管怎麼樣，她會努力爭取！

家裡的瑣碎事並不多，主要是窮，沒什麼活可忙。季歌想著澡堂的事，吃過午飯，她收拾好灶臺來到劉大郎身邊。「大郎，我想跟你說個事。」

「什麼事？」劉大郎側頭看著她，刻意壓低著聲音問，音色沈沈。媳婦說話輕聲細語的，他下意識地就學著她說話。

「屋後的簷廊與山壁隔了一臂有餘的距離，正好可以將另兩面用木塊搭道牆，開扇門出來，搭成一個小屋，用來洗澡也是好的。」季歌細細地想過，這活不難，兩兄弟忙活一下午就足夠了。

劉大郎聽著也沒說什麼，點頭就應了。「下午沒甚事，我和二郎把這事拾掇妥當了。」昨晚媳婦沒洗澡，便是覺得不自在吧。

「好。」見大郎這麼索利地應了話，季歌挺高興的，笑得眉眼彎彎。

下午兄弟倆整著澡堂的事，季歌便帶著三個小蘿蔔頭在周邊轉轉悠悠，時不時地跟他們說說話，經過一下午的相處，三個孩子放鬆了些，會怯生生地喊她大嫂。

日子過得平靜清淡，如同白開水，仔細品嚐卻透著絲絲甜意。季歌想，就這樣簡簡單單地過一輩子，也挺好的，窮是窮了點，沒什麼壓力，身心俱都非常放鬆，特別的舒服。不料這念頭剛剛起，第二日便被劉大郎的話砸了個措手不及。

「家裡拾掇得差不多了，我得到外面尋些短工活計。」

季歌愣愣地看著劉大郎，一會兒才反應過來。「什麼時候回來？」

「兩、三個月回來一趟，若有活可幹，可能年底才能歸家。」他想多掙些錢，過個豐盛喜慶的年。

剛進八月，得有小半年時間呢！季歌心有些亂了，不知道說什麼好。他這一走，整個家就要落在她的肩膀上了，這都不是重點，主要是深山溝裡沒個成年男人在家，總覺得沒安全感。

就前天，上邊有戶人家，家裡就一個閨女，上面有三個哥哥，最大的有二十三、四，最小的也十八了，也是整個清岩洞最苦、最窮的幾戶之一。沒錢娶媳婦只能換親，可家裡就一閨女啊，怎麼辦，孩子們都大了，總得解決這問題，最後是依著老法子，三兄弟共娶一個媳婦。

季歌初聽這事冷不丁地打了個哆嗦，劉大郎跟她說，這事在山裡挺常見。窮成這樣可真悲哀。

「一定要走嗎？」季歌抬眼看著劉大郎，略顯不捨地問了句。

瞅見媳婦的目光，就好像有羽毛在心頭輕輕地撓過，那滋味劉大郎都不知道要怎麼來形容，他依著本能猛地把媳婦抱在懷裡，沈默了會兒，才說：「得走。家裡沒錢，得想辦法掙錢，我不能讓妳跟著我挨餓。」

還有話他沒有說出來，幾個弟弟、妹妹要養著，娶媳的娶媳、嫁人的嫁人，往後他們還得養自己的孩子，得張羅著孩子的婚事，這一樁樁、一件件，看著挺遙遠的，可家裡底子太薄，得慢慢來。

「我知道了。」季歌輕輕地應著，回抱住劉大郎精壯的腰。「我會顧好家裡的。」

也是她想得太少，前生忙忙碌碌，明明不缺吃穿，日子卻仍過得喘不過氣，總是錢越多就越忙越覺得不夠，怎麼也填不滿。這輩子總算悠閒些了，她便懶懶散散的，想著就這麼過著，她覺得平平淡淡也是種福氣。

劉大郎是恨不得把媳婦嵌進自己的身體裡，他想他得多掙些錢，有了錢，就不用和媳婦分開，能好好過日子了。

次日天剛剛亮，劉大郎就走了，只收拾了幾件衣裳，輕手輕腳地離開了家門，走前，他站在床邊，看著媳婦的睡顏，猶豫了下，低頭在媳婦白淨的臉上親了口，然後才心跳加快地離開。他不知道，季歌其實是醒著的，在他起床的時候就醒了，只是沒有睜開眼睛。

季歌坐在床上，伸手摸摸自己被親過的臉頰，臉上露出一個淺淺的笑，心裡蕩漾著一股說不清的愉悅，大抵是知道丈夫是在乎她的便高興了吧。

吃過早飯，季歌不著急收拾碗筷，對著劉二郎說：「今天不要去別家幫忙了，我一會兒想進趟山，你隨我一道吧。」

「知道了。」劉二郎應著，又說了句。「大哥走的時候說，不要我去村裡轉悠，得待在家裡顧好你們。」

他心裡原是清楚的。季歌想著，眼裡有了笑意，只是那笑意一會兒就不見了。想來走的時候他也是不好受吧，怕也是心頭牽掛著，可惜一個窮字擺在前頭，誰都沒有它重要。得掙錢啊！她的心思開始活絡起來，要說這掙錢，說難也不難。

現在是八月，山裡有種果子，別名很多，她習慣喊這果子為木蓮，大多數人直接喊它涼粉子，用這種果子可以做出涼粉來，像膠凍似的，口感爽利脆嫩，既清涼還能清理腸胃，不需要別的材料，吃的時候添些糖就行了。就家裡目前的狀況，只能做無成本的小買賣，一點一點地攢錢。

就是不知道，這個時代，山裡有沒有這種果子。

「大嫂，我們呢？」劉二朵怯生生地問了句，隨著她的問話，劉三郎和劉三朵也睜著眼睛看著季歌。

「當然是一塊兒去，順便撿些易燃的細枝松針回來點火用。」

劉二郎好奇地問了句。「大嫂進山幹什麼？周邊山多，妳說清楚，咱們好選一座山。」

「想尋點野果子，看看有沒有能吃的野菜之類的。」說起來，季歌還會下套子呢，只是這山裡都沒見著什麼野味，恐怕得進更深的山裡才行，那太危險了，還是先擱著吧。

劉二郎心裡有底了。「那咱們進南邊那座大些的山，那山連綿一片，後面深山裡的野味有時候會竄些出來，咱們就在山邊緣尋摸，不往深裡走。」那山去的人不多，才能有收穫。周邊的小山，祖祖輩輩的下來，早就被摸透了，乾乾淨淨的什麼都沒有。

「好，我先收拾一下廚房，一會兒咱們就出發。」

第二章

二朵、三郎和三朵還小，放他們在家裡，季歌也不放心，便想著索性把他們帶在身邊，自個兒再多多注意些。

揹個小竹簍，裡面放著水壺和布巾等，關好門窗，五人往南邊的大山走去。

「二郎，這是上哪兒去？」一位扛著鋤頭的阿伯問道。

劉二郎停下腳步，對著那阿伯笑了笑。「花伯好，我們到南邊的山裡瞧瞧。」

花伯看了眼季歌，又看了看雙胞胎，最後目光又落到了劉二郎身上，好心提醒著。「那山裡不太安生，你們進去不妥當，家裡的菜我們兩口子也吃不完，你們也甭客氣，缺了就自個兒進菜園摘去，老了也不能吃，白白扔了可惜。」

花伯就一雙兒女，大女兒嫁了人家，是外村的，離這有好幾十里路遠，也就逢年過節回來看看兩老。小兒去年開始在外面奔波，具體不知道幹什麼活計，年底的時候才歸家，過了年又匆匆走了。

劉二郎聽了這話，看向一旁的大嫂。

季歌抿嘴露出一個善意的笑。「謝謝花伯，您這心意我們領了，只是，這進山也不光是為了尋野菜，我還想著有沒有野果子，解解饞也是好的。再說，家裡事情少，閒著也是閒著，不如走動走動。我會多多注意的，就在山的邊緣尋摸，絕不往裡頭走，倘若這四個孩子有個什麼事，我對不起大郎，也會良心不安的。」

「好吧，可得謹慎些，豎起耳朵注意周邊的動靜。」花伯見季歌說話有條有理的，也就沒多摻和了，畢竟是別人家的事，不好過多說話。

季歌和劉二郎都連連點頭應著。

和花伯分開後，又遇著了兩個人，他們熟絡地和劉二郎打著招呼，僅僅只是問了兩句，沒有多說什麼。

一路過來季歌發現，二朵和雙胞胎可真內向啊，遇著人不僅沒有喊人，反而垂著腦袋盯著地面，這可不大好，得想辦法改改才行。

進了山，五人細細轉悠著，還真找著了些能吃的野菜、野蒜和馬齒莧。現在是八月，是果子成熟的季節，慢慢悠悠地找啊找，木蓮暫時沒有找到，卻找到了好幾種能吃的野果子。

「大嫂，我聽見有水聲，不遠處應該有條溪澗，咱們過去吧，說不定能摸到魚呢。」好些天沒沾葷，說起魚這個字眼，劉二郎就有些饞了，眼睛都微微發亮，說話聲也大了些，透著躍躍欲試的興奮激動。

說起來，季歌也饞了呢，舔舔唇，她道：「好，咱們過去瞧瞧。」

走了小小一段距離，果真有條溪澗，溪水清澈見底，能清清楚楚地看見在水中游著的小魚，溪水深處隱約可見有巴掌大的魚在游著。

幾個孩子都盯著那溪水深處，唯有季歌看著跟前的小魚，滿腦子都是火焙魚的各種做法，口水在口腔裡嘩啦嘩啦地冒著，她忙嚥了嚥，問旁邊的劉二郎。「這小魚要怎麼捉？」

「魚太小了，都不夠塞牙縫，得抓那巴掌大的，看我的。」劉二郎顯然是輕車熟路，在周邊仔細地找了枝樹枝，拾掇好後，他挽起褲子，輕手輕腳地走進了溪水裡，一點點慢慢地往裡靠。

站在岸邊的幾人，緊緊地盯著他，緊張得連呼吸都不知不覺放輕了。

能不能打牙祭，就看二哥的了！

劉二郎沒讓眾弟妹失望，以迅雷不及掩耳之勢，麻利地叉到了四條魚。「今天咱們有口福了。」那樂滋滋的神情，讓他有了十三歲孩子應有的模樣。

「抓著了就上來，別在水裡浸著，這山泉水涼著呢！」季歌提醒了句。

劉二郎隨手扯了幾片芋頭葉，拽了條細藤，把四條魚細細地包好，放進了小竹簍裡。

季歌看著那水邊的芋頭，暗道把這美味給忘了。「你們坐著再歇會兒，我去整些芋頭，回去煮著吃。」

芋頭好吃歸吃好，就是有點兒棘手，芋頭皮內含有鹼性很強的黏液，清洗的時候得格外注意，芋頭的梗莖也是個好物，她一併也採摘了些。

「不要動它，待回去後，我自己來清洗。」季歌將芋頭和梗莖妥當地擱進小竹簍裡，還用葉子把它和別的物件隔開。「日頭還早，咱們再轉轉，找不著果子，就回去了。」

在山裡轉悠了近一個時辰，小竹簍有了些重量，劉二郎主動把竹簍揹到自己身上。

季歌都準備放棄了，但是在要回家的時候，可能是老天開了眼，竟然讓她看到了涼粉果，那一瞬間的驚喜，真的沒法形容，就好像當年憑自己的雙手掙到的第一桶金！「就是這果子了，還有不少呢，咱們先摘些回去，我試試看能不能做出東西來。」

「大嫂妳要做什麼？」劉二郎邊摘著果子邊問。

其他三個孩子也是豎著耳朵在聽，手上動作不停，麻利地採摘著。

季歌露出一個調皮的笑，神秘地說：「回頭做出來了再告訴你們。」

幾人見她這模樣，紛紛露出了笑臉。

進山的目的都達到了，就不宜在這山裡久待，季歌領著幾個孩子迅速地返回了家。

吃過午飯後，季歌就開始搗鼓著涼粉果，劉二郎拎著魚去溪邊清理，剩下三個孩子圍在她身邊，睜著黑白分明的眼睛，好奇地看著。

得先給涼粉果削皮，切開，之後尋一個乾淨的布袋，把果實裝到布袋裡邊，再準備一盆清水，用力反覆地揉搓著袋子裡的涼粉果，把涼粉果的膠質全部都擠出來。

季歌的力道不夠，一會兒後就覺得力不從心，正好劉二郎回來了，她忙說：「二弟快過來幫把手，反覆使勁地揉搓這袋子裡的果子。」

劉二郎擱了木盆，走過來，看了眼。「我這手有點腥，我用薑搓搓，等會兒。」

「嗯。」

有了劉二郎的幫助，這事就不成問題了。

等膠質都被擠出來後，布袋就能扔一邊了，靜靜的等上約半個時辰，晶瑩剔透、涼爽滑嫩的天然涼粉就出來了！

「家裡沒糖啊？」估摸著時辰差不多了，季歌在廚房翻了個遍，也沒找著糖，頓時就蔫了。

「沒糖，不過花伯家有麥芽糖能不能用？可以的話，我過去拿些來。」

麥芽糖也是糖，有個甜味就行。季歌點著頭。「快去吧。」

一會兒的工夫，劉二郎就拿了麥芽糖過來，正好時辰也到了，季歌看著盆裡凝成的涼粉，笑得有些過分地開心，對著眼巴巴盯著她看的三個孩子說：「馬上就可以吃好吃的啦。」

拿出幾個碗，把涼粉碎成一塊一塊，添上足夠的麥芽糖，攪拌均勻，然後舀進碗裡。

「都來嚐嚐，二郎，你送兩碗給花伯他們。」

劉二郎顧不得嚐涼粉，接了碗匆匆忙忙地就出了門。

季歌自己嚐了口，瞇著眼睛露出滿意的笑容。味道真不錯！夠正宗！這下子能鬆口氣了。「好吃嗎？」

「好吃，可真好吃。」三個孩子脆生生地答著，很快一碗就吃完了，舔著唇，眼巴巴地看著大嫂，一年到頭難得有零食吃呢。

「大嫂，還能吃嗎？」二朵怯生生地問了句，三郎和三朵在一旁眨巴著眼睛。

季歌立即就被萌到了，心裡軟得一塌糊塗。「可以吃，還能再吃一碗。」心想著得想法子把那溪裡的魚捉回來，做火焙魚什麼的她可是一把好手，那味道可比涼粉要美味多了，絕對饞得這三個孩子滿心滿眼的全是她。

劉二郎送完涼粉回來後連吃了兩碗，抹了把嘴，喜滋滋地說：「這果子我在別的山頭也見過，都不知道它能做出這麼美味的吃食來，這會兒沒什麼事，我去山裡溜溜，再摘些果子回來。」

家裡窮，年頭到年尾難得有份零嘴，也就是花伯家做了麥芽糖，會送些過來，或是大哥從外面回來會捎上一些，平日裡只能想想回味一下。現在大嫂會做零嘴，得趁著果期正好，多多摘些回來，就是不知道能不能存地窖裡，如此等果期過了，也能有零嘴吃，能解弟弟、妹妹嘴裡的饞勁。

「這個不急。」季歌心裡想著別的事呢，正想和劉二郎打聽打聽。「二弟你說這涼粉賣錢怎麼樣？一文一碗。」說著，餘光瞄見桌上的野果，眼睛亮了幾分。「一文一碗的涼粉，放薑水和糖水。兩文一碗的涼粉，放糖水和各種果肉丁。」

劉二郎愣了愣，看著裝涼粉的盆，裡頭還剩了些，用它來賣錢……賣錢啊！「錢」啊，「錢」這個字眼在腦海裡無限放大，他的情緒一點點地沸騰起來。「好啊！我白天可以挑著擔子挨家挨戶地叫賣。」

「你也覺得行？」季歌又問了遍，有點不大確定。「價格會不會貴了點？」一文錢還能買兩顆雞蛋呢！

「好像是。」劉二朗伸手撓撓頭。「村裡人大多都沒幾個錢，一文錢一碗的涼粉，可能沒幾個人願意買，更別提兩文錢一碗了。」說著他有些喪氣，這掙錢哪有那麼容易，他在村裡幫人幹了一年多的活，也才攢了不到二十文錢，一般都是留他吃頓飯就打發了。

季歌想，這地方真是太窮了。「我想到一個法子，兩碗涼粉一文錢，若只要一碗涼粉，就給顆雞蛋吧。放糖水和各種果肉丁的就算一文錢一碗。」

「要是都給雞蛋，不給錢怎麼辦？」劉二郎問道。大多數人家都養著些家禽、家畜，這裡離鎮上太遠，出門一趟不容易，養的家禽、家畜都是自個兒吃，或是拿著送禮等。

雞蛋多了也不行，這東西留久了會臭。季歌琢磨了會兒，又有了主意。「這樣吧，咱們冬日裡的菜乾都沒有著落，可以拿菜換涼粉，也可以拿米換涼粉等等，你自個兒估摸著收；要是形勢好，現在是八月，這買賣能做一個多月。」

家裡是有塊菜地，可家裡一沒有家禽、二沒有家畜，劉大郎常年在外面做事，就靠著幾個小蘿蔔頭，懂的也不多，沒怎麼拾掇，那菜地早就貧瘠得不成模樣了，平日裡還得去採些野菜，一家子才能勉強度日。

劉二郎很興奮，激動地揹起小竹簍。「大嫂我進山尋涼粉果，再找些野果回來，咱們明日就開始賣。」

「行，你去吧，自個兒當心點。」季歌叮囑了兩句。

二朵鼓起勇氣看向季歌，細聲細氣地說：「大嫂，我認識好多野果子，我也可以進山找。」她會幹的活也挺多的，她想幫家裡幹活。

「二朵還小，進山裡太危險了。再者，二朵得帶著三郎和三朵呢，妳是姊姊要顧好弟弟、妹妹。」季歌坐在椅子上，伸手把三個孩子拉在懷裡抱住。

沒爹沒娘的孩子真可憐，瘦得就剩下一把骨頭，面色更是難看得沒法形容，頭髮枯黃稀疏，原是朝氣蓬勃的年紀，一雙眼睛卻呆滯無光，這個家太窮了，一日三餐都難顧上，更別提營養之類的。

二朵細細地應著。「我會顧好弟弟、妹妹，天天帶著他們，不讓他們離我的眼。」大姊總是跟她說，得看好弟弟、妹妹，不能讓他們離開視線，這麼些年下來，她都習慣了，她在哪兒弟弟、妹妹就在哪兒。

「等三郎和三朵長大些，二朵就可以幫著家裡幹活了。」季歌看明白二朵的心情，笑著安撫她。

花大娘拿著兩只碗，剛走到劉家的屋門前，看清廚房裡的一幕，她欣慰地笑了。大郎是個有福的，娶了個好媳婦。「大郎媳婦。」

「在呢。」季歌忙放開三個孩子，起身走到門口，瞧見那大娘手裡拿著兩只碗，她便猜出這位是誰了，笑著喊了聲。「花大娘。」

「欸。我過來送碗，妳做的小吃食味道可真不錯。」人老了，牙口不行，只能吃些軟嫩的吃食，大郎媳婦做的這吃食，口感爽脆滑嫩，花大娘甚是歡喜。

季歌接過碗，擱到了灶臺上，倒了杯水給花大娘。「在家的時候聽人說起過，想著沒事就試試，沒想到還真成了。」

「妳是個好孩子，大郎在外面掙錢，這個家就靠妳撐著了，有個什麼事別不好意思，過來跟我說，都是街坊鄰居的，相互幫襯著是應當的。」花大娘覺得這姑娘不錯，真心真意地跟她說起話來。

「大娘和伯伯都是好的，往後真有個什麼事，我也就覥著臉尋上門了。」季歌略有些羞意地應著，領了大娘的好意。

花大娘坐了小半個下午，說的全是村裡的事，仔細地提點著季歌。季歌心裡很是感激，想著往後有機會，得好好地回報大娘。

臨近傍晚，花大娘走後，季歌領著三個孩子收拾著尋回來的野菜，只有那芋頭和梗莖是她自己清理的，沒讓孩子們碰到。等都收拾得差不多了，劉二郎揹著小竹簍興高采烈地回來了。

「大嫂。」還沒進屋呢，他就開始嚷嚷著。「我採了不少涼粉果，野果子也有一些，還看見了木耳，我便摘了些回來。」

季歌眉開眼笑地應著好。看大家都回家了，她開始張羅晚飯，鍋裡燒的水已經熱了，她對著二朵說：「二朵領著弟弟、妹妹把澡洗了，二弟你也去，吃完飯天色得暗了。」

「好。」二朵乖巧地應著。

晚飯是燉芋頭，芋頭這吃物啊，最是簡單了，只需要燉得軟軟爛爛，添點鹽就足夠了，味道特別鮮美可口。芋頭梗莖用辣椒爆炒，用了蒜頭嗆鍋，那香味飄得甚遠，口感脆嫩香辣，很是美味下飯。家裡沒有養家禽，自然就沒有蛋，那野蒜留著明天再吃，新摘回來的木耳，須得曬曬太陽才能吃，她琢磨著過兩天做道涼拌木耳給孩子們嚐嚐。雖沒有葷腥，這頓晚飯卻吃得相當好，幾個孩子都很高興。

「大嫂，我覺得好開心。」二朵抿著嘴對著季歌笑，一雙眼睛亮晶晶的，像極了夜空裡的星星，灰暗蠟黃的小臉，有了些許的光彩。

三郎和三朵也都仰著小臉，黑白分明的眼睛，亮晶晶地看著季歌，巴掌大的小臉，漾著滿足的笑意。

季歌看著心裡有些泛酸，她忍不住把孩子們抱在懷裡。「開心就好，往後大嫂會讓你們天天吃好吃飽的。」

「大嫂我來收拾廚房，妳去洗澡吧，天色有些暗，一會兒該看不清了。」劉二郎俐落地用抹布擦著桌子說道。

「好。」季歌看了眼外面的天色，是有些暗了，便沒有推辭。

心裡卻想著，沒田沒地就沒有糧食，家裡的糧食都是在村子裡買的，如今廚房裡剩的糧不多，僅夠吃個四天左右，希望這涼粉能多換些糧食回來。大郎走時把家裡的錢財交給她了，才兩百四十六文錢，現在才八月啊，都說半大小子吃窮老子，想要家裡的小蘿蔔頭都能天天飽肚，這任務難度係數可真不低。

第三章

清岩洞是個深山溝，山多地少十分的貧瘠，當然也有一些良田，卻是極少。原先劉家有三畝田，其中有兩畝是連在一塊兒的，就在小河邊，是很不錯的兩畝良田，現在已經成別人家的了。良田都用來種水稻，一年兩季，十月上旬還會種一季冬麥，那些貧瘠的土地，就種植蕎麥和玉米，或是種植各種豆類，絕不浪費一絲土壤的使用機會。

因著清岩洞實在太偏僻，大大小小的山不知道要翻多少座，中間還有段比較險的懸崖路段，如此一來，倒也託這山路坎坷的福，連稅收都沒衙役願意進來收，這個貧窮的角落彷彿被世界遺棄了般。但是也幸好不用交稅收，否則整個清岩洞十有九戶都要吃不飽、穿不暖了。

劉二郎每日挑著擔子挨家挨戶的賣涼粉，半過月過去，收穫還挺豐厚的。收到的菜類不多，大多數給的都是穀類，糙米、麥子、蕎麥、玉米粒、黃豆、豌豆、綠豆、紅小豆、蠶豆等等，亂七八糟的什麼都有一點，但這可就苦了二朵他們三個，每天的事就是把這些穀類都分揀好。季歌不僅要製作涼粉，因拿到的蔬菜不多，她還得時常進山，找各種能吃的野菜，趁著日頭還好，曬成菜乾妥當地收著，等冬日裡食用。

本來家裡是沒什麼活計，現在卻不同了，一天天都忙得腳不沾地，恨不得一人當成兩個人用。這種忙碌讓劉家的孩子很是開心，因為這代表著他們不用餓肚子，可以天天吃飽飯了！最近也得了些雞蛋，每天一人吃一個，近來飯菜美味又能吃飽，幾個孩子看著總算精神些。

至於錢財，都是以物換吃食，付錢的極少，堪堪才攢了十二文錢，襯得家裡的兩百多文錢，都成大錢了，季歌摸著這些銅錢，種種滋味翻湧在心頭，複雜得她都不知道要怎麼形容。回過神後，就努力地給自己加油打氣，日子總會慢慢好起來的，不能著急。

賣完涼粉，劉二郎順著道路往回走，他每天幾乎要走遍整個清岩洞，走上四、五里路，有時候賣不完，還要翻著山去另一個深山溝，路程就更遠了。那山溝很小，因都姓連，便直接喊連家溝，整個溝不到二十戶人家，唯一的好處是，家家戶戶都挨得挺近，不像清岩洞的住戶都住得零零散散的。

往回走的途中，他得撿柴木，看見能吃的野菜、蘑菇、木耳、野果子等，都會停下來採摘，若天色尚早，還會刻意走偏些，到山裡找涼粉果，如此每天回家時，都是接近暮色沈沈。還是半大的孩子呢，幸好最近家裡伙食不錯，他中午帶的乾糧也可口能飽肚，才不至於累垮人。他是高興的，他覺得這日子漸漸過得充實起來。

「二哥！二哥回來了，大嫂，二哥回來了。」二朵帶著雙胞胎站在屋門口守著，一見到劉二郎的身影，就歡歡喜喜地往屋裡跑，一對雙胞胎也笑得眉眼彎彎、喜滋滋地跟著喊。

「大嫂，二哥回來了。」

經過季歌半個月的努力，這三個孩子尤其是雙胞胎，總算有了點活潑氣息。「給哥哥打盆洗臉水，咱們準備吃晚飯。」

「大嫂。」劉二郎進了廚房，將肩上的擔子擱一旁，喊了聲，站在洗臉架前，細心地洗著臉和手。

相處了一段時間，孩子們都知道，大嫂是個愛乾淨的，受著她的影響，也漸漸注意起個人衛生。

晚飯的菜色很簡單，新鮮的馬齒莧煮至變色，燒了個辣椒油，裡面擱鹽和蒜泥，然後把煮好的馬齒莧倒進碗裡，反覆攪拌一會兒，入了味就能吃了，口感甚是開胃爽口；又燉了芋頭蘑菇湯，味道鮮美得都想吞掉舌頭，這湯營養足，燉了滿滿一大碗；還有道辣椒炒豆角，是道很下飯的家常菜。

一頓飯下來，個個都吃得肚子圓滾滾的，坐在椅子上，揚著嘴角笑得很是滿足愉快。

「大嫂這芋頭能藏地窖裡嗎？」最近時常能吃到芋頭，大嫂手藝巧，換著花樣做，劉二郎深深地喜歡上這吃食。「我在山裡看見了好多，如果可以藏地窖，咱們冬天又可以多一道菜。」

季歌笑著應他。「當然可以。」又想起另一件事，臉上沒了笑容。「我今天在山裡就只找到一點涼粉果，這涼粉買賣怕是做不了幾日了。」心裡細細地估算一下家裡的存糧，鬆了口氣，抿嘴淺淺地笑。「還好問題不大，咱家有了些存糧，各種菜乾也備了些。」

「能賣幾日就賣幾日吧，竹簍裡還有一點。」劉二郎想，明日的涼粉不多，他去別的山頭再尋尋，遠些也沒關係，能尋到果子就行。

剛進八月下旬，下起了綿綿細雨，從昨天起就斷了涼粉買賣，實在是找不到涼粉果了。

季歌還想著，正好讓二弟想法子去抓些小魚回來，結果，一早起來就見外面飄著雨。一場雨來襲，氣溫一下子就涼了，她的衣裳還是從家裡帶過來的，都是些破爛的舊衣裳，看著挺厚實，卻不怎麼暖和。這天氣還好，倘若入了冬，這日子就不好過了。好不容易解決了吃飯的問題，還沒來得及歡喜幾日，轉眼又卡在了穿衣上，可真是愁啊。厚襖子必須得用錢買呢，她還不知道外面的物價怎麼樣，卻知道就靠那兩百多文錢，頂多也就夠買一件衣裳，可家裡共有五口人呢。

收拾好灶臺，清掃了一下屋子，季歌進了隔壁屋，二朵帶著雙胞胎在炕上玩耍，笑容燦爛，似三月的春光般明媚，她很是欣慰，努力沒有白費啊。「二朵。」

「大嫂。」正在玩耍的三個孩子，都紛紛看向季歌，眼裡滿滿的全是孺慕之情。

原來每天只能吃個半飽，他們待在屋子裡不怎麼動彈，動得多了肚子容易餓，一餓就好難受；現在天天有飯吃，肚子飽飽的，自然就恢復了孩子心性。

季歌對著他們柔柔地笑著。「這天一下子就涼了，只怕會越來越涼，我來看看你們的衣裳。」

「衣裳都在箱子裡。」二朵麻利地下了炕，打開木箱。「大嫂我們的衣裳都備著呢，大姊都給我準備妥當了。」

劉一朵走時很不放心，不知道大嫂是個什麼品性，為了以防萬一，她便盡著自己的努力，能準備的都準備妥當了。例如衣裳，她仔細地拆了口子，把裡頭的棉拿出來，細細地整理了番，放日頭下翻曬，又重新塞回衣裳裡，將衣裳縫補好，這樣衣裳穿在身上會暖和些。

季歌把厚襖子都拿到手裡看了看，手感挺軟和的，保暖度還不錯，她便放心了。「大姊的手藝真巧，這針腳縫得多密實。」

二朵聽著嘿嘿地笑，仰著小臉雙眼亮晶晶地看著季歌。「大嫂，我也會縫衣裳，大姊都教我了，我也學會了。」

「二朵可真棒。」季歌伸手揉揉二朵的頭髮。「等三朵大些，二朵記得教教妹妹，大嫂針線活不太好，只會些平常的。」

「好！」二朵覺得很高興，笑得美滋滋的，響亮亮地應著。

三個小的有衣裳穿，這情況讓季歌稍稍鬆了口氣，一會兒問問二郎他有沒有衣裳。可是這錢啊，要怎麼掙呢？

第四章

天飄著毛毛細雨，哪兒也不能去，劉二郎想起往年堆在屋後的柴木，總會有一半淋濕，燒的時候得提前放灶臺旁烘乾，便想著左右無事，尋了合適的木塊，削了好些木釘子，照著那澡堂的模樣，準備搭個堆放柴木的小屋。就他一個人忙活，速度自然會慢些，不過，有整整一天的工夫也能完事。

他在屋後叮叮咚咚地忙著，季歌領著三個孩子在屋裡炕上玩耍，給他們講小故事、教他們怎麼數數。

因花大娘想吃豆腐，花伯昨晚就浸了些黃豆，大清早地起來，給老伴做嫩豆腐，待熱騰騰的豆漿出鍋，花大娘站在屋角，面朝著劉家的方向，扯著嗓子開始喊。「二郎，二郎，二郎。」心想著外面飄著雨，路有些滑濕，就別讓大郎媳婦過來了，直接喊二郎比較妥當。

季歌隱約聽見聲音，停下和孩子們的嘻鬧，細細地聽了會兒，確定了，朝著屋後說話。

「二弟，花大娘在喊你，說不定有什麼事，你擱了活先過去看看。」

「欸。」劉二郎抹了一把臉上的汗，拍拍手上的木屑，也沒打傘，大步往花伯家跑去。

「咋地沒打傘就跑來了。」花大娘瞅著唸了句，快步進了廚房，拿了乾淨的布巾給他。

「快擦擦，這細雨也得注意些，可別著了寒。我喊你過來也沒旁的事，你花伯正在做嫩豆腐，出了豆漿，熱呼著味道也好，你端一大盆回去，也嚐嚐味，一會兒豆腐壓好了，你再過來端兩塊走。」

誰家都不富裕，僅夠填個溫飽，花伯家這豆腐模具很小巧，四四方方的正好是四塊豆腐，解了饞又不用浪費。

劉二郎沒多客氣，屋後還有活沒有幹完，他也就沒多說什麼，端著熱騰騰、香氣四溢的豆漿穩當當地往家裡走。

還未進屋，二朵和雙胞胎就聞著味了，興奮地跳下炕床往屋門口走，眼睛亮晶晶的，笑得眉眼彎彎。「好香啊大嫂，我聞著是豆漿的味呢。」自爹娘走後，她就再也沒有喝過豆漿了。雙胞胎不知道豆漿是什麼，黑白分明的眼睛懵懵懂懂地看著二姊，吞了口口水，也跟著笑。

「大嫂，花伯家做了豆腐，讓我端些豆漿過來，一會兒豆腐壓好了，讓我再去拿兩塊豆腐回來。」劉二郎把盆子放在木桌上。以前花伯對他們家也挺好的，卻沒有這麼好，自從大嫂送了涼粉，和一些做好的軟糯菜色過去後，漸漸的花伯家和他們的關係就越來越好了。

季歌挺高興的，原汁原味的豆漿啊，純綠色沒半點污染呢，光聞著這香味她也饞了，穿著鞋起了身。「都洗手去，咱們喝豆漿了。」

「喝豆漿嘍，喝豆漿嘍。」二朵笑嘻嘻地說著，牽著雙胞胎的手，低頭對著兩弟弟妹妹說：「豆漿可好吃了，濃濃香香的味兒，還甜滋滋的，一碗下肚那味在嘴裡久久都不散，可好吃了。」

她這麼一說，沒有喝過豆漿的雙胞胎就更饞了，眼巴巴地看著大嫂。

季歌細心地給他們洗了手，盛了兩碗豆漿擱在木桌上，確定溫度正好合適。「吃吧，慢點兒，別嗆著了。」

「甜！」三朵抿了一小口，濃濃的香味瞬間瀰漫整個口腔，她對著大嫂笑，笑得特別燦爛。

季歌心裡軟乎乎、暖洋洋的，伸手揉揉三朵的頭髮。「吃吧。」

下雨天，看不見太陽，季歌就不會估算時間，見雨停了，她進廚房看了看沙漏，才巳時過半，時辰尚早，她出了廚房，想著一會兒再來張羅午飯。

花大娘端著一只碗，碗裡擱著兩塊豆腐。「大郎媳婦。」

「花大娘。」季歌小跑兩步，來到花大娘的身邊，接過她手裡的碗。「您怎麼過來了？這路還滑濕著。」

「閒著沒事過來看看妳。」花大娘是真心喜歡季歌，覺得這姑娘實在心眼好。人老了嘛，兒女都不在身邊，又沒個兒孫繞膝，難免有些寂寞，相處間，不知不覺就把一腔慈母心放這小姑娘身上了。「一場雨落下，這天一下就涼了，山裡的冬天很冷的，妳帶了厚襖子過來沒？如果沒，得抓緊時間準備，山裡的冬天也漫長著呢。」就劉家這模樣，大約是沒能力給她準備的。

季歌聽著這話，不知怎麼地眼圈有些泛紅，她抿著嘴平靜了下心情，才開口。「正想著這事呢，衣裳都舊了，現在還能對付，入了冬怕是不成了。」

「妳楊大伯家裡有棉花，今年的新棉呢，他家裡的小兒子九月裡要成親，特意挪了地種的，侍弄得特別精心，那棉花可真好，做出來的被子可暖和了，還剩了些。」頓了頓，花大娘又說：「成親的時候，是要擺幾桌的，妳手藝巧，掌勺做飯換棉花，這事妳應不應？若是應了，我過去替妳說說，他會願意的。」也是那涼粉換吃食給她的靈感，才想到了這事，所以過來問問。

季歌聽著很心動，可是，她蹙起秀氣的眉頭，弱弱地說著。「大娘，我這針線活不大好，只會些平常的，更別提做衣裳了。」

「我會，這個不難，妳先把棉花換回來，回頭我教妳做衣裳。」花大娘想，她得替大郎媳婦多爭取，如果棉花不多，還得搭些糧食才行，這一家子大的不大、小的又小，也怪難過的。

「謝謝大娘。」季歌是真的很感動，一時沒忍住，抱住了花大娘，把腦袋依在她的懷裡。

花大娘咧嘴樂呵呵地笑，笑得慈眉善目。她這是有了個二閨女哩！

說做就做，花大娘的行動力還是滿有效率，沒兩天就搞定了楊大伯，替季歌把這活給接了；當然，最關鍵的還是季歌過去露了兩手，替楊大伯家做了頓飯，這才敲下了這事。

楊家的喜事在九月初九。楊家也是個厚道人家，知劉家媳婦不容易，便提前把棉花送給她了，說好的糧食卻得等到辦完喜事後才給。季歌心裡歡喜得不行，拎著半袋子棉花高高興興地回了家，這點棉花可以做兩件厚實的襖子呢。

劉二郎也是有衣裳的，劉一朵也幫著準備妥當了，就是劉大郎的衣裳，季歌翻了翻屋裡的木箱子，發現他的衣裳和自己的衣裳一樣，都是有些年頭的舊衣硬邦邦的不暖和，就想著，給大郎做一件，給自己做一件。

也不知道大郎在外面過得好不好，季歌有些想他了。也不說什麼情啊愛啊，就是單純地想他，仔細說來算是牽掛吧，畢竟是夫妻。

季歌又有事情忙了，天天跟著花大娘學著做衣裳，三個孩子也默默地立在一旁看著。其實也不算做新衣，家裡沒有布，只好拆了舊衣裳，洗洗曬曬，再重新縫製，往裡添新棉花，這活可難了，比做新衣裳還要難，不過嘛，能力都是被逼出來的，沒什麼是不可能的事。

花大娘有塊壓箱底的布，嫩嫩的青草色，原是以前給閨女做衣裳剩下的，如今她翻出來給季歌做了兩件肚兜，主要是做衣裳的話布料有些不夠。

當天季歌拿著做好的綿軟肚兜，眼眶紅得厲害，硬是忍住了沒落淚。往後啊，她得好好孝順花伯和花大娘，把他們當爹娘一般孝順著。

進了九月，兩件翻新的厚襖子做出來了，是花大娘做的，季歌認認真真地學著，一趟下來也懂了些皮毛。

季歌忙衣裳的事時，還不忘對劉二郎說，讓他有時間就想法子捉些小魚回來。劉二郎見大嫂惦記得緊，在村裡幫著人幹了兩天活，換了些材料回來，做了一個小地籠，每天進山撿柴的時候，順道把地籠放溪水裡；地籠裡擱了些餌料，柴木撿得差不多時，回頭一看，收穫還挺豐盛的，暗暗嘀咕著，早先他怎麼就沒有想到這辦法呢？

抓來的小魚，用鍋子在火上焙乾，送了些給花伯家，自家才吃了一回，用的是酸罈裡浸泡的酸味去醃製，燉了酸辣魚湯，美得幾個孩子都找不著北了，嚷嚷著真好吃，心心念念地想著下回。現在季歌忙完衣裳的事，準備好好拾掇一下火焙魚，她可是會好多好多種做法呢。

家裡存了點麥子，她拿了些出來，去了趟花伯家，磨了點麵粉，想著好久沒有吃炸小魚條了，這是她最喜歡的一道菜，還能當零嘴啃呢，不僅脆香脆香，還略有些嚼勁，滋味厚實，吃了還想再吃。

只是沒有料到，等她端著麵粉回家時，屋簷下站著一個陌生婦女，明顯是在等她，眉宇清秀，五官挺好看的，就是膚色有點黑。

「大嫂。」劉一朵見到季歌的身影，笑著迎向她。「大嫂，我是劉一朵。」

這，這……季歌整個都愣住了，並不是因為劉一朵的到來，而是……劉一朵嫁給了她大哥，理應她得喊她大嫂；可同樣的，劉一朵也該喊她大嫂，若真按這個來，不得亂套了？

季歌忍俊不禁地拉起劉一朵的手。「真按著規定來稱呼，就完全亂套了。不如這樣吧，妳比我大些，我喊妳一朵姊，妳喚我……」原主叫什麼名來著？都給忘了。

「阿杏，我喚妳阿杏。」劉一朵笑得很是熱情。「就隔一段日子不見，我都有些不認得幾個弟弟、妹妹了，阿杏手藝巧、心思也巧，硬是把家裡拾掇得有模有樣，連孩子都顧得妥妥當當。說來慚愧，我比妳大了些許，卻是比不得妳一半。可實話說著，看到家裡的情況，我是徹底地放心了。」她直接開門見山地就說著，話裡話外情真意摯，是真的打心眼底感激阿杏。

「一朵姊的話就見外了，我嫁到劉家來，就是劉家婦，自然得全心全意地為著這個家打算。」季歌想，這個女人也不容易。「一朵姊嫁到季家可還好？」

劉一朵的眼眶有些微微泛紅，眼眸中聚了層淡淡的水霧，臉上卻是笑著的。「好，家裡待我都好。」比起在劉家要輕鬆些，也能吃飽穿暖，只是這樣她就更覺得愧對阿杏。「我給妳做了身衣裳，跟娘問的尺寸，還好稍稍做大了些，妳穿著應當正好合身。來的時候，妳大哥出面，跟娘要了半袋糙米還有一小袋麥子，還拿了些蘿蔔、土豆、地瓜等食物，都是耐放的。」

「衣裳？」季歌愣住了。「一朵姊妳，這錢……」總不可能是娘給的吧，難道是大哥給的？

劉一朵有些不好意思，低著頭將落下的髮絲挽回耳後，囁嚅地說：「走的時候，大哥給了我三百文壓箱錢。」

季歌聽著只覺得心酸得不行，大郎給她三百文錢以防她有什麼需要可用，結果她卻拿了錢做了衣裳送過來，這性情太純善樸實了。

「阿杏妳不要怨大郎，這、這他也不放心我，我……妳、妳不要怪他，大郎他性情很好的，很愛護家裡的弟弟、妹妹，寧願苦了自己也不願意苦著弟弟、妹妹，爹娘走後，就是他撐起了這個家，他、他也是不放心我。」劉一朵慌慌張張地說著，有好多話想說卻又不知道怎麼說出來。

「一朵姊我想的不是這個。」季歌在心裡嘆氣，看著跟前的女子，心裡酸得有些不是滋味。「那是大郎給妳的錢，妳現在給我做了衣裳，手裡一點錢都沒有，往後有個用錢的地方，可怎麼辦？」

劉一朵的眼淚猝不及防地落了下來，她緊緊握著季歌的手，微微抖動著，一雙眼睛看著季歌，似有千言萬語想說，奈何情緒太過激動，都無法言語了。

這是劉家的福氣啊，大郎娶了個好媳婦！

「別哭了一朵姊。」季歌舉著手臂，用袖子擦著劉一朵臉龐上的淚水。「現在家裡挺好的，雖說沒什麼錢財，卻能吃飽穿暖，也存了些糧食、菜乾等，能順順利利地度過這個冬日。前兩天剛做了兩件衣裳，大郎一件、我一件，三個孩子的衣裳妳都張羅好了，手裡也沒棉花，就沒有再做了，想著來年是一定得給他們做身新衣裳的。妳不用牽掛，在季家好好過日子就行。」

「阿杏，大郎能娶妳當媳婦，是幾輩子修來的大福。」劉一朵眼淚止不住往下掉，臉上的神情全是欣慰和歡喜。她相信有阿杏在，劉家的日子只會越來越好，幾個弟弟、妹妹有了她的照顧，待長大後定也會有個不錯的歸宿，爹娘在天有靈啊，他們劉家算是苦盡甘來了。

季歌聽著這話有些彆扭，想著還是趕緊把這頁揭過去吧。「一朵姊咱們站在外面也不是個事，進屋說話吧，妳也別哭了，孩子們看著，會不安的。」

「說得也對，該高高興興的。」劉一朵胡亂地擦著臉上的淚水，笑得很燦爛，整個人明媚了很多，瞧著更好看了。

屋裡劉二郎和季有倉在說話，二朵領著雙胞胎乖乖巧巧地坐在炕上，眼睛時不時地往屋門口瞧，見劉一朵和季歌進來了，咧嘴露出大大的笑臉。

「大哥。」季歌笑著喊了句。

季有倉顯然挺在乎劉一朵，見她眼睛紅紅的，一個勁地瞅著，連季歌喊他，他都只是點頭嗯了聲，也沒說旁的話。

這時辰正好要張羅晚飯，季歌也沒坐下，她手裡還端著剛磨出來的麵粉呢。「你們先說說話，我去廚房準備晚飯。」

「一起吧。」劉一朵對季有倉使了個眼色，匆匆忙忙地跟著季歌出了屋。

晚飯很豐盛，有煎小魚條、酸辣魚、野蒜煎蛋、涼拌蘿蔔絲、芋頭蘑菇湯、木耳青菜湯，雖沒有肥膩的肉食，卻很美味，濃濃的香味瀰漫在屋裡，光聞著就讓人心情舒暢愉悅。

季有倉今晚吃得很撐，也就逢年過節會有這種感覺，沒想到大妹的手藝這麼好，這嫁了人就是不一樣啊，才多久的時間，跟變了個人似的。他是個沈默寡言的，平日裡只會埋頭幹活，也就是成親後，會和媳婦嘀咕幾句，這會兒心裡略有疑惑，他也沒多深想，這跟他沒什麼關係。

晚上劉一朵和季歌睡一個屋，劉二郎和季有倉睡一個屋，二朵帶著雙胞胎睡一個屋。

第二天吃過早飯，季有倉夫妻沒多耽擱，走時，季歌將家裡剩下的火焙魚全裝在竹筒裡，以及兩條巴掌大的熏魚，也一併給了他們。見家裡還剩八顆雞蛋，她想了想，便讓二郎趕緊去花伯家再借兩顆，湊齊十顆雞蛋，裝成一個籃子，算是回禮了，免得劉一朵在季家難過。畢竟她拿過來的東西也不算少，這才嫁進季家多久，雖是大哥去開的口，可明眼人一看就會知道是怎麼回事。

另外季歌還悄悄地塞給了劉一朵一百文錢，話也沒多說，只說讓她拿著，也怕有個萬一。劉一朵捏著那沈甸甸的一百文錢，迅速紅了眼眶，情緒翻湧得厲害，不知要怎麼說起，最後只哽咽了句。「我們先走了，妳要多顧著自個兒。」

季有倉夫妻倆剛走沒多久，花大娘就過來了，她天天都會過來說話，一進廚房就看到，火塘的鐵吊上乾乾淨淨的，揚著眉問：「這是把家裡的好物都當回禮了？他們帶了些什麼過來？」她就擔心這姑娘心眼太實在，巴巴地只顧別人不顧自個兒。

「東西挺多的。」季歌親暱地挽上花大娘的手臂，笑著把事都說了遍，完了，又說：「不給回禮，一朵姊回了家日子怕是要難過了。」

花大娘聽著這才舒了心，笑得慈眉善目。「嗯，這禮該回。一朵也是個實在人，妳們姑嫂倆好好處著，相互幫襯是應當的。現在有了兩件棉衣，能換洗著穿，這個冬日就不難挨了。」

第五章

楊大伯夫妻生了四個女兒，才得一個寶貝兒子。四個女兒都嫁到了深山外，日子過得很不錯，又會做人，甚得婆婆歡喜，時常接濟一下娘家，婆家那邊也沒什麼閒話。日積月累下來，楊大伯家的日子就越發的紅火，算是清岩洞裡少有的幾個富戶之一。

九月初九這天辦喜事，楊大伯家的女兒陸續回來，跟約好了似的，妳拎著豬肉，我拎些羊肉，妳拎些果脯蜜糖，我拎些鮮魚活雞，分量不多不少，正好夠十桌酒席。清岩洞這地方，成親辦十桌酒席的可不多，菜色如此豐富就更少見了，得了信的村民們，都早早地往楊家趕，七嘴八舌地說著喜慶話，場面很是熱鬧，楊大伯夫妻倆都笑得合不攏嘴。

花大娘和另外兩個媳婦子，幫著季歌打下手，邊忙著事邊話著家常，嘻嘻笑笑間，活做得快也不覺得累。昨兒下午她就過來做著準備工作，楊大娘特意叮囑過季歌，明天中午讓家裡的幾個孩子也過來吃飯，她已經留好了四個位子。

季歌領了這情，悄悄地問花大娘包多少禮錢，白吃白喝這事她可做不出來。花大娘說，他們兩家關係近，包了十二文錢，算是月月紅，另添了十六顆雞蛋；季歌要包禮錢的話，出個十全十美也就差不多了，不要添旁的物件，以前他們兩家沒什麼往來，以後順著這情，自然而然地會走近些。

天剛剛濛濛亮，她把家裡收拾妥當，做好早飯，走時特意拿了十文錢給劉二郎，跟他說了兩句話，然後匆匆忙忙地趕往楊大伯家。

一場酒席做下來，把季歌累得夠嗆，待回家時已是傍晚時分，酒桌上的飯菜都吃得乾乾淨淨，沒有半點餘留。楊大娘高高興興地送了半袋子糙米給季歌，比當時說好的分量，還要多了一半。

「咱們家的米倉已經滿了一半，剩下的一半也滿上，今年就不用愁吃飯了。」一回家劉二郎就把糙米倒進了米倉裡。

季歌聽著便問：「家裡不是還存了點蕎麥、玉米等，還有一小袋麥子呢，這麼一算，缺的糧應該不多了吧？」

「都擱米倉裡呢，算進去了。」劉二郎擰著眉頭答，喃喃地道：「可惜涼粉果太少，多賣半個月，家裡就不會缺糧了。」

這段日子換來的糧食也不少，可一日三餐，一天天下來耗糧頗多，還得想個法子換糧才行，季歌不想用錢買糧，家裡本來存了兩百五十八文錢，送了一百文錢給一朵姊，再減掉楊大伯家的十文禮錢，就剩一百四十八文錢了，眼見家裡的日常生活用品都不夠了，出山一趟不知道要花多少錢。

「近來的小魚還好抓嗎？」細細地思索一番，季歌想了個主意，還是老話，依家裡的現狀，在這大深山裡，也只能做無本的以物易物的買賣，得先把生活穩定了再說，掙錢的事不能心急啊，得一步一步來。

「還好，山裡溪澗多，到目前還是有得抓。」

季歌聽著放心了。「多抓些小魚回來，我熏些火焙魚，咱們繼續做買賣，換些糧食回來，說不定還能攢幾個錢，也留些妥當收好，冬日裡添道葷腥。」

「好。」劉二郎精精神神地應著。

歇了會兒，季歌緩過氣來，見天色有些微暗，得趕緊張羅晚飯。「鍋裡的水該熱了，二朵帶著弟弟、妹妹把澡洗了，二弟也是，一會兒吃了飯天該黑了。」

「媳婦，我回來了。」

微暗的天色裡，劉大郎穿著一身粗布短裳，揹著一個小竹簍，滿頭大汗地站在屋前，一雙眼睛黑黑亮亮，有細碎的光芒在裡面閃爍，神情無比認真專注地看著季歌。

被這般注視著，季歌就覺得心坎熱得厲害，她紅著眼眶，眨了眨眼睛。「回來了就好。」說著，朝劉大郎走去，原是想取下他背上的竹簍，不料，剛走近，劉大郎就一把緊緊地抱住了她，通身撲騰的熱氣迅速籠住了季歌。

鼻息裡全是劉大郎的氣息，那麼的熱烈，灼得季歌思緒都有些恍惚，她有好多話想說，到了嘴邊又說不出來，沈默良久，才道：「家裡都挺好的，你在外面好嗎？」

「我置辦些日常生活用品回來。」劉大郎鬆開了手，把竹簍取了下來。

季歌突然地就笑了，心裡生出一股說不出的歡喜。她剛還在想著這事呢，轉眼大郎便買了回來。「你先去屋裡坐著歇會兒，我去張羅晚飯，鍋裡有熱水，一會兒洗個澡。」

「我不累，我給妳燒火。」劉大郎一手拎著竹簍，一手牽緊著媳婦的手，嘴角不受控制地上揚著，一雙眼睛亮得更加灼人。

做飯的時候，季歌把這段日子發生的事，一件件細細地說給劉大郎聽，也包括一朵夫妻回娘家的事，她說得慢，輕聲細語的，劉大郎時不時地接一句，也是輕聲細語，微暗的廚房裡，沒點油燈，略顯幾分昏暗，氣氛卻是格外的溫馨安寧，兩人似相處了大半輩子的老夫老妻，一語一笑都透著細水長流的韻味。

在屋後洗澡出來的劉家孩子，瞅著這畫面只覺得心裡熱熱脹脹的，不忍打擾到兩人，默契十足地直接從屋側走回了隔壁屋。

「大哥回來了可真好，大嫂好像很開心，說話聲音都不一樣了。」二朵咧嘴嘿嘿地笑，她也覺得好開心。雙胞胎見姊姊笑了，跟著笑了起來。

暮色漸深，季歌做好飯菜扯著嗓子喊了句。「過來吃飯了。」

劉二郎立即起身往廚房走。「大哥。」身後跟著的三個孩子，齊聲地喊。「大哥。」就著深深的暮色，吃過晚飯，已經來不及收拾廚房了，季歌直接把碗筷先擱鍋裡放著，想明早再起來收拾，忙碌一天，趁著還有點光線，她必須去洗個澡。她在澡堂裡洗，劉大郎就拎了桶水在一旁的屋外洗。

等收拾好躺到床上時，天色已經完全暗下來，今夜無月也沒有星星，黑漆漆的一片，夜風吹拂，泛起沁骨的涼意。

劉大郎跟個火爐子似的，把季歌抱在懷裡。「我回來看看妳。」到底是沒有把那句「我想妳了」說出來，也忒肉麻了點。「天不亮我就要走了，得在太陽出來前趕回鎮裡。」

「天黑，山路難走。」季歌覺得心裡酸酸的，她翻身，面對著劉大郎，貼著他的臉，心想這人的臉怎麼也是熱氣騰騰的。「耽擱一天工沒事吧？」萬一路上出了事怎麼辦？

「沒事，這段路全是山，走習慣了，到懸崖路段時，天已經微微亮，可以看見路。」黑暗裡，劉大郎的聲音有些緊，透著乾乾的澀味。「快睡吧。」

季歌含含糊糊地應了聲，卻是怎麼也睡不著。天未亮就趕山路，這也太危險了，她心裡七上八下，情緒浮動得厲害，又不敢露出絲毫動靜，怕打擾到大郎睡覺，要是睡不好，明早走山路就更危險了。

說來說去還不都是一個窮字！

季歌心裡記掛著大郎天未亮就要趕山路這事，睡得並不好，模模糊糊中覺得時辰差不多了，她立即從睡夢裡驚醒。

屋外仍是漆黑一片，偶爾有狗吠聲響起，以及蟲鳴蛙聲。

劉大郎睡得很沈，雙手仍牢牢地抱著她的身子，不緊不鬆，被子裡熱騰騰的很溫暖。季歌想，一張床上躺一個人還是躺兩個人，差別還真大。想著一會兒他就要走了，莫名地有些不捨，她竟開始貪戀起這股溫暖來，明明他們倆在一起的日子不算多，交流也不多，卻格外的深刻，大約這就是夫妻吧，總歸是不同的。

季歌剛有動靜，劉大郎就醒了，也不能說是醒了，他的語氣裡帶著濃濃的睏意，呢喃著。「媳婦。」雙手把懷裡的人抱緊了些，好似不大滿意，伸出一隻大腿壓住了懷中人的雙腿。

不想吵醒大郎，想讓他再睡會兒，可她又必須起床，睡覺時才知道他天不亮就要離開，她得起來張羅早飯，給他收拾衣裳鞋襪，總得讓他吃飽喝足，一身熱氣再出門；山裡寒氣重，就算他體質好，也要多多注意，現在不注意待老時要怎麼辦？季歌想著，擰緊了眉頭，得趕緊掙些錢才行，至少不能讓大郎這麼累。「大郎，我去趟茅房。」說著，她掙扎著想起來。

「茅房？」劉大郎的聲音清醒了點。

季歌就勢起了床，邊把被子重新掖好邊柔聲說著。「你再睡會兒，還早著呢，再睡會兒。」

「外頭黑，我陪妳一道。」劉大郎麻利地起了床。家裡窮，油燈對他們來說都算是個矜貴物，今夜無月、無星星，他自然是不放心媳婦摸黑上茅房的。

季歌沒想到弄巧成拙了，心裡說不清是什麼滋味，黑暗裡，她主動握緊了劉大郎的手，那手可真粗糙啊，都有些微微的刺膚，她心裡頓時一酸，各種情緒湧上心頭，說話時聲音都透著幾許嘶啞。「我沒想上茅房，想給你做頓熱騰騰的早飯，再收拾幾件厚衣裳。」

劉大郎沈默了會兒，才低啞著嗓子說：「我給妳燒火。」他鬆開了媳婦的手，摸著黑開始窸窸窣窣地穿衣服。「妳等會兒，我去拿火摺子。」

很快，夫妻倆輕手輕腳地進了廚房，手腳麻利地生起灶火，又在火塘裡起了個火堆，屋內被火光籠罩，是種極昏黃的暗色，濃濃的，有股厚厚重重的溫暖感。

既不費時，又有營養味美的早餐，季歌思索了會兒，決定做南瓜餅，也就兩個的分量，他吃一份路上再帶一份，十幾分鐘能搞定。本來想做雞蛋餅，可家裡沒雞蛋了，她剖開個老南瓜，手腳俐落地開始忙著。

劉大郎坐在灶前，就著這昏暗的火光，看著認真忙碌的媳婦，只覺得整個胸膛都被填得滿滿的，像喝了糖水，一股甜味蔓延全身。

「以後不要這樣了。」季歌覺得屋裡太靜，便輕聲細語地說著話。「好不容易收了回早工，你該好好歇著，別匆匆忙忙地趕回家，天不亮就得早早地趕往鎮裡，次數多了，太損身子骨了。」

劉大郎是個不會說話的，有些木訥，他不知道要怎麼說出自己的一腔心思，他靜靜地看著媳婦，眼裡含著笑意，卻沒有答話。

「進了冬，一旦飄起了雪，你就趕緊回家，山裡彎彎繞繞，路太窄，容易被雪封住，也危險。」季歌想到什麼就說什麼，也沒多注意劉大郎的反應。「你不需要牽掛著家裡，家裡有我顧著，別的不說，讓幾個孩子吃飽穿暖還是可以的，你多顧著自己，別仗著年輕就拚命掙錢，往後……咱們還有大半輩子要過呢。」說完，她覺得這話好像有點老氣橫秋了。

劉大郎心裡頭甜滋滋的，滿臉的憨笑，一雙眼睛亮得有些過分，他好開心，好想大喊大叫，好想抱住媳婦，好想讓全村都知道，此時此刻他是多麼的激動興奮。到底還是存了些理智，雙手緊緊握著拳頭，死死地按捺住這股來勢洶洶的情緒，好一會兒，才伸手抹了把臉。

「媳婦，我都記著了。」

「添幾根柴木，火勢要大些。」還有什麼要說的？季歌嘀咕著。「對了，大郎你的伙食怎麼樣？可不能只管飽，也得偶爾打打牙祭。你的厚衣裳我都看了遍，都不保暖了，我給你做了件新的，等天冷了，你記得在鎮裡給自己再買件新的，兩件也好換洗。二郎他們有衣裳，等明年手頭寬鬆，就給他們做新衣裳。」

「嗯，好。」劉大郎已經被幸福砸暈頭了，媳婦說什麼都是好！

一會兒的工夫，廚房裡就飄出濃濃的香味，正在睡覺的幾個孩子被香味喚醒，迷迷糊糊間下了床，一頭霧水地往廚房這邊走來。

「大哥，大嫂。」劉二郎最先過來，一個勁地打著哈欠。隨後，二朵領著雙胞胎也過來了，一個個都迷迷糊糊地揉著眼睛。

季歌沒想到會把幾個孩子鬧醒。「你大哥一會兒還得趕路進鎮，我給他張羅早飯，你們都去睡著，離天亮還早著呢，快去吧，夜裡寒氣重，別沾了寒氣。」

「嗯。」劉二郎打著哈欠回了屋，二朵和雙胞胎在屋門口站了會兒，眨巴眨巴眼睛，才慢悠悠地走開。

「有點燙你慢點吃，我去給你收拾衣裳鞋襪。」走時，季歌看了看沙漏，才剛到丑時末呢，這三更半夜的，要怎麼趕路？「捆個火把吧。」

劉大郎正美滋滋地吃著媳婦做的南瓜餅，心裡想著，還是媳婦手藝巧，聽著她的話，忙道：「這個我有準備，一會兒就做三支火把，妳放心，早兩年就是這麼過來的。」

「嗯。」季歌說不出更多的話了，她匆匆忙忙進了隔壁屋。

寅時正，劉大郎吃飽喝足，揹著小竹簍，站在屋簷下，看著身前的媳婦，心裡特別的滿足，全身都暖烘烘的。「媳婦，我走了。」

「嗯。」季歌想說些叮囑的話，又怕說多了，反倒不好，話到了嘴邊便換了句子。「我等你回來。」

劉大郎卻沒有立即走，他目光深深地看著季歌，右手伸進衣兜裡，猶豫了會兒，他握著一樣物件，飛快地塞到了季歌的手裡，舉著火把慌慌張張地大步離開，很快就消失在了漆黑的夜色裡，竟是連頭都沒有回。

季歌低頭看著手裡粗陋的木梳子，一看就是初學者的手筆，上面沾了些許濕痕，她伸手輕輕地撫過濕痕，那人該有多緊張，才會沁出層層汗。她雙手握緊木梳，抿嘴露出一個笑，明媚得有些炫目。

等他回來了，定要告訴他，她很喜歡這把木梳子。

第六章

細雨綿綿，斷斷續續地下了好幾天，天色從早到晚都如同蒙了一層灰，暗沈沈的，吹颳的風已有了些許寒意。

家裡瑣碎事不多，季歌就帶著三個孩子在屋裡玩，跟他們講故事，教他們玩智力小遊戲，從最基礎的開始，一點點的教著，小半個月下來，還是略有成效的。最近雨水多，劉二郎沒進山，只是在屋前不遠處的小河邊放地籠，天氣不好，進山比較危險，且撿來的柴木濕答答的，拾掇起來麻煩。

火焙魚換吃食，情況有點不大樂觀，主要是價高了些，這附近的人都不大捨得買，真嘴饞了，自己也能下河撈，雖說做不出像季歌做的這麼香的火焙魚，可稍稍的烘乾，做出來的菜也是別有一番香味。

這幾天下雨，買賣做不成，家裡堆了兩斤多的火焙魚，季歌也看得開，這魚營養挺足，賣不出去也罷，留著冬日裡自家吃，那會兒正好大郎也回來了，一年大部分時間都在外面做工，回來了也該吃點好的養養身子骨。至於缺糧的問題，大不了花錢買些，到現在為止，米倉已經滿了三分之二，剩下的三分之一，花百來文錢也就夠了，山裡的糙米賣得便宜，一般四文錢一斤，熟人去買的話是三文一斤。

沒田沒地可真不方便，就算糙米便宜，一個月總得要三、四十斤，需要百來文錢，這還是不算劉大郎的分，等冬日裡他回來了，得往一百三、四十文算去，這一年下來光糧食錢就要一兩銀子，日常生活用品不管怎麼省，也得花上幾百文錢，更別提衣裳鞋襪之類的，難怪這個家窮，光靠大郎一人哪裡扛得住？

「大郎媳婦，在不在屋裡？」

很陌生的聲音，季歌穿好鞋子，大步走到屋簷下，往路上一瞧，確實不認識。「在呢，這位嬸子有事嗎？還飄著雨呢，進屋裡坐會兒？」

「不用了、不用了，我從柳兒屯回來，妳娘家大嫂讓我捎半袋子糙米過來，還有一點苞米。妳撐個傘下來拿拿，我還趕著回家，就不上去坐了。」那嬸子索利地把話交代了一遍。

糧食！季歌愣了會兒，歡喜地轉進屋裡，拿了傘就往外衝。「真是謝謝嬸子，麻煩妳了。」

「不用這麼客氣，你們這親事啊，還是我在中間牽的線呢，現在看著你們過得都不錯，我心裡也高興。拿妥當了，可別淋了雨，一沾水就壞事了。」

劉二郎打著傘從小河邊回來，遠遠地看見大嫂的身影，於是他加快了步伐。「常嬸子。」說著，走到了季歌身邊，輕鬆地拎過一袋子糙米，小心地護在懷裡。

「二郎啊。」常嬸子笑咪咪地看著他。「這才多久不見，好像又長高了些，瞧著精神多了，我記得你滿十三了吧？別著急啊，你是個好孩子，嬸子幫你瞅瞅，準給你找個好媳婦，可惜你家二朵還小了點。」潛意思就是不能換親，這娶媳婦，就算是在深山溝裡，多少也得準備兩、三兩銀子才成呢。

見這兩人都沒搭話，常嬸子覺得沒勁，騎著驢子就走了，也有兩個月沒回家了，歸心似箭啊。

「大嫂。」上坡的時候，劉二郎突然很認真地喊了句。「我滿二十歲後再說成親這事，我能自己掙錢。」下面還有三個弟弟、妹妹，哪能把擔子都往大哥、大嫂身上壓。

剛剛常嬸子的話，讓季歌的心神有些飄忽，說不清是什麼滋味，就是有點恍惚，聽了二弟的話，她一下子就醒過來了，扯著嘴角笑。「咱們家的日子會慢慢好起來的，你要相信大嫂。」

二朵領著雙胞胎站在屋簷下，看著大嫂和二哥懷裡抱著的袋子，眼睛亮晶晶地問：「是大姊送來的糧食嗎？」剛剛常嬸子扯著嗓子說的話，顯然她也聽見了。

「對，有了這些糧食，家裡的米倉差不多能堆滿了。」季歌把懷裡的苞米遞給了劉二郎。「你放米倉裡去吧，仔細些。」

劉二郎點頭應著，順著屋簷大步往隔壁屋走。

「大嫂。」三郎伸手拉了拉季歌的衣角，黑白分明的眼睛撲閃撲閃地看著她。「故事，講故事。」他特別愛聽小故事，總是聽得好認真。

所謂家裡有糧心裡不慌，季歌了了樁心事，笑得更開心了。「好。」

剛進十月，雨總算停了，出了暖暖的太陽。

花大娘早早地就往劉家來了，剛進屋未落坐就說：「大郎媳婦，妳順伯和福伯明天出山賣糧，他們兩家都有牛，妳去不去？」

「我去！」季歌想都沒有想就應了，她早就想出山看看，就是一個人她不敢出山。

「行，我去說聲，妳福伯家不僅有頭牛，還有頭驢子呢，讓他把驢子借咱們用用。」花大娘說著，又風風火火地走了。

沒多久她又回來了。「這事成了，去的時候，那驢子得馱著糧食，回來的時候就清閒了，妳福伯家用牛就夠了，驢子借咱們騎會兒。」

接下來的時間，花大娘又細細地跟她說著注意事項，東拉西扯的一下午就這麼過去了。

次日一早，季歌不僅張羅好了早飯，連午飯都一併做好了，吃的時候放鍋裡熱一下就行。她把熏好的四斤火焙魚用竹筒裝好，想了想，數了一百五十文錢拿在手裡，出門前，跟二郎說了幾句，拉著二朵和雙胞胎叮囑了一番，見時辰差不多了，揹上小竹簍去了花大娘家，一道往福伯家走。

要出這深山溝，腳程再快也得三個時辰左右，翻過大大小小的山，經過好幾個村莊，才能見到景河鎮。鎮裡的人口挺密集，來來往往的甚是熱鬧擁擠。

「記得啊，午時末在鎮門口集合，都麻利點置辦物品，晚了時辰可就不等人了，現在天黑得早，不安全吶。」福伯說了聲，揚了揚手。「都抓緊時間，散了吧。」

現在是巳時末，差不多還有一個時辰，季歌有些忐忑緊張，也不知道她能不能在這一個時辰裡成功賣掉火焙魚。

花大娘知道季歌的心思，拉著她的手往鎮裡走。「不著急，咱們先把該置辦的東西都置辦妥當了，再去做買賣，來來來，莫想太多，妳跟緊我了，咱們動作快點，就能多挪出點時間來賣火焙魚。」

「好。」季歌做了個深呼吸，收起重重思緒。

五花肉十文錢一斤，瘦肉十二文錢一斤，上等肥肉九文，下等肥肉七文。被削得乾乾淨淨的豬骨，全是五文錢一根。季歌想到現代的豬骨，肉多骨頭少，略有幾分忍俊不禁。她買了五斤上等的肥肉，準備拿回家熬油，油渣子也是道美味呢！又買了一斤五花肉，挑了兩根排骨和一根筒子骨。

這一下就去了一半的錢，季歌笑著把錢收好，揹起有了些重量的竹簍，緊跟著花大娘繼續逛著。都是花大娘熟門熟路的店鋪，經常買賣，付錢的時候，會少個一、兩文，或是給足了秤，末了還會意思意思添點兒。

花大娘邊走邊給季歌介紹，就算不進店裡買東西，也會在店門前停會兒，讓季歌熟熟眼，那店主瞧見了，過來笑呵呵地打招呼，交談兩句，又各忙各地去了。

她們速度風風火火的，僅用了一炷香的時間，就置辦好了日常用品。

「近幾年山裡很少出野味，我們年輕那會兒，周邊的山裡還能捕到些小野味，攢著攢著就會送往鎮裡，就是太久沒來往，也不知那廚子還在不在，他倒是挺好說話的，咱們瞧瞧去，就是前面的新悅酒樓。說起來，這家酒樓在我年輕那會兒，就是間小小的飯館，幾十年下來也小有成就了。」花大娘笑容裡帶著懷念的意味。「總覺得時間慢悠悠的，可看著這酒樓，又覺得時間過得真快。」

剛踏進酒樓，一個十五、六歲的小夥子湊了過來，一臉的笑，很順眼，機機靈靈地說著。「兩位裡邊請，小的馬上來上茶。」

「等等，這位小哥，不著急，我想問件事。」花大娘拉住了小二的手，和善地問：「你們後廚的師傅是姓秦嗎？」

喔，來尋親的。小二眼睛一轉。「是哩，就是秦師傅，妳是他什麼人？我給妳去後廚說一聲？這會兒還行，再耽擱一下，就要忙起來了。」

「也不是什麼人，就是往常手裡有個好物，都會送過來問問他，我乾閨女熏了點火焙魚，我想問問他收不收。」

小二聽出了話音，笑著說：「我領著妳們從後巷過去，那兒有個小門。」

「謝謝小哥，麻煩你了。」到了地方，花大娘又誠懇地道了謝。

「沒事沒事。」小二揚揚手，俐落地走了。

正好秦大廚聽見夥計跟他說，後門有人找他，他疑惑地走了出來，看著這一老一少的婦人，有點茫然。

花大娘笑著說：「這也快十年沒見了，秦師傅沒什麼印象了吧，早些年，我們那一夥四、五個人，時常過來送野味。」

「有印象、有印象。」被這麼一提醒，秦師傅就想起來了，眼裡有了濃濃的笑意。「太久沒見，一時就有些想不起來，那會兒都年輕著，現在都老嘍。」

有印象就好。花大娘鬆了口氣。「我也不確定秦老哥還在不在這裡，先向小二打探了兩句才過來。」

「現在這酒樓我也有分，大妹子手裡有好物就儘管送過來。」這秦師傅也是個心思細膩的，直接幫著開了話題。

「還真有點好物。」花大娘徹底地放開了，笑著看向季歌。「我乾閨女熏了點火焙魚，那味確實好，香噴噴的，秦老哥看看如何。」

季歌麻利地拿出兩個竹筒，將其中一個遞到了秦師傅的跟前。秦師傅打開蓋子，一股香味撲鼻而來，只見他的眼睛微微一亮，神情有了變化。「這魚做得不錯，就是火候欠了些，再熏久些，只怕味更濃。」

「來得匆忙，就想著先進鎮裡看看好不好賣，畢竟這個拾掇起來也挺麻煩的。」季歌說得比較委婉。

秦師傅倒了點火焙魚在手裡細細看著，又捏了隻小的放在嘴裡嚼了嚼，滿意地點了點頭。「妳這還行，日後再有貨就往我這兒送，我和妳娘也算是老交情了，坑不了妳；就是這魚妳得再拾掇得細緻點，不能心急啊，至少得再熏個六、七天，得慢慢來，才把徹底地熏出香味。妳這有多少魚？」

「正好四斤。」來時，季歌特意秤了秤，還剩了小半碗就擱家裡了。她有些緊張，在現代上等的火焙魚能賣到五、六十元一斤，不知道在這個異時空，能換到多少文錢。

秦師傅將手心裡的火焙魚重新倒回竹筒裡。「這樣吧，我給妳九十文錢，下回妳再來，魚的香味足了，我再添點兒，算二十五文錢一斤給妳。」

「好。」這價格比她預想的要高些，季歌挺開心的，毫不猶豫地應了。

秦師傅掏出錢袋，數了九十文錢給季歌。「妳數數。」

季歌將手裡的另一個竹筒遞給了秦師傅，也沒數那錢，直接擱進了錢袋裡，眉開眼笑地說：「往後再有火焙魚，我就送來給秦師傅了，保證慢工出細活。」

「行。」秦師傅應著，也沒多說什麼，正好廚房裡開始忙碌起來，他又說了兩句客套話，便進了廚房。

花大娘看了看日頭，笑著握住季歌的手。「還有小半個時辰呢，好歹也有項收入了，等下回再出山，就讓二郎跟著我，讓他熟悉地方，往後再有火焙魚，都讓他送過來，村裡沒人出山，妳一個人我也不放心。」

「我也是這麼想的，覺得還是一月送一回的好，這樣秦師傅也好做生意，免得時有時無，總不大好。」季歌很珍惜這份收入，住在深山溝裡，出入不方便，想掙點錢太難了。

「對對，妳這樣想是對的。」花大娘連連點頭。

兩人邊說邊逛，見時辰差不多了，提前往鎮門口走去，到時，已經聚了四個人，加上她倆就是六個人，還差三人沒過來。一堆人相互說著買了些什麼，熱熱鬧鬧地等著，很快地剩下的三人也過來了，人齊了就往回趕。福伯和順伯手巧，將鄉親們置辦的重物都妥當地捆在了牛背上，季歌的小竹簍也放在上面，不用揹東西，走起路來輕鬆多了。

路過柳兒屯的時候，季歌想了想還是跟鄉親們說了聲，讓他們等會兒，她回趟娘家，馬上就回來。大夥兒性情都不錯，再者還有花大娘在中間呢，總得給個面子，便笑呵呵地應了，讓她快去快回。

季歌感激地道了謝，拎著一根筒子骨和一斤五花肉，一路小跑著回了娘家。這是她掙了第一桶金後，和花大娘閒逛時又買的。鎮裡的糙米六文錢一斤，前些天一朵姊送來的糙米，少說也有二十來斤，還有好幾斤苞米呢，苞米是四文錢一斤。她覺得，既然出來了，於情於理也要回去看一眼。

季母正好從鄰居家往回走，遠遠地看見有個熟悉的身影奔過來，她仔細一瞧，這不是她家杏丫頭嗎，頓時眉頭一挑，就喊了出來。「杏丫妳咋一個人回來了？」

好一道河東獅吼，這土路上好多細碎的小石子，季歌一個不留心，差點就摔跟頭了。杏丫！在屋裡納鞋的劉一朵忙擱了活，幾個大步走出了屋。「娘，阿杏回來了？」抬眼一瞧，可不就是她。

「娘，大嫂。」季歌喘著粗氣，喊了兩聲，把手裡的豬骨和五花肉遞到了季母面前。「我跟著村裡人一道出來的，前些天收到了娘家送過來的糧食，又聽說大嫂懷了娃，正好路過，就過來看看。」

劉一朵一聽這話，眼眶就有些泛紅，她垂著頭匆匆往廚房跑。

「家裡都吃了上頓沒下頓了，妳還大手大腳地花錢。」季母接過東西，唸了兩句，又說：「這錢要緊手點，攢著買畝田也是好的，往後可就沒那麼多糧食接濟妳了。」嫁出去的女兒潑出去的水，自個兒家裡過得緊巴巴的，這也要錢那也要錢，一樁樁、一件件，總得先顧好自家的日子。

「知道了。」季歌低聲應著。

劉一朵端著一碗水走了過來。「阿杏喝口水。娘說得對，錢財妳緊手點。」娘就站在身邊，她也不好多說什麼。

「喝完水就趕緊走吧，別讓鄉親們久等。」說著，季母拎著東西往廚房走。

劉一朵眼睛瞄啊瞄，見有了些距離，小聲地說：「我沒事，現在懷著娃，娘對我挺好的，一心想抱孫子。回頭等娘心情好了，家裡有什麼好事，我再見機行事的提一提，總能要到點糧食。」說著，她低頭摸了摸自己的肚子，臉上有著笑意。「若這一胎真是個大孫子，就更好說話了。」

「一朵姊，妳不要牽掛家裡，糧食什麼的都夠了，我這有個掙錢的小買賣，往後家裡又多了個進項，日子會越來越好，妳別總在娘跟前念叨，也別攛掇著大哥去，以後日子還長著。」正說著呢，季歌聽到一個聲音，側頭一看，季母把椅子狠狠地往地上一放，眼睛是望著這邊的，透著一股不高興。

見季歌望過來，季母便道：「都都磨磨的幹什麼？是想讓鄉親們等妳到什麼時候？」

「一朵姊我得走了，妳顧好自己就行，別惦記家裡了，得了空我再來看妳。」季歌說完匆匆忙忙地就走了。

劉一朵回廚房放碗時，經過季母身邊，季母瞪了她一眼。「若不給我生個大孫子，有妳好看的！」胳膊肘淨往外撇的貨色！

第七章

回到家時，已是入夜時分，銀白的月光籠罩著整個清岩洞，添了幾分寧靜祥和，少了些許陰森寒涼。

「大嫂。」朦朧的月光模糊了視線，劉二郎隱約看到一個身影，他匆匆忙忙衝下坡，來到大道前，眼見真是大嫂，心裡鬆了口氣，伸手提起她背上的小竹簍。

二朵和雙胞胎一直在屋裡坐著，聽見二哥的聲音，都急急地穿上鞋飛奔出來。「大嫂。」聲音響亮亮的，透著一股歡喜和激動。

「就站在屋簷下，別往下跑。」季歌笑著說道，加快了步伐，同時問劉二郎。「晚飯吃了沒？」

「我煮了飯、炒了兩道菜，等大嫂回來一塊兒吃。」

季歌聽著這話，心裡頭熱呼呼，正好已經上了坡，二朵和雙胞胎到底沒有忍住，撒著歡地撲到了她身邊，一個勁地喊著大嫂、大嫂，滿滿的全是依賴。「餓了吧，進屋吃飯去，我有件好事要告訴你們。」

進了廚房，季歌忙著洗臉，劉二郎和二朵麻利地把買來的東西歸置好，三朵和三郎乖巧地擺著碗筷盛飯端菜。就算有月光，屋內依舊很暗，家裡沒油燈，便一直燒著火塘裡的火堆。

「大嫂好多肉肉啊！」三朵咂吧著嘴說著，笑得特別開心。

季歌坐在桌邊，把三朵攬在懷裡，伸手揉了揉她的頭髮，柔柔地應著。「是呢，那肥肉用來熬油，油渣子用來炒菜吃。明天啊，給你們燉骨頭湯，有三根大骨頭呢，現在天氣涼，咱們一天吃一根也沒事。至於那五花肉，知道餃子嗎？明天咱們包餃子，讓你們嚐嚐鮮。」

「餃子可好吃了，我都好久好久沒吃過了，大嫂妳真好。」二朵如今是越來越活潑了，自身後牢牢地抱住季歌的脖子，親暱地在她腦袋上蹭著。自從大嫂來家裡後，日子就越過越好了。「大嫂我好喜歡妳。」

雙胞胎還不大明白喜歡是個什麼概念，不過聽著二姊的話音，他們都懂這是句好話，便樂滋滋地跟著重複。「大嫂，我也好喜歡妳。」

「大嫂也喜歡你們。」季歌心裡暖洋洋的，覺得特滿足。

劉二郎在旁邊看了會兒，才開口說：「吃飯吧，夜裡涼，飯菜涼得快。」頓了頓，他又問：「大嫂妳剛說的好事，是什麼好事？」

「咱們家的四斤火焙魚賣了九十文錢呢！」季歌高高興興地說著，見到孩子們臉上震驚的表情，她笑得更開心了。「還有呢，往後咱們家的火焙魚，只要熏得好，都可以送到鎮上的新悅酒樓去，二十五文錢一斤。我跟花大娘商量著，等村裡有隊伍出山時，你隨著花大娘一道去，跟著去認認路，往後啊，就由你每月送火焙魚去鎮上。」

劉二郎愣了好一會兒才反應過來，他吞了吞口水，眼睛瞪得圓圓的。「真、真的？」心跳得很快很快，好像要蹦出胸膛般。二十五文錢一斤呢！二十五文錢啊！「太好了，咱們家又有一個收入了，我得多做兩個地籠，多撿些柴木回來。」

「我也可以撿柴木，這個我會。」二朵趕緊說話。

「我也會，我也會。」雙胞胎連連應著。

三個孩子，仰著小臉，黑白分明的眼睛，純純淨淨地看著季歌。

季歌想，大家都這麼齊心，這個家必定會越過越好的！她有信心。

吃過晚飯，季歌依著月光，馬馬虎虎地洗了個澡，躺在床上卻有些睡不著，黑暗裡，她從枕頭下摸出那把梳子，輕輕地握在了手裡。想著大郎知道這個好消息，不知道該有多高興呢。

次日，天剛剛濛濛亮，山裡飄著濃濃的霧，還真有點兒身處仙山的錯覺。劉二郎早早地起來，收拾好自個兒，拎著地籠往河邊走，心裡則在想著，誰家有做地籠的材料，一會兒上門問問需不需要幫著做事，換點兒材料再做兩個地籠。這熏火焙魚，柴木可不行，須得用穀殼、木屑等熏，因為這些燃料不易燃燒要慢慢捂出煙霧，這才叫熏。可家裡沒田沒地，哪來的穀殼、木屑？還得多撿些柴木去換，看看誰家願意。

他把要做的事，一件件的想好，只覺得這日子越過越充實，很有滋味、有盼頭，頭一回覺得，人活著可真好！

早飯季歌做的是糙米地瓜粥，煮得很濃稠香軟。「二朵，見著妳二哥沒？要吃飯了。」

「二哥沒在屋裡。」三郎回了句，又說：「早早地起了。」

「喔。來，你們先吃著，有些燙嘴，慢點兒。」季歌盛好三碗粥，放到了桌上，又叮囑著二朵。「吃完了，還想吃，妳盛粥的時候悠著點兒，莫讓三朵和三郎靠近。」

二朵點著頭。「我知道了大嫂。大嫂要出門嗎？」她倒是不急著喝粥。

「看看妳二哥去。」季歌伸手揉揉二朵的頭髮。「吃吧，看著點弟弟、妹妹，我不走遠，就在附近，找我的話直接喊。」她起來的時候就沒見著人，這起得也太早了點。

季歌剛走下坡，就看見劉二郎揹著兩捆柴遠遠地走來，她鬆了眉頭，站在原地等著。

「大嫂。」走近後，劉二郎喊了聲，主動地解釋。「醒得早，就放了個地籠在河邊，進山撿了點柴，想著一會兒去問問，誰家願意用穀殼換柴木。」左右也是燒，如果不熏臘味，柴木還要值當些。

「嗯。今早煮了糙米地瓜粥，吃飯去。」

放晴了好幾天，滴滴答答地又開始下雨，雨勢時大時小，斷斷續續沒個停歇。十月初八是劉二朵的七歲生辰，近來家裡比較寬鬆，季歌特意整了頓豐盛的午飯，兩葷兩素一湯，一家人給二朵熱熱鬧鬧地慶了生。

十月剛進下旬，花伯在外面闖蕩的兒子回來了，只留了一夜，吃完早飯又匆匆忙忙地走了。他走後，花大娘下午過來劉家，神色有些蔫，眉宇裡落了愁緒。

「大娘心裡存了什麼事嗎？」花大娘對季歌很好，真的是比親娘還要妥帖，在她的心裡，大娘相當於親娘的分量了。這會兒見大娘面上愁雲慘霧，她心裡一緊，有些微微地慌了。

花大娘看著季歌，眼裡有著明顯的不捨，甚至有淚光在閃爍，過了會兒，她拉住季歌的手，嘆了口氣說：「長山昨天特意回來告訴我們老倆口，這兩年他跟著商隊在外面跑貨，掙了筆錢，已經在松柏縣買了房，入冬前他會回來搬家，讓我們這幾天準備準備，該賣的賣掉、該收拾的收拾好。」

花伯家只有一畝良田，就在小河邊，那是相當好出手的，四兩銀子一畝，剛放出話，當天就有人上門來詢問，還問了山坳裡的那半畝地賣不賣，願意出一兩銀子。那是塊貧地，只能種些蕎麥、苞米等粗糧，花伯沒同意，這山坳裡的地，老伴跟他打過招呼說得留給劉家，老伴是打心眼裡喜歡那大郎媳婦，就要搬離清岩洞，自然是能顧著就顧著點。

家裡還養了一頭豬，還有十三隻雞、鴨，旁的倒也沒什麼值錢，花了兩天時間零零散散的都收拾得差不多，正好有人要出山進鎮裡辦年貨，山路難走，一入冬飄場雪，就更難走了，雪大點十有九成得封山，一般都是在十月底、十一月初進鎮，養了一年的禽畜、糧食等等，能換錢的就帶出山換錢，好過個豐盛的年。

花大娘得到消息立即往劉家走，這兩天忙著收拾家裡，沒什麼空閒過來，一眼看到季歌，把她給嚇了一跳，稍稍一想她就明白是怎麼回事了，頓時紅了眼眶，三步併作兩步衝了過去。「妳這孩子怎麼這麼不愛惜自己。」心裡頭酸酸的，難受得不知道要說什麼好，拉緊著季歌的手，看著她憔悴不堪的臉，眼淚就有點止不住了。

和這孩子處的時間不長，卻不知怎麼的就是特別地合眼緣，要搬離清岩洞，想著這孩子，她心裡也不好受，只是……到底是兒子要重要些，他們兩口子必須得跟著兒子啊。

「大娘。」想著大娘就要離開，季歌剛張嘴眼淚就落了下來，她心裡慌啊！這兩位老人走了，在這深山溝裡的日子要怎麼辦？其次還有深深的捨不得，她是真的把花伯兩老當成親人了，平日裡有口好的，但凡他們能吃的，她就讓二郎端著送過去，時不時的過去瞅瞅，幫著拾掇屋裡屋外，盡著自己的薄力孝敬兩老。

火焙魚有了固定買家，她在心裡美滋滋地想著，再攢個兩、三個月，來年春天就能給兩老做身衣裳了。花大娘對她的好，她點點滴滴都記在心頭，沒有大娘的幫襯，她哪能這麼快地融入清岩洞的生活。可是大娘就快要離開了，松柏縣是一個她連聽都沒有聽過的地方，也不知道何時才能再見著面，在這落後的古代，說不定這輩子就難見著了。

花大娘抱著季歌，拍拍她的肩膀。「孩子莫哭，往後日子還長著，妳是個好孩子，心思活絡、手也巧，相信不用多久，也能搬出清岩洞，到時候妳來大娘這邊。別哭了，眼睛都腫了，就當大娘是提前去探探情況，熟悉周邊環境，等你們過來了，要落腳就容易多了。」頓了頓，她又說：「咱們說點正事，村裡明天有隊伍出山，妳讓二郎跟著我去，正好認認新悅酒樓。」

「好，等二郎回來了，我跟他說。」季歌聽了花大娘的話，倒是真的平靜了些。她暗暗地想，這清岩洞雖好，山清水秀跟世外桃源似的，可她還是要努力掙錢，爭取早些搬出這深山溝。「大娘咱們洗把臉，坐著說說話吧。」往後不知道什麼時候才能再見。

「欸。」花大娘慈眉善目地應著。

二朵見她倆笑了，察覺到氣氛的變化，她大著膽子甜甜地喊。「花大娘。」雙胞胎跟著二姊，咧嘴露出天真的笑容，也甜甜地喊。「花大娘。」

「好孩子。」花大娘對著三個孩子笑，和藹可親地看著他們。「以後要乖乖地聽大嫂的話，莫要調皮搗蛋。」

「我們都很乖，都聽大嫂的話，最喜歡大嫂了。」二朵笑得眉眼彎彎，應得特別認真。雙胞胎仰著小臉，認真地看著花大娘，也急急地跟著應著同樣的話。

那小模樣可愛的，花大娘看著心裡暖呼呼，眼裡的慈愛更濃了。

經這麼一鬧，氣氛恢復了溫馨輕鬆，花大娘細細地交代著一些事，其實平日裡她都有說，季歌也都記在心裡，這會兒花大娘又說起，她依舊聽得很仔細。

次日天微微亮，劉二郎就起來了，季歌起得比他要早些，蒸了一籠軟軟的酸菜包，直接裝了半籠在碗裡，讓他拿著到花伯家去吃，然後和花伯夫妻到山叔家集合。今天的隊伍出發得早，是有原由的，豬走得慢，得趕著豬出山，太費時了，所以得早起，至於一些家禽、家畜等，直接捆了擔著走。

這二十來天，季歌熏了三斤多火焙魚，她取了個整數，讓劉二郎帶著三斤火焙魚出山賣，順便告訴他，得買三斤五花肉、五斤肥肉、兩根筒子骨、半斤蝦皮、一斤酥糖、一斤糕點、一斤果脯，過年要貼的窗花剪紙也要買點兒，至於對聯也買一副，她是鐵了心要整個喜慶豐盛年了。她算了算大概的價格，加上賣火焙魚的錢，她又給了劉二郎一百文錢。

白天天色陰沈沈的，到了傍晚開始飄雨，村長吩咐了幾個人挨家挨戶的通知，還分了兩個耐燒不易熄滅的火把，待天色完全暗下來，就要拿著雨傘舉著火把，跟著村裡人去接外出回來的隊伍，怕他們出意外。幸好只是飄雨，雨勢不大，風很輕，就是有些寒涼。

讓二朵領著雙胞胎待在家裡，季歌其實是不放心的，可她必須跟著隊伍去山裡接人，她同樣也不放心花伯兩老還有二郎；再說，這事是不可能避開的，也不能避開。

一群人約有五、六十個，都舉著火把，在山裡走了近半個時辰，總算是接應到回山的隊伍了，應是知曉村裡會有人來接，他們歇在一個天然的大山洞裡等著，一見到火光就開始喊。

回到家時，已經是酉時末，出門時季歌特意燒了一鍋熱水，又煮了薑湯，叮囑著劉二郎喝完薑湯再洗個熱水澡；緊接著，她端著一大碗薑湯去了花家，二朵跟著她，手裡提著熱騰騰的飯菜，花家那邊她也準備了一鍋熱水，等著花家這邊都拾掇好了，季歌才領著二朵回了劉家。

第八章

第二天是初一，飄著細細密密的雨，臨近傍晚花長山回來了，次日請了福伯和順伯兩家的人，借用他們家的牛和驢子，把家當都捆綁好。早飯是季歌做的，讓二郎去花家喊人，吃完早飯，天色大亮並沒有下雨，就是天陰沈沈的，沒有多耽擱，緊趕慢趕地出發了。

季歌捨不得，讓二郎在家裡看著，她想送送花大娘。二郎抿著嘴沒應，讓二朵帶著雙胞胎在家裡窩著，關好門窗他一言不發地跟在季歌身後，這麼一來，季歌就不好太任性，送出了清岩洞便停下了腳步，站在原地靜靜地看了會兒，才和劉二郎返回家。

花伯夫妻一走，她心裡空落落的，整個人都有些恍惚，突然就好想劉大郎，不知道他什麼時候回來，眼看就要入冬了。

天空似蒙了層灰，陰沈沈的，沒有飄雨，卻寒風陣陣，甚是凜冽。

閒著無事，季歌拿了些蕎麥去了雜物間，花大娘把石磨也送給了劉家，還有雞、鴨各一對，常用的農具一套等等，零零散散送了不少。劉二郎對山坳裡的半畝地很是看重，甭管颳風下雨、天寒地凍，每天都會拎著農具進山坳裡看看，沒活也要整點活出來。花伯離開時，特意喊了劉二郎進山坳，對著土地手把手地教著他，仔細地告訴他，要怎麼栽種、要注意哪些方面等瑣碎事項。

「大嫂要去磨蕎麥粉嗎？」二朵則是特別看重那兩對雞鴨，有事沒事總會到外面看一眼，正要進屋的她遇著了正好出屋的季歌，咧嘴笑著隨口問。

季歌笑著說：「對，正要喊妳進屋呢，三朵和三郎在火塘旁坐著，妳去看著點，我磨了蕎麥粉就過來，咱們明天早上吃饅頭。」這裡是不燒炭的，家家戶戶都圍坐在火塘旁取暖。

「欸，我曉得了。」二朵甜甜地應著，進了廚房。

推磨這活可不輕鬆，很費力，季歌勁頭小，最多也就磨一餐的分量，如今也方便，吃一點磨一點，倒也沒什麼。

劉二郎將背上的柴木扔到了屋簷下，聽見雜物間裡的動靜，擦了把額頭的汗，直接進了雜物間。「大嫂，我來磨。」

「快完事了。」季歌回了句，抬眼一看，瞧見屋簷下的柴木。「也不知道什麼時候天晴，家裡的柴木夠了，別再撿了，這些濕柴不曬乾，也沒地方堆放。」

劉二郎卻是不聽季歌的話，硬是接過她手裡的石磨，餘光看見她磨紅的手心。「以後要推磨，大嫂跟我說聲，我忙完了再出門。」

「嗯，我把柴木擱屋側去。」看著灰濛濛的天，季歌秀氣的眉宇裡落了愁緒，輕聲呢喃著。「眼看就要入冬了，他還沒回家，走的時候跟他說過，要早些回來的，他答應得好好的，總覺得這天，隨時會飄雪，萬一封了山可怎麼辦？」

「應該就在這幾天，往年都是差不多的日子回來的。」劉二郎沈聲說著，看著大嫂扛起一捆柴木去了屋側，心想，不知她聽見了沒。

季歌把一捆捆的柴妥當地靠著牆豎好，又用一根木棍支撐著，防止風太大把柴颳落到地上。等太陽出來，曬一天也就乾透了，再砍成一截截收進廚房裡堆疊好。

「大嫂蕎麥磨好了，妳來看看要不要再磨細些。」劉二郎扯著嗓子喊。

二朵興沖沖地打開了廚房門。「二哥我來看看，我會看。」雙胞胎也屁顛屁顛地跟在二姊身後，也嚷嚷著。「我要看、我要看。」一窩蜂似地湧進了雜物間。

季歌拍了拍手，從屋側走到屋簷下，看著熱熱鬧鬧的雜物間，眼裡有了濃濃的笑意。

「再推幾下就可以了。」二朵有模有樣地瞧了會兒，正兒八經地對二哥說著。

劉二郎見大嫂走過來，對著她笑了笑，然後低頭看著二朵。

「行，聽二朵的，再磨幾下。」雙胞胎在旁邊聽著，高興得直拍手，好像二哥聽的是他們的話似的。

「我去拿點苞米，再磨點苞米粉，煎碗苞米餅給你們吃。」如今家裡的餘糧足夠，季歌就想做點零嘴給幾個孩子吃，讓他們開心開心。

二朵眼睛頓時一亮，興奮地撲進了季歌的懷裡，抱著她的腰。「大嫂可真好。」就算沒有吃過，也能知道，大嫂做的必定是好吃的食物。

雙胞胎蹦蹦跳跳地圍在季歌身邊，一口一個大嫂，跟著姊姊說同樣的話。劉二郎把磨好的蕎麥粉，細心地裝進了碗裡。

等磨好苞米粉，一家人才重新回到廚房，劉二郎幫著燒火，季歌開始著手做煎餅，這個不難，掌握好火候就行。沒多久，屋裡就飄起了濃郁的香味，饞得三個孩子都有些坐不住了，圍在了灶臺旁。

「剛出鍋的不能吃，太燙容易上火。」季歌邊說著邊把煎好的苞米餅挾進碗裡，放在一旁讓它慢慢冷卻。

現在氣溫低，才一會兒苞米餅就降到了常溫，二朵一手拿一個，遞給身旁的弟弟、妹妹，嘴裡說著。「大嫂我剛剛帶著三朵和三郎洗了手，這個餅子已經不燙了。」說完，她自己也拿了個，咬了一口，香香脆脆特別好吃。「大嫂好脆啊，咯嚓咯嚓的，真好玩。」

「給妳二哥拿個嚐嚐，大嫂一會兒再吃，妳先吃。」季歌對著二朵笑，繼續煎著餅子。

第二日吃的是蕎麥饅頭，中午季歌做了刀削麵，酸酸辣辣的湯臊子，吃得幾個孩子興奮地直嚷嚷，晚上煮了一碗雜糧粥，濃濃稠稠的很是香軟醇濃。

隨心所欲地吃吃喝喝，日子過得飛快，眨眼就入了冬，天氣更加的寒涼，屋簷下竟開始結起細細的冰凌，季歌眉宇間的愁容更甚了，有心掩飾都掩飾不住。花大娘跟她說，山裡的冬天漫長又寒冷，她心裡早有準備，卻沒有料到會這般嚴寒，才剛剛入冬啊！

每日起床後，又多了樁事情要做，氣溫實在太低了，一早起來，屋簷下的地面都會結上一層薄薄的冰，須得用鏟子敲碎了，再仔細地清掃一番，才能在上面行走。季歌總讓二朵帶著雙胞胎在炕上窩著，等吃早飯的時候再起床。

山裡的路不知道難走成什麼模樣，季歌有些食之無味，明兒就是初六，大郎二十歲生辰，也不知能不能趕回家，想著想著就越發的惦記起大郎。

劉二郎看著漸漸憔悴的大嫂，抿著嘴沈默著不說話，不知道在想什麼；二朵和雙胞胎發覺氣氛不對，看看大嫂又看看二哥，很快就明白過來，他們在擔憂大哥，三個孩子被影響了，精神有些蔫，劉家不復前兩日的溫馨，如同屋外的天色陰沈沈的，似心頭壓了座山。

十一月初九，傍晚飄起了小雪，密密麻麻飄得很急很快，季歌的擔憂成了事實，切菜的時候一不小心切到了食指，好在她手閃得及時，只是破了個口子，還是流了不少血，把二朵和雙胞胎給嚇壞了，眼淚滴滴答答地落著，一個勁地喊大嫂、大嫂，臉上全是害怕和恐慌，三個孩子牢牢地抱著她，哭成一團。

季歌的心被狠狠撞擊著，連日恍惚的神情一下子就清醒了，除了大郎，她還要顧好這幾個孩子啊。「沒事，不哭，一會兒就好了。」

劉二郎已經麻利地從角落裡捏了個蜘蛛網敷在季歌的食指上，眼睛定定地看著她。「大嫂，我去山裡接大哥。」說著，他就準備出屋。

「別去。」季歌連忙伸手拽住他的衣裳。「他會回來的，不用去接。好了，這兩天是我情緒不好，也連累你們了，現在沒事了，不哭了，不哭了，我做好吃的給你們；還有二郎你哪兒也不准去，就在我眼皮子底下待著。」她還真怕二郎入山。

次日一早，小雪停了，應是半夜停的，積雪不深，季歌起得早，從屋裡拿了掃帚，細細地清掃著屋簷下的積雪，掃完了整條走廊，正準備進廚房時，看見有個人正走上坡，她愣了一下，直接拎著掃帚，顧不得屋前的積雪，三步併作兩步衝了過去。

劉大郎瞧見媳婦的動作，忙張開雙手，將撲在懷裡的媳婦緊緊摟住，狠狠地鬆了口氣，總算是回家了。

過了好一會兒，季歌才能發出聲音，哽咽著說：「我一直在等你回來。」

「我回來了。」劉大郎有好多話想對媳婦說，卻又不知道從何說起，憋了半天才擠出這麼一句。

季歌倒是不在乎這個，人回來了就好，只要人能平安地歸來，什麼都好。「你昨晚在山裡過的夜？」情緒平靜些了，立即注意到他大清早回家這事。

「嗯。」劉大郎不想提這話題，不想讓媳婦憂心。「先進屋吧，外面風大寒氣重。」

「對，咱們進屋說。」季歌點著頭，拉著劉大郎的手。

待進了屋，她麻利地先把火塘裡的火堆燃起，往壺裡添滿水，掛到了鐵鈎上燒著。「你先過來烤烤火，我來收拾竹簍。」

「年貨妳都置辦好了？」見鐵鈎上熏著的臘魚、臘肉，劉大郎驚訝地問著。

季歌笑著歸置竹簍裡的東西。「對，我跟你說，現在家裡也有個穩定的收入了。我熏的火焙魚，用二十五文錢一斤，賣到鎮上的新悅酒樓。已經賣了兩趟，得了些錢我就辦了點年貨，也把糧食買足了，還買了點窗花、剪紙之類的喜慶物，咱們過個豐盛點的年。」

「媳婦妳可真厲害。」劉大郎憨憨地笑著，眼睛亮亮的，充滿著歡喜。「我買了兩斤五花肉，還有三斤肥肉，半斤魚乾，半斤乾貝，還有點果脯和瓜子。」說著，他又在懷裡掏了掏，拿出一個錢袋。「這裡還剩三百二十六文錢，妳收妥當了。」

季歌也沒矯情，把錢袋收進了衣兜裡。「現在天冷，擱幾天也沒事，這五花肉咱們就不熏了，今兒個早上就做三鮮餛飩，我去和麵。」蝦皮、豬肉、雞蛋都有，正好大郎也回來了，得做些好吃的給他嚐嚐。

「好。」劉大郎樂滋滋地想，光聽名字就覺得特別好吃，還是媳婦好。

「對了，花伯兩老隨著兒子搬離清岩洞了，入冬前的事，搬到了松柏縣，你知道是哪兒嗎？走的時候，把南邊山坳裡的半畝地給了咱們，花伯還細心地教了二郎怎麼種地，又給了雞鴨各一對，還有一個石磨、一套農具等等，零零散散的給了不少呢。這情得記著，往後有機會，還能住一塊兒了，得好好孝敬兩老。」

「這是把咱們當家人看待了，要當成正經親戚來走。松柏縣我知道，去年跟著隊裡的頭頭去過一回，在那邊幹了二十多天的活，那是個大縣，物價比鎮裡的要貴了一倍，開銷大，但掙錢也容易。」

兩口子你一句、我一句，就這麼話起了家常，說著這段時間發生的一些事情，給對方通通氣。

季歌見壺嘴開始冒白氣，催了催劉大郎。「你去洗個熱水澡。」

「也好。」就算坐在火塘旁，劉大郎仍覺得身上涼涼的，心知這是在山裡過夜沾下的寒氣，洗個澡也就消了。

劉大郎前腳剛進屋後的澡堂，劉二郎就推門進了廚房，見季歌坐在火塘旁喊了句。「大嫂。」目光在屋裡轉了圈。「大哥回來了？」問得有點急。

「對，剛回來的，這會兒洗澡去了，他昨晚在山裡過的夜。」季歌說著，又道：「你大哥帶了些吃食回來，今天早上咱們吃三鮮餛飩。」

「好。」劉二郎應著，拿了壓扁的柳枝沾了點粗鹽漱口。

麵和好了，蓋上濕布發一段時間，趁著空檔，季歌著手張羅著餡料，屋裡很快響起了有節奏的剁菜聲。等餡料準備好，正好可以擀餛飩皮。

劉大郎洗了澡出來，渾身暖洋洋的，對著劉二郎笑了笑。「二弟。」

「大哥你回來了。」劉二郎開心地笑著，跟他說起地裡的事。

二朵領著雙胞胎進了廚房，一見到劉大郎，撒著歡地朝著他奔去，眉開眼笑地喊著。「大哥、大哥你可回來了。」大哥回來了，大嫂就不會不開心了，可真好。

這麼熱情，還是頭一回啊，劉大郎被嚇著了，都不知道要怎麼反應。

「行了，別鬧你們大哥，快漱口洗臉去。」季歌出聲幫著自家男人解圍。

二朵笑嘻嘻地看著季歌。「呀，大哥回來了，大嫂笑得可好看了。」

「去，都調侃起妳大嫂來了。」季歌確實高興，說話的時候眼裡都帶著笑。

劉大郎看著媳婦，臉上的笑止都止不住，心坎裡軟乎乎的，就像那剛出爐的饅頭，熱熱的還有絲絲甜味。

足足包了一百二十個餛飩，皮薄餡多，一家大大小小的共六口人，竟把這一百二十個餛飩吃得乾乾淨淨，連湯都喝得一點不剩，早飯過後，一個個挺著肚子靠在椅子上，回味著嘴裡的美味。

「大嫂，我喜歡吃餛飩。」三郎拉著季歌的衣裳，歡喜地說著，清亮的眼睛裡透著光。「比餃子還喜歡。」

三朵連連應著，認真地點著小腦袋。

季歌忍俊不禁地摸摸他倆的頭髮。「家裡還有五花肉，明天早上咱們還吃餛飩。」

「我去睡會兒。」昨晚沒睡好，劉大郎能撐到吃完早飯已經很不錯了，這會兒頭疼得緊，特別犯睏。

「好。」季歌隨劉大郎起了身，跟著他出了廚房，進了屋，隨手關好屋門，她憂心地問了句。「有沒有哪兒不舒服？」

劉大郎握著她的手搖了搖頭。「沒有，就是睏了。」眼睛亮亮地盯著媳婦，神情帶了點羞赧，沈默了會兒，他從懷裡掏出一個銀鐲子，放在了媳婦的手心。「給妳。」

「你給我戴上。」季歌也沒扭扭捏捏的，笑得一臉甜蜜。

劉大郎見她這麼歡喜，心裡悄悄地鬆了口氣，他也想買個更好的給媳婦，可還要顧著家裡。「等明年我再送個銀簪子給妳。」他仔細地替媳婦戴上銀鐲子，拉著她的手腕沒有鬆開，很認真地看著她說：「我錢不多，我就一年給妳買樣飾品，我也會給妳買衣裳、買鞋子、買珠花胭脂，我一樣一樣地買給妳，我會好好對妳的，家裡窮，苦了妳，我會對妳好。」

他清楚地知道自己娶了個多好的媳婦，他沒別的能力，也掙不到什麼大錢，能做的就是對她好點，再好點，莫讓她覺得委屈了。

「你送的木梳子我很喜歡，天天都用。」季歌紅著眼眶說，她竟然高興到有種想要落淚的衝動。

劉大郎伸手撓撓頭。「我手藝不行，才學了不到兩個月。」本來不想把木梳子送給她的，到底是沒忍住，還是送了，那天，他覺得心都要跳出胸膛了，臉燙得特別厲害，讓他不敢回頭看。

「我覺得很好，我很喜歡。」季歌低頭看著手腕上的銀鐲子，白皙的臉上飄起了兩朵紅雲。

劉大郎樂呵呵地笑，緊緊地抱住媳婦，不知道要怎麼形容自己激昂的情緒，只好一個勁地笑著，越笑越開心，越笑越傻氣。

覺得這世間啊，再也沒有誰能比他更幸福、更美滿了。

第九章

山裡的冬天，隔三差五的飄雪，時大時小，寒風呼呼地颳，甚是凜冽剛勁。

畢竟不是土生土長的時代人，寒風吹颳得窗紙有些破裂，季歌才想起，忘記交代二郎買疊窗紙，重新糊一遍。幸好劉大郎記著這事，年年回家時，都會買窗紙。

熬了半碗漿糊，劉大郎和劉二郎負責糊窗紙，順便把窗花剪紙也給糊上，還有對聯、福字等等。這會兒，二朵和雙胞胎也不怕冷，顛顛地跟著兩個哥哥，進進出出地幫著拎物或拿物，笑嘻嘻地鬧著說話。

劉大郎看著弟弟、妹妹的歡喜樣，側頭往廚房瞧了瞧，媳婦正在張羅著午飯，他心裡甜滋滋的。這才多久，僅半年光景，家裡就變了模樣，最明顯的是幾個弟弟、妹妹，長了個頭，臉色紅潤，看著也壯實了些，最重要的是性格開朗活潑了不少，孩子心性全冒了出來，這都是媳婦的功勞。

糊好窗紙，貼了窗花剪紙、對聯、大福字，站在屋前一瞧，低矮破落的泥磚屋，添了幾分喜慶，看著就心情好。

「大嫂，好漂亮。」三朵拍著手，眼睛發出亮光，笑得特別燦爛。

二朵也眉開眼笑地朝著廚房招手。「大嫂妳快出來，咱們的屋子變得好漂亮，可真好看啊。」

季歌見他們把目光都落在她身上，便擱了手裡的活，快步走了出來，和他們站一塊兒，肩並肩地看著屋子。「是啊，可真好看。」眼裡堆滿了笑容，說不出的高興激動。

生活隱約露了點火紅預兆呢，她相信來年，日子會越過越好！

「都進屋去，外頭風大，穿得厚實站久了也耐不住寒。」看了會兒，季歌笑著催了兩句。

一家人高高興興地進了廚房，關上屋門，擋住了凜冽的寒風。火塘裡燃燒著一個火堆，正在煮飯，小灶的火也生了，正在燉魚，屋內很溫暖，瀰漫著濃濃的香味。

「大嫂我想烤地瓜吃。」三郎眼巴巴地看著季歌，等著她說話。

季歌應著，對劉大郎道：「地窯裡還有點地瓜你去拿些過來，然後再拿點芋頭、土豆。」

「好。」劉大郎起身往屋後走。

三郎跟著起了身。「我也去，大哥你帶我去。」樂顛樂顛地跟了出去。

二朵脆生生地問：「大嫂咱們吃土豆燉排骨吧？」

「我想吃土豆肉絲卷餅。」三朵難得沒有重複姊姊的話，似是怕大嫂不做，她走了過去，輕輕地拉著大嫂的衣角。「土豆肉絲卷餅。」又重複了一遍。

季歌低頭對著她溫柔地笑。「都做，這會兒離午時還早著，只要家裡有的，大嫂都給你們做。」

「大嫂真好。」三朵露出羞澀的笑，抱住季歌的腿，腦袋依在她的腿邊。

二朵用食指刮著臉頰。「三朵羞羞，還跟大嫂撒嬌呢。」

「妳還一口一個喜歡大嫂呢，一天到晚地說。」劉二郎忍不住調侃了一句，眼裡有著濃濃的笑意。

「我本來就喜歡大嫂，最喜歡大嫂了。」二朵沒皮沒臉笑嘻嘻地應著。

三朵挪了挪身子，躲到了大嫂的另一邊，不去看姊姊。

季歌低頭看著她，她就仰著小臉衝她笑，笑容明亮透著羞澀，讓季歌心裡一軟。「三朵還小，撒嬌也是正常的。」才四歲呢，可不就是撒嬌的年紀。

這時，劉大郎和劉三郎拿著東西進了屋。二朵忙湊了過去，接過大哥手裡的盆子。「大嫂我幫妳削土豆皮。」至於芋頭，大嫂向來不要他們碰。

「好，慢著點，小心些。」

要是換了往日，三朵會顛顛地跟著姊姊削土豆，可這會兒，她卻依舊抱著季歌的腿，黏在她身旁沒動，乖乖巧巧的。

孩子親近她，季歌心裡是歡喜的，也沒有說什麼，繼續切菜。

午飯很豐盛，說起來，自大郎回來後，家裡的飯菜就豐盛了許多，也是今年存糧多，還有各種菜乾和曬好的菌類以及在鎮裡買的食材等。

三不五時的飄著雪，寒冬臘月的正是農閒時，手裡沒什麼活計，一家人就窩在火塘前，說說笑笑、熱熱鬧鬧的，日子過得飛快，轉眼就到了大年三十。

大年三十的團圓飯是最最重要的，二十九日就開始著手準備著，當然，大部分都是季歌在做，或是指揮分派任務。到了三十這天，看著滿滿一桌豐盛的美味，所有人臉上都綻開了如花一般燦爛的笑臉，三個小一點的孩子特別有種成就感，這是頭一回參與年夜飯呢，三個大的則是感觸良多，尤其是劉家兄弟，自父母去世後，也就今年過得像樣些。

吃飯前，先說了一通吉祥話，劉家兄弟都是話不多，三個小的呢，又不識字，還是季歌有準備，提前教著他們，讓他們在大年三十吃飯的時候說。三個孩子學得很認真，聲音清清脆脆、響響亮亮的，有著孩子特有的清澈純淨，光聽著就讓人打心眼裡舒坦愉悅。

熱鬧的年夜飯過後，就是守歲。趁著這時間，季歌和了麵，一家子圍坐在桌前，邊說邊包著餃子，氣氛格外溫馨暖情。

子時一過，劉大郎就去放了鞭炮，安靜的山裡，立即被一聲聲的鞭炮轟醒，這是迎新年，家家戶戶都得放鞭炮。

「新年到嘍，新年到嘍！」三郎一蹦一跳地嚷嚷著。

聽著那炮竹聲，屋子裡的人一個個都笑容滿面，就算是三更半夜，也都顯得特別精神抖擻、容光煥發。

季歌煮了餃子，一聲喊道：「來了，吃餃子，快進屋，咱們吃餃子了。」

吃完餃子，洗了臉，收拾收拾便回屋睡覺了，守歲什麼的，一般都是守上半夜。

第二天一早，劉大郎和劉二郎就開始清掃積雪，不僅屋前的積雪要掃乾淨，還有上坡的道以及下面的那條路，都得清掃出一條道來。因為大年初一是家家戶戶要上門說話的，你屋前的路不清出來，誰願意踩著積雪進屋？

早飯也是吃餃子，熱騰騰的一碗餃子下肚，就覺得這日子啊，真是賽過神仙了。早飯過後，季歌麻利地拾掇好屋子，又把各種零嘴擺了出來，共有六碟，買來的零嘴只有四樣，剩下的兩樣是她自己做的，一樣是玉米發糕，還烙了點小巧的蕎麥餅。

等著道路清掃乾淨，劉二郎領著弟弟、妹妹家家戶戶去拜年，季歌和劉大郎就留在家裡，等著別人過來拜年，也是增進感情的一種方法。大多數都是大人領著孩子，一來就是好幾個，也不會坐太久，除非是相熟的人家，一般就是坐會兒，稍稍的說幾句話，然後就起身走了。

往年劉家都沒幾個客人，今年卻不同，應是有小孩回去說了，整整一天就沒清閒過，隔了一會兒就會有人過來，碰到時辰好時，還會兩、三波的人一併過來，人太多屋子小，只能堪堪地擠著，連杯水都喝不上就起身走了。小孩子走的時候，季歌會分點零嘴給他們，他們也會用布袋子裝好。

「好在咱們買了兩回果子，不然到了這下半午，就沒得添盤了。」季歌笑著又一次清掃滿地的垃圾，雖累心裡卻是極高興的。過了今天，只怕整個清岩洞都知道，劉家已經不同往日，以後願意打交道的鄰居一定更多了。

劉大郎是整整一天都在笑，也不覺得臉疲，見沒人，他激動地大著膽子抱住了媳婦，在她臉邊親了口。「媳婦，有妳真好。」

季歌聽著這話，嘴角的笑一直咧到了耳根，眼角眉梢全是愉悅。

按理初二該回娘家，奈何清岩洞是個深山溝，大雪封山別說出山回娘家，連這清岩洞都出不了。

「等山裡融了雪，我要進鎮做工，路過柳兒屯時，去看看一朵。」聽媳婦說一朵懷了娃，劉大郎想著到時候這送禮得好好琢磨琢磨。

劉二郎抬頭看著大哥，納悶地問：「今年還出去尋短工？」

「半畝地不夠吃。」要是可以，劉大郎也不想和媳婦分居兩地，可家裡這情況，他不出去做工怎麼成？

季歌也不願意大郎去做苦活、累活，她想一家人生活在一起，窮點也沒什麼，吃穿不愁就行。「手裡攢了點錢，等山裡融了雪，就可以進鎮送一趟火焙魚，能掙一、兩百文錢。我想今年養隻豬，也看看誰家要抱窩，我過去說道說道，出點物或錢，讓咱們也抱一窩小雞來養。家裡的菜地，大娘走時也說過，她屋前的菜地也歸咱們，跟村裡也說好的，這兩塊菜地得好好地拾掇拾掇。

「大郎你看，山坳裡的地，加上兩塊菜地，養豬、養雞鴨，再加上新悅酒樓一月送一回的火焙魚，家裡的事也挺多，要不，就別進鎮做工了。」頓了頓季歌又說：「我還想著，再搗鼓搗鼓，看能不能整點新吃食出來，能到鎮裡賣錢的，如此一來，事情就更多了，你走了，家裡忙不過來。」

二朵將要八歲，屋裡的瑣碎活能幫把手，三朵和三郎將要五歲，還是個孩子，二朵得多多地顧著點他們，家裡的活多數還得落在季歌身上。

劉大郎皺著眉，顯得有些猶豫。他一個月能掙三百多文，偶爾主家有打賞，能拿個四百文左右，說來掙得也不少了，就算是這樣，家裡依舊吃了上頓沒下頓；倘若他放棄做短工，在家裡幫著幹活拾掇，就靠著那一月送一回的火焙魚，一、兩百文錢的收入，還是不夠啊。

眼見弟弟、妹妹都大了，有兩年沒添新衣裳，今年春衫得添一套，冬日裡的厚襖子和棉褲也得添一套，光是衣裳的錢，就要近二兩銀子，他倒是沒什麼，可不能委屈了媳婦。山坳裡的地最多只能管一家人小半年的口糧，剩下的大半年還得用錢買糧，日常生活用品一樁樁、一件件，單個瞧著錢不多，算起來又是好幾百文。

還有一朵那邊，身為娘家她生了娃，總得顧一顧，二弟算是吃著十四歲的飯了，沒兩年就得張羅著成親的事，家裡才攢了多少錢？接下來還有二朵和三朵、三郎呢，往後還有他們自己的孩子要養，日子還那麼長，他說過要對媳婦好，年頭到年尾總要給她添點東西，身上擔子這麼重，哪能說不做短工就能不做短工的。

他還想著，今年得好好地跟師傅們打交道，學點兒手藝，就算只是個半吊子，也能拿手藝人的工薪了，四、五百文一個月，活也輕省些，得賞的機會也更多一點。

「再看看吧，說不定下半年就不做短工了。」劉大郎看出媳婦眼裡的不捨，他心裡有些酸澀，沒有把話說死，若是下半年真不能拿手藝人的工薪，家裡又有了另外的掙錢路子，他當真就不做短工了。有穩定收入，他還是願意陪著媳婦的。

大郎有他自己的想法，季歌也沒勉強他，心裡想著，她得再想個掙錢的法子來，有穩定的收入來源，想來大郎就能安心地待在家裡，一家人踏踏實實地過日子了。「行，你就先出門做半年短工，等家裡有了穩定的收入來源，你就回來吧，你一個人在外面，我心裡頭惦記也不放心。」

「有什麼不放心的，我一個大男人能挺住。」劉大郎故意說得輕巧，悄悄地拉住了媳婦的手，輕輕握在手心裡。

初四太陽總算捨得冒出頭，連續晴了兩天，山裡的積雪融得差不多，到處都濕答答的，好像下了場大雨似的，出入行走都得特別注意，一不留神就會摔跤。初六這天沒太陽，陰沈沈的天，颳的風透著一股沁骨的寒意，初七飄起了小雨，初八、初九是陰天，初十被眾人心心念念的太陽又出來了，往後連著六天，都是晴朗的好天氣。

劉大郎是十六走的，就收拾了兩身衣裳鞋襪，旁的也沒多帶，天剛剛濛濛亮，濃濃的白霧籠罩著整個清岩洞，他才走下坡，就看不見身影了，季歌追了好幾步，追到了大道上，只見他單薄的背影在濃霧裡一閃，又沒了蹤跡，那一瞬間季歌明白了心疼是種什麼滋味。

「大嫂。」劉二郎站在她身後，喊了聲。

季歌迅速掩住情緒，飛快地看了眼劉二郎，低頭從他身邊走過。「二弟要去山坳裡嗎？灶臺還亂著呢，我進屋收拾去。」

等她進廚房，卻見二朵正在有模有樣地清洗著碗筷，三朵小心翼翼地端著乾淨的碗踩著小凳子放進廚櫃裡，三郎則拿著抹布認真地擦著桌子，見她進來，三個孩子抬頭看著她，露出歡喜的笑。「大嫂。」

「欸，今兒可真勤快，中午想吃什麼？大嫂給你們做。」看著孩子純淨的笑臉，季歌沈重的心情得到了舒緩。

二朵嘴甜甜地應著。「大嫂做什麼都是頂好吃的，都歡喜吃。」

「蘑菇芋頭湯。」約是過年那會兒，三朵鼓起勇氣，沒有跟著姊姊說一樣的話，見大嫂對她很親暱，漸漸地她便大膽了些，在大嫂跟前能說出自己的想法。

不知道大郎和二郎跟三郎說了什麼，小小的三郎，最近有點小大人的樣子。「都可以，大嫂我不挑。」看這話回得。

其實孩子們愛吃什麼，季歌心裡都有譜，他們不說，中午她便做了三道菜，都是幾個孩子愛吃的。

進了二月要張羅著春耕的事，劉家也很忙，今年手裡的事挺多的。二郎負責著山坳裡的地以及兩塊菜地，三郎做他的小幫手跟進跟出，幫點力所能及的事情。季歌領著另外兩個孩子，把家裡拾掇妥當了，就拎著地籠到小河裡或山裡抓小魚，這活不難，難的是要給小魚清內臟，這就是個精細活了，好在二朵和三朵雖小，耐心卻足、做事也細緻，姑嫂三人齊心協力動作也不慢。

劉大郎走之前和二弟在菜地左側搭了一個豬圈，忙了整整五天才搭好，本來山裡積雪剛融他就想走，被這事給耽擱了幾天。楊大伯要去買小豬崽，因那頓酒席的功勞，劉、楊兩家關係挺不錯，季歌便覥著臉上門，要楊大伯幫著一併買頭豬，老楊頭二話沒說就應承了。這不剛回家，就把豬崽給送過來了，是隻很精神的小豬崽。

等人走後，季歌帶著二朵和三朵湊到豬圈外看著小豬崽，心裡的感覺，就如同上輩子彩色電視剛出的那幾年，村裡有好幾戶都買了彩色電視，然後家裡咬咬牙，終於攢齊了錢也買了，坐在自家屋裡看電視的時候，有那麼一瞬間覺得挺不真實的，這種複雜的情緒，現在又出現了。

前世她季歌可以奮鬥成功，這輩子也一定可以！

第十章

二月裡乍暖還寒，進了三月就大不同了，明媚的春光透著微微暖意，就是早晚時分還殘留著些許冬天的冷意。三月中旬，順大娘覺得時候正好，就準備著讓母雞抱窩，特意過來劉家跟季歌知會一聲。

季歌歡歡喜喜地把這段日子攢的雞蛋拿了出來，順大娘細細地挑選著，拿走了八顆種蛋。走時順大娘告訴季歌，母雞抱窩約二十一天，到時候孵出小雞，就讓人過來給她說一聲。

季歌還以為幾天就能成事，沒想到還挺費時的，心裡琢磨著，去拿小雞的時候，得做點玉米發糕帶過去，多少也是個心意。

因家裡的豬崽還小，糞便不足，幸好花伯家的糞池裡尚有一點，山坳裡的地和兩塊菜地，用的就是花伯家的糞。二朵領著三朵顧著家裡的瑣碎活，季歌就負責割豬草、撿柴木、放地籠、抓小魚等等。現在正是青黃不接的時候，家裡攢的各種菜乾、乾貨都吃得差不多，只得在山裡挖野菜，好在這時節正值野菜茂盛，如馬蘭頭、薺菜、魚腥草、蕨菜、水芹菜、春椿、小野蒜等等。

清晨天濛濛亮，山裡霧氣大，白茫茫的跟仙境似的，季歌張羅著早飯，二朵幫著燒火，三朵拿著掃帚慢悠悠地清掃著屋前屋後，別看孩子小，動作也慢吞吞，做事卻很細緻整潔。

二朵跟她恰恰相反，幹活俐落歸俐落，就是有點馬馬虎虎不夠仔細。劉二郎領著三郎進山割獵草，早上的豬草是由兩兄弟割的，下午和傍晚則是季歌接手。

待吃過早飯，二朵和三朵收拾灶臺，季歌拿著髒衣裳到小河邊洗，二郎把水缸添滿，三郎把新鮮的豬草剁碎拎著木桶餵豬，重活拾掇好了，兩兄弟就往地裡鑽，精心地侍弄著，生怕出了差池，遇著不懂的，二郎便覥著臉問熟悉的叔叔、伯伯，都是厚道人家，找上門了就會細心地教著，如此，家裡的地侍弄得還真不錯。

季歌知曉了，會抽個時間做點小餅子或發糕等，領著二朵、三朵給人家送去嚐嚐味兒，一來二去的，就跟這幾戶人家越發地熟稔，甭管有個什麼事，都會著人過來說一聲，路上遇著了也會嘮嗑幾句，知劉家要穀殼、木屑等，正好家裡還有些，如今又不熏臘魚、臘肉，索性做個人情，讓二郎抽個時間擔回去。季歌心裡感激著，想了想就送了些火焙魚以及自個兒做的吃食零嘴。

等季歌洗好衣服回家晾曬時，太陽正好冒出半個頭，山裡霧氣散去，氣溫漸漸升高。

「二朵、三朵，我出門了，妳們仔細些。」

「知道了大嫂。」二朵擱了手裡的活，顛顛地從屋後跑過來應了聲。

三朵不說話，手裡端著半碗雞食，咧嘴衝著大嫂直笑，笑得眉眼彎彎。

季歌摸摸三朵的頭髮，揹著小竹簍拎著三個地籠，匆匆忙忙地走了。二月裡劉二郎出山送火焙魚時，花錢買了個地籠，清岩洞山多水多，一時半刻的還真不用擔心會沒有魚，一個月下來做好的火焙魚由四、五斤增到了七、八斤，是挺掙錢的，卻也很累，得腳不沾地地忙活著。

進了山，季歌選好點把三個地籠放了，在溪水邊掐了把嫩嫩的水芹，像這種野生水芹味道特別好，清脆爽口。接著就在溪水周邊撿柴木，她不敢走遠，就怕她前腳剛走，後腳就有人來收她的地籠，溪澗比不了小河，比較清澈水淺，一眼就能看出哪裡放了地籠。

撿好一捆柴，扯了根藤蘿捆綁好，擱到了灌木叢裡，見不遠處有叢豬草長得好，季歌從竹簍裡拿出刀，走了過去，彎腰麻利地割著豬草。她不知道，在身後不遠處，有個三十歲左右的男子，有著黝黑的膚色，臉很瘦長，個頭不高，約一米六七，手裡拿著一根藤蘿，正一步步慢慢地靠近她。

他叫張大財，也是家裡窮，父親死得早，就靠母親拉扯著兄弟倆，好不容易兒子大了，她卻積勞成疾死了。弟弟早些年初生之犢不怕虎，跟著出了山再也沒有回來過，也不知道是死是活，就剩張大財一人，靠著家裡的半畝貧地，一人吃飽全家不餓，手裡沒錢，人也矮醜，自然沒人願意嫁給他。

他暗地注意劉家媳婦很久了，家裡就劉二郎那小崽子頂點用，對他成不了什麼危險，就是一直沒找著機會下手。前幾天他發現這劉家媳婦總是一個人進山，便起了念頭，準備了好幾天，下定決心怎麼著也要逮住這劉家媳婦一回，好嚐嚐女人是什麼滋味。這劉家媳婦年紀也好，像根蔥似的水靈，長得也不錯，劉大郎那臭崽子倒是好運氣，換了這麼個嫩媳婦。

對於危險，每個人都或多或少的會有點感應，季歌正割著豬草呢，冷不丁的覺得好像有點不對勁，她思索著，手裡的動作也停了下來，正準備回頭看看，就在這時，一根藤蘿從身後圈住了她的腰，緊接著那根藤蘿一下子就捆緊了，牢牢地捆住她的雙手，連手裡的刀都被打掉。

季歌瞬間反應過來，用肩膀狠狠撞向身後，身後的人沒防備，被撞開了兩分，她立即張嘴就喊救命，同時拚命地往山下跑。誰知剛跑沒兩步，肩膀就被一顆石頭狠狠砸中，疼得她腳下一踉蹌，差點兒就摔倒在了地上，好不容易穩住身形，身後的人已經乘機追了上來，竟是一把從背後將她撲倒，雙手急切胡亂地扒著她的衣裳。

季歌如熱鍋上的螞蟻，急得滿頭大汗，臉色一片通紅，心知跑不掉，她邊用力地喊著，邊用腿踢著身上的人，就是姿勢不對，她是被迫趴著的，不僅喊話吃力，連蹬踢都沒章法地少了幾分力。

劉二郎挑著糞桶往回走，三郎手裡捧著挖來的野菜，顛顛地跟著哥哥，走著走著，劉二郎腳步一頓，朝著左側的山頭望著，隱約聽見有聲音在喊，他心裡一緊，想起大嫂今天就在這山頭放地籠抓魚，覺得事情不對，忙扔了桶拿著扁擔往左側的山裡衝。三郎愣了愣，繃著小臉努力地跟著哥哥，因為跑得太快，懷裡的野菜沿路一直在掉。

因季歌是趴著的，張大財急切地扒了幾下，也就讓季歌露出個小香肩，他紅著眼睛，喘著粗氣，直接用力撕著衣裳，都是有了年頭的舊衣裳、粗布料，用兩下蠻力也就廢了。衣服被撕裂的瞬間，季歌心涼了半截，掙扎得更厲害了，只是她的力道小了些，又是被完全壓住的，再怎麼掙扎也是白費力氣，她心裡泛起恐慌，眼淚答答地流了出來。

劉二郎衝進山裡，正好看見張大財對著季歌白皙滑嫩的背部發呆，黑黑、髒兮兮的手來回摸著，一雙眼睛裡泛著淫光，他只覺得腦子一片空白，拎著扁擔就奔了過去，狠狠地往張大財的腦袋砸去，鮮紅的血滴落在季歌白皙的背上，一滴、兩滴，然後，張大財身子一歪倒在了她的身上。

劉二郎扔了扁擔，一把推開了張大財，迅速脫了自己的衣裳蓋在了大嫂身上。

三郎吭哧吭哧粗著喘氣，好不容易追上了哥哥，見哥哥紅著眼睛面目猙獰地站在一旁，大嫂則躺在地上一動不動，身旁還躺著一個在流血的男人，他愣住了，心裡升起一股害怕，懵懵懂懂地走了過去，蹲到了大嫂身邊，伸出短短的小胳膊，輕輕地推了推，怯怯地喊。「大嫂。」一喊完，黑白分明的眼眸裡迅速籠上一層水霧，透著恐慌，又顫顫地去拉二哥的衣角。

季歌總算緩過神來了，她僵著身子緩緩地坐起，蓋在背上的衣裳落到了地上，她也不顧，伸手把小小的三郎狠狠地抱在懷裡，死死地咬著牙關，眼淚卻無聲落著，身體也哆嗦得厲害。

懵懵懂懂的三郎更害怕了，含著淚的眼睛睜得大大地看著二哥，一臉的惶惶不安，他不敢動，更不敢掙扎，大嫂抱他抱得好緊，好疼。

劉二郎伸手輕輕地摸了摸三弟的頭髮，默默地走到大嫂的身後，將落在地面的衣服撿起，再一次遮住大嫂的背部。

這一個簡單的動作，讓季歌身子猛地一縮，引起一股顫慄，她把懷裡的三弟抱得更緊了，腦袋伏在了他小小的背上，眼淚流得更加凶猛。

良久過後，季歌能夠控制住自身的情緒了，她抹著淚，輕輕鬆開了懷裡的三郎，音色嘶啞幽幽沈沈。「勒疼你了吧？」

「大嫂。」三郎轉過小身子，含在眼睛裡的淚水，終是落了下來，他吸吸鼻子，可憐兮兮地說：「不疼。」到底是個懂事的孩子，雖不知道怎麼回事，可隱約地明白自己該怎麼回話。

季歌嘆著氣，伸手把三郎攬在懷裡。就眼下來說，她不敢看二弟，還不知道要怎麼面對他。「他死了嗎？」

「有口氣。」劉二郎心裡有數，又問：「殺了他？」聲音冷冷的，說不出的冷血無情。

季歌閉上眼睛，深深地吸了口氣，才壓住翻騰的情緒，一會兒開口道：「別，死人不好，折了他的腿吧。」

「好。」劉二郎拎起扔在一旁的扁擔，雙手緊緊地握住，眼睛恨恨地盯著張大財的右腿，滔天的怒火在熊熊燃燒，他奮力一擊，砸下！

本迷迷糊糊即將清醒的張大財，被這一砸，立即就醒了過來，捂著疼痛不已的右腿，發出尖銳且絕望的叫喊，響徹雲霄，驚起無數鳥兒飛撲著翅膀慌慌逃離。

三郎被嚇得瑟瑟發抖，季歌輕輕地順著他的背，在他耳邊溫柔地安撫。

「今天的事敢洩漏半句，我就打斷你的另一條腿，讓你活得連畜牲都不如！」劉二郎將手裡的扁擔狠狠地砸在地上，赤紅著一雙眼睛，陰陰冷冷地盯著張大財。

張大財特別恐懼，他抱著已經疼到麻木的腿，慌慌張張地往後挪，連連點頭，害怕得連話都說不出口。
「走吧。」季歌索性穿上了二弟的外衣，借著一旁的樹，搖搖晃晃地站起身，牽起三郎的手，看都沒有看身後，邁著步子艱難地走著。
劉二郎走前，故意將扁擔沾了血的一頭握在手裡，側頭面無表情地對上張大財的視線，無聲地揚了揚手裡的扁擔，露出一個笑容。
張大財瞪圓了眼睛，張嘴又是一聲尖銳的叫喊，如同見到了恐怖的鬼魅般，褲襠頓時傳出一股溫熱，他被嚇得失禁了。
效果不錯，劉二郎滿意地收了手，大步匆匆地跟上大嫂和三弟，在山腳下看見空糞桶，他撿了起來，用扁擔挑起。
「扁擔記得洗洗。」季歌瞅見那抹暗紅色，眼裡閃過一絲厭惡，飛快移開了視線。
劉二郎點著頭應了個鼻音，他看著大嫂的背影，目光沈沈，不知在想些什麼。
路過小河邊，劉二郎清洗著扁擔，季歌看著對面不遠處的房屋，嘶啞著聲音說：「別告訴二朵和三朵。」雖極力控制，尾音還是有些發顫。
「好。」
三朵正坐在小凳子上，慢悠悠地清著小魚的內臟，她幹活細緻，清完內臟後，還得清清洗洗，再微微掐一掐，確定真的乾乾淨淨了，才擱進一旁的碗裡。二朵在火塘前守著，邊拾掇一些瑣碎事邊看著裝笸籮裡掛鐵鈎上熏著的火焙魚，時不時地翻一翻。
「大嫂，二哥，三郎。」見著人回來了，三朵依序喊著，手裡頭的活沒停，覺得有點兒奇怪，懵懂地看著大嫂和二哥，怎的二哥的外衣穿在了大嫂身上？

二朵聽著說話聲，歡歡喜喜地跑了出來。「大嫂，二哥，三弟。」她的聲音要雀躍活潑得多，顯得朝氣蓬勃。

「我去洗個澡。」季歌低聲說著，進了屋，拿了衣服去屋後的澡堂。正準備打水時，發現二弟已經拎了桶熱水過來，擱在她腳邊，也沒說話，沈默著又離開了。

二朵年歲要大些，懂得也多點，發覺到不對勁，她扯著二哥的衣袖。「二哥。」

「沒事。」劉二郎面無表情地安撫了句，頓了頓，又看著二朵說：「別拉著大嫂問。」說完，又覺得這話也不對。「別多想，什麼也別問。」

二朵和三朵面面相覷，神情堆滿了茫然，因二哥的話，內心的疑團更深了。

「三弟。」愣了好一會兒，二朵才反應過來，想起三郎是跟他們一塊兒回來的，悄悄把他拉在身邊。

誰知，話還沒說出來呢，三郎就繃著小臉，一言不發地走開了，明顯不想搭理二姊，把二朵氣得直跺腳，秀氣的眉頭緊緊皺著，到底發生什麼事了？

恰好這時季歌洗了澡出來，臉色仍煞白，眼神略顯空洞，失了往日的神采。

「大嫂。」二朵湊了過去，特別想問是怎麼回事，可想到二哥的話，她把話又嚥回了肚中。

三朵顛顛地跑過去，抱住季歌的大腿，仰著小腦袋，眼巴巴地瞅著她。「大嫂，大嫂，大嫂。」一聲聲的喊著，充滿著稚氣。

「欸。」季歌扯了扯嘴角，笑得比哭還要難看，伸手揉揉三朵的頭頂，對著二朵柔和地說：「二朵，我去睡會兒，午飯妳張羅吧。」她必須得去睡一覺，醒來後狀態應該會好很多。

「好，我會做大嫂最喜歡吃的香蔥煎蛋。」二朵樂滋滋地笑。「大嫂今天中午試試我的手藝，看看我學了妳幾成功夫。」自過了年後，大嫂就有意地開始教她廚藝，正好她也喜歡，學得很用心認真。

季歌心裡湧出一股暖流，覺得有了點精神，她笑了笑。「好。」

「大嫂，我也想睡。」三朵亦步亦趨地跟著季歌進了屋，眨巴眨巴眼睛，怯生生地說著。

這孩子……季歌鼻子一酸，差點兒就落淚了，她忍了忍。「好。」聲音裡含著重重的鼻音。

三朵得到允許，麻利地脫了外衣和褲子，像條泥鰍似地鑽進了被窩裡，短短的胳膊抱著季歌的脖子，完全窩進了她的懷裡。

第十一章

「大嫂呢?」劉二郎輕聲問了句。

二朵指了指隔壁屋。「大嫂說想睡會兒，讓我做午飯，三朵屁顛屁顛地跟過去了。」她忍了忍，還是沒能忍住，湊近二哥小聲地問：「怎麼了?大嫂的衣服壞了。」她想著還有點時間，正好把大嫂的衣服洗了，卻發現大嫂的衣裳被撕破了，難怪她會穿著二哥的衣服，這裡頭到底出了什麼事?

「別問。」劉二郎皺著眉，冷冷地說了句，想起當時的場景，他就有些控制不住自己的情緒，緩了會兒，才放柔聲音繼續說：「二朵要顧好弟弟、妹妹，也要顧好大嫂，我出山一趟，把大哥找回來，明天傍晚前必定會回家。」說著，他摸了摸二朵的頭頂。「二朵能做到嗎?」眼裡有著擔憂。

二朵立即挺了挺小胸膛，認真地答著。「肯定可以，二哥你去吧，我能顧好弟弟、妹妹，也可以顧好大嫂，我已經會做飯了。」在她小小的腦袋裡，照顧好一個人，就是讓他可以吃飽，不會餓著肚子。

「好，二哥給妳買珠花。」劉二郎笑著，進屋稍稍收拾了下，揹了個小竹簍準備出門。

緊跟著他的三郎，自然把剛剛的談話都聽到了，他繃著小臉，亦步亦趨地跟在二哥的身後。

二朵趕緊伸手拉住三郎。「弟弟要聽話，二哥有事要出門，姊姊帶著你玩。」

「三郎你得守在家裡。」劉二郎蹲著身體，看著小小的三郎。

三郎清澈的眸子似一汪水，但那是以前的事了，現在的三郎黑白分明的眼睛裡，烏溜溜的眼眸透著絲絲縷縷的幽沈，經過上午那遭事，小小年紀的他，已經藏了段心事，驟然間成長，不需要裝小大人模樣，他已經是個小大人。「我知道。」充滿著稚氣的幼嫩嗓音，語氣卻很篤定。

劉二郎同樣摸了摸三郎的頭頂，起身匆匆忙忙地走了。他必須出山一趟，把大哥找回來。

「弟弟。」二朵有點小小的憂傷，雙胞胎從小到大都是她帶的，也特別地依賴她，可今年的雙胞胎啊，三朵黏著大嫂，三郎呢，越來越像大哥了，跟個木頭似的，整天繃著張小臉，喔，比大哥還要木頭。

三郎伸手抓住二姊的食指，皺了皺眉。「不要戳我的臉。」表情很嚴肅。

二朵噗哧一下笑出了聲，好可愛的弟弟。

「地籠還在溪澗裡，我去取回來。」三郎邁著小短腿蹬蹬地跑進了廚房，搬了個椅子站在上面，拿起擱牆角落裡的魚簍。

「當心點，慢點走。」二朵倒是不擔心，她常帶著弟弟、妹妹進周邊的山裡，路是熟悉的，把地籠取回來也好。

三郎拎著魚簍，順順溜溜地進了山裡，來到小溪邊，將地籠拿了出來，裡面的魚不多，他細心地都取出來放在魚簍裡，再清洗一下地籠，疊放在一旁，取第二個地籠。很快三個地籠都取出來了，他一手拿著魚簍，一手拿著疊好的地籠，路過那塊事發地，看到枯葉上殘留的血跡，他停下腳步，走了過去，把沾有血跡的枯葉都踩碎蹂了幾腳。

他年歲小，還不大明白事情的嚴重性，不過，聽著二哥的話，看著丟了魂似的大嫂，他隱約有點猜測，雖仍懵懵懂懂，卻知道了要怎麼做事說話。大約就是老人常說的，骨子裡的天性，三歲看老。

地籠取回來後，三郎坐在屋簷下，慢吞吞地捏著小魚的內臟，他看著手腳是慢，等過一會兒去看時會發現，慢歸慢，卻沒有失了效率。他做事很專注，似是沈浸在事情裡面，有著一種節奏感。

中午二朵做好了飯菜，可大嫂和三朵還沒起來，她洗了把手，往隔壁屋裡走，靠近床邊，對上了三朵烏溜溜的大眼睛，再看大嫂，臉色依舊還是白白的，眉宇緊皺，睡得不是很安穩，把三朵抱得很緊。

「餓嗎？」看了會兒，二朵悄悄地問三朵。

三朵微微搖了搖頭。

「我把飯菜溫鍋裡，妳繼續陪著大嫂睡。」二朵想，不知道大嫂上午經歷了什麼可怕事情，睡都睡得不踏實，幸好有三朵陪著。

下午的時候，季歌被餓醒了，她睜開眼睛，三朵發現了，立即咧嘴對她笑，軟軟糯糯地喊她「大嫂」。

「什麼時辰了？」季歌心裡暖洋洋的，忍不住親了親三朵的額頭，真是個好孩子。

三朵搖搖頭，她還不大懂這事。

「起來吧。」季歌笑著掀開了被子，睡了一覺後，整個狀態是好了不少，覺得輕鬆多了。

二朵正好收了衣服進來。「大嫂、三朵妳們醒了，鍋裡溫著飯菜。」

「欸。」季歌溫和地應著，穿好衣服，牽著三朵的手進了廚房，見到牆角裡掛著的地籠，愣了下。「二弟把地籠取回來了？」

「不是啊，三郎取的，二哥出山了，說要找大哥回來。」二朵連衣服都沒有摺，就進了廚房，幫著拿碗筷擺飯菜。「大嫂，小魚都清理好了，一會兒咱們焙乾吧。」

出山？季歌失神了半晌，才堪堪緩過來，有些心不在焉地點頭應著。

次日約申時半，劉大郎和劉二郎一身大汗熱氣騰騰地回了家。

季歌坐在屋簷下發呆，看到劉大郎的瞬間，身體比腦子反應得更快，飛奔進了他懷裡，緊緊地抱著他，紅了眼眶。

大郎不在時，她是家裡的主心骨，她要堅強勇敢些。大郎回來了，大郎是她的丈夫，她的主心骨，她可以完完全全的露出自己的脆弱。

「我回來了。」他曾說過相同的話，這一回卻是哽咽著嗓子，透著說不出的沈重和愧色。

季歌覺得很安心踏實，她不想說話，只想抱著這個男人，聞著他身上的氣息，她就覺得很心安，堆積在心裡的負面情緒，都通通消失了。

「我不走了，我不會再離開妳。」窮點就窮點，無所謂了。劉大郎想著，把媳婦抱得更緊了。對他來說，懷裡的人是最最重要的。

季歌的腦袋深深地埋在大郎的懷裡，聽著他的話，高興得連連點頭，嗚咽得連話都說不出來了。

是夜，無月亦無星。寂靜的山裡，能聽見風聲，窗紙微微響動，更遠的深山裡，隱約傳來野獸的叫喊。季歌窩在劉大郎的懷裡，抱著他精壯的腰，被窩裡暖暖的，她的心坎熱呼呼，覺得很踏實心安。

「睡不著？」劉大郎知媳婦沒睡，等了一會兒，見她還沒有睡，忍不住小聲詢問。

「中午睡了一個多時辰。」季歌細聲地答道，嘴角露出一個笑。

經歷那遭事，昨兒下午還好有三朵陪著一起睡，昨晚一個人躺在被窩裡，總會被惡夢驚醒，然後，再也無法入睡，只能呆呆地看著窗外，漆黑的夜一點點的變亮，當天空露出微微光線時，她就如同一個絕望的人看到了希望，一夜總算挨過去了。現在大郎回來了，她可以擺脫惡夢，不用再苦苦煎熬。他說他再也不離開了，真好。

雖說待在家裡的時間短，劉大郎卻清楚媳婦沒有睡午覺的習慣，他想起二弟跟他說的事，把媳婦往懷裡再抱緊了些，親親她的頭頂，黑暗裡，他的嗓音特別低沈，略顯幾許嘶啞，意外的有種說不出的性感。「對不起。」他嘴拙，不會說話，更喜歡用行動來代替語言，剎那間，他心裡生出一個想法，他覺得他必須做點什麼。

說「沒事，我很好」這種安撫性的話，季歌說不出來，對幾個弟弟、妹妹她可以這麼說，對大郎卻說不出來，她不想在丈夫面前假裝堅強，她確實很害怕，受到了很大的傷害，但同時她也不願意多說什麼，事情已經發生，也已經成為過去式，日子還得繼續往下過，委屈的話說多了，大郎會承受過多的心理壓力，這樣也不好，會成為一個隱患，說不定有一天就變成嫌隙了。

還有一個原因，算是女人的天性吧，若委屈時有人哄著，一點小小的委屈就會被放大數倍，因為有人把妳捧在手心裡啊，本來沒什麼事，說著說著也會覺得自己受了好大的傷害，時日久了，會越發脆弱，若沒人時時小心翼翼地哄著，會怨天怨地，用一個現代詞來說，遲早有一天會被自己作死。

季歌是個成年人，她有自己的堅持和底線，她很清醒也很理智，因此，她覺得事情過去了就過去了吧，那人也受到了應有的懲罰。她平靜的生活，不能被這件事給攪和了。

季歌不說話，她伸手摸摸劉大郎的臉，抬起頭，在他的臉上親了口，雙手挽住他的脖子，把腦袋窩在他的胸膛上，不知不覺，睏意來襲，她就睡著了。

聽著媳婦平緩的呼吸聲，劉大郎閉上眼睛，沒多久也睡著了。

天濛濛亮，公雞打第一聲鳴，劉大郎便醒了，灰暗的光線裡，只能模模糊糊地看清媳婦的臉，他低頭碰了碰媳婦的鼻子，眼裡堆滿了柔情。緊接著，他輕手輕腳地起了床，替媳婦掖好被子，迅速穿戴好衣服，匆匆忙忙地出了屋，也沒進廚房洗漱，舉步生風走得急促，很快隱沒在濃濃的白霧裡。

白霧很濃使得能見度不足三公尺，整個村子尚在沈睡中，路上沒有人，劉大郎依著記憶，很快來到張大財的家門前，他站在屋前，看著這破敗的泥磚屋，烏溜溜的眸子裡泛著幽光，陰陰冷冷。靜站了會兒，他從屋側撿起一根木棒，推開了其中一間屋子，冷風灌進屋內，床上蓋著薄被的人打了個冷顫，往被子裡縮了縮。

劉大郎走到床邊，一把拎起張大財，在他未反應過來時，往他脖頸敲了一下，並不重，只會讓他昏迷一段時間。他把軟成一攤泥的人扔床上，將木棒放回原處，又在屋裡翻找一遍，尋來一個麻袋和麻繩。將人捆嚴實了，又往他嘴裡塞了臭襪子，然後才把人裝進大麻袋裡，輕輕鬆鬆地扛著走出了屋子，關上屋門消失在了濃濃的白霧裡。

一路走著，出了深山，路過景河鎮，劉大郎繼續走著，絲毫沒有停歇，專挑沒人的小路和山道走，麻袋裡的人有甦醒的跡象，他就毫不猶豫地給一個手刀。等到了正午時分，他揹著麻袋連續過了兩個鎮子，再走半個時辰，就是懷安縣，這是他的目的地。

來到一條沒人的巷子裡，劉大郎喘著粗氣，把人扔到了地上，解開了麻繩扔進了大麻袋裡，看著地上昏迷的人，漆黑的眸子裡閃爍著嗜血的戾氣，終究是沒能忍住，徒手折斷了張大財的一隻右手。劇烈的疼痛，使張大財立即從昏迷中清醒，因嘴裡塞著臭襪子，他只能發出嗚咽的聲音，好不容易疼痛有所緩解，他才伸出左手扯掉臭襪子，看著陌生的環境，整個人都懵了。

此時，劉大郎已經出了懷安縣，買了兩個饅頭，邊吃邊趕路。他沒有和媳婦說一聲，就這麼出來，媳婦不知道有多擔心。想到這裡，他走得更快了。

他是恨不得殺了張大財，可二弟說媳婦不願意，那就不殺吧，讓他生不如死也是好的。張大財連清岩洞都很少出去，更別提懷安縣，此地離景河鎮甚遠，也無人知曉清岩洞是哪兒，被折了一隻手和一條腿，回不去清岩洞，就只能當乞丐求生。

傍晚時分，劉大郎一身大汗地歸家，連衣裳都汗濕了。

季歌憂心了一整天，見他回來，忙走過去拉著他的手。「你出山了？沒吃飯吧？鍋裡溫了些飯菜，你先吃飯還是先洗澡？」說著，打了盆水放架子上。

「想起一點事，就出山處理了下。」劉大郎洗了把臉，整個人覺得舒坦多了。「我先吃飯，一整天就吃了兩個饅頭。」

「好。」季歌趕緊擺飯菜。

劉二郎看著大哥，目光微閃。他特意去張大財家走了一趟，那人不見了，想著大哥大清早的不見人影，心裡略有猜測，眼裡有了笑意，覺得十分解氣。

吃過晚飯，劉大郎稍歇了會兒，才到屋後洗澡，這麼一折騰天也黑了，他走了整整一天的山路，疲累得很，躺在床上沒多久就睡著了。

季歌看著他沈沈的睡顏，眼裡一片柔和。

第十二章

三月下旬，氣溫越發的暖和。大郎回家後，戶外的各種活計都歸了他，季歌帶著二朵和三朵屋裡屋外拾掇著，分工明確，都輕省了不少，飯後，還能坐一起說說話、聊聊家常，再進屋睡會兒。

日子細水長流般地過著，平和靜謐。那事如同一個夢境，也就當時留了點痕跡，隨著時間的流逝，被抹得一乾二淨。

二朵剛上了坡，就衝著門口喊。「大嫂。」眼睛亮亮，笑容燦爛，揚了揚手裡的破罐。「抓了好多蚯蚓。」

三朵今年長了些肉，短短小小跟個小胖子似的，一雙黑白分明的杏仁眼，襯得那張胖嘟嘟的小臉可愛得不行，總勾得人心癢癢想捏捏。雙胞胎都不大愛說話，能用行動表達的就用行動表達，能不說話就不說話，這會兒，顛顛地跟著二姊回了屋，就依到了大嫂的身旁，專注地看著她編草鞋。

草鞋用的是麥秸，前兩天覥著臉跟楊大娘討的，又跟著學了兩天，好在她以前跟人學過編中國結，兩者有些相似，學起來挺容易上手。

「拾掇的時候悠著點。」季歌見不得這些軟體生物，只是說了法子，沒想到，二朵還真興致勃勃地搗鼓了起來。也將近十天了，還是有些成效，這讓她更加激動興奮，有點兒空閒就跑出去抓蚯蚓，回家用破罐煮熟後，剁碎拌著糠末一併餵給雞吃。

以前偶然聽人說起，也沒嘗試過，聽著二朵抱怨雞隻有時候兩天才下一顆蛋，她才想起這事，順口說了說，沒想到二朵聽了上心，做得有模有樣，現在家裡的兩隻母雞每天都下蛋，且個頭大，看著就討喜。

「知道了。」二朵知大嫂不愛這些，拾掇蚯蚓的時候都蹲屋後。

季歌伸手揉揉三朵的頭頂，目光柔柔地看著她。「想學嗎？家裡的草鞋都壞了，進了四月，就得開始穿草鞋。」布鞋對家裡來說，算是個奢侈品，好穿歸好穿，就是不耐磨，常在山裡來回做農活，兩、三個月就得換，也就天氣冷的時候穿著，氣溫回升了，就換成了草鞋。

「想學。」三朵伸手扯了扯麥秸，衝著大嫂笑。「下午再學，我去幫二姊剁蚯蚓。」二朵做事馬虎，她剁蚯蚓的時候，力道不注意，總會濺得到處都是，衣服也免不得星星點點的沾上一些。三朵比她細緻多了，慢悠悠的動作，費時些，卻能把活拾掇得乾淨。

季歌笑著點頭。「去吧。」說罷，繼續低頭認真地編著草鞋，想著今年家裡有半畝山坳地，種點苞米、蕎麥等穀物，冬日裡沒事的時候，就可以編來年的草帽、草鞋。

「大郎媳婦。」有個婦子扛著鋤頭從屋前的大道走過，扯著嗓子喊了聲。

「欸。」季歌拿著手裡編了一半的草鞋，走了好幾步，看著下面的婦子，抿嘴笑。「嬸子下地幹活呢？」

那婦子點著頭，側頭指了指身後。「平安娘讓我跟妳說一聲，雞崽出來了，讓妳過去一趟。」

「謝了嬸子，進來喝杯水吧？」季歌客套地問著。

那嬸子擺擺手。「不了不了，我先走了啊。」

待人走遠了，季歌才回到屋簷下，朝屋後說著話。「二朵啊，我去順大娘家拿雞崽，妳注意點屋裡，我一會兒就回來。」

「大嫂去吧。」二朵蹬蹬地跑進屋，打了盆水端到了屋前，拿著胰子抹了抹手，來回搓揉著。

季歌把草鞋擱椅子上，進廚房拎了六顆雞蛋，還有一碗玉米發糕，吃過早飯那會兒剛做的，尚有點餘溫。她估摸著也就這兩天的事了，想著今天做些，不成就自己吃，明天再做點。

「媳婦。」大郎揹著個竹簍，竹簍上壓著一捆柴，他手裡還各提了一捆，遠遠地見媳婦拎著個竹籃子，便喊了聲，加快了步伐。

「我去趟順大娘家，孵出小雞了。」季歌停在原地，等大郎靠近了，她掏出一方帕子，替他擦了擦額頭的細汗。「家裡就二朵和三朵在。」

大郎點著頭。「等妳回來了，我再進山取地籠。」

粗粗說了幾句話，夫妻倆就分開了。

順大娘見季歌提著竹籃子過來，眼裡堆滿了笑。「這次運氣可真不錯，妳那八個種蛋，都孵出了小雞，精神勁頭都不錯。」說著，帶著季歌去了屋後。

屋後嘰嘰喳喳的好不熱鬧，毛茸茸的小雞，亦步亦趨地跟在母雞身後打轉。

「也是大娘照料得好，真是太謝謝您了。這兒有點吃食，您別見外，算是一點心意，這麼麻煩您，心裡也過意不去。」季歌說著，掀開了蓋在竹籃上的布，將籃子遞了過去。

話說到這分上了，順大娘也順勢把吃食給收了，臉上的笑越發燦爛。「街坊鄰居的，順手幫襯是應當的，等會兒，我騰了籃子出來，就給妳抓小雞。」

「好的。」季歌眉開眼笑地應著，看著那一隻隻毛茸茸的小雞，小小的一團，心裡格外的柔軟。

在順大娘家沒多耽擱，季歌拎著籃子又匆匆回來了。二朵和三朵早就等在屋前，眼巴巴地張望著，見到大嫂的身影，紛紛朝著大道奔去，嘴裡嚷嚷著。「大嫂，我看看小雞。」

「回家再說，別驚著牠們了，前天出的殼，雖說這兩天勁頭挺好，還是挺脆弱的。」走時順大娘細細地叮囑著一些注意事項，季歌聽得特別認真，牢牢地記著。

二朵和三朵見大嫂說得嚴肅，都乖乖跟在她身後回了家。

也算是了了樁心事，季歌鬆了口氣，有了這幾隻雞，往後就不愁雞蛋了；等小雞開始下蛋，有了好配料時，就把兩隻母雞燉了，改善伙食給大家增點兒營養。對了，一朵姊什麼時候生來著？差點把這事給忘了，趕緊在心裡琢磨琢磨日子，應該是在六月底、七月初生孩子，正好可以送老母雞，還有添點錢扯些布料什麼的吧？她不大懂這些，回頭問問大郎。

三朵和二朵對小雞照料得特別細心，差不多把注意力都放小雞身上了，就怕牠們會出事。進了四月，正午時分陽光略有些灼人，風暖暖吹拂著，閒閒地坐著，一個不留神就打盹了。氣候暖和，小雞長得很好，當然精心準備的雞食也占一半原因，蚯蚓剁碎後，還得和著糠皮再剁一會兒，怕不夠細碎小雞不愛吃。這是二朵和三朵的想法，她們這麼想也就這麼做了。

大郎一早就帶著火焙魚到鎮裡去了，三月裡大郎在家，很認真地在做著這活，用柴木換了不少木屑和穀殼，共熏了足足九斤火焙魚，總共賣了兩百多文錢呢。春季正是各種菌類瘋長的時候，季歌留了個心，特意讓二郎問問秦師傅收不收菌類。菌類是個好物，自然是收的，價格還不低，秦師傅說一般的菌類是十文錢一斤，有些比較稀罕的就是二十文錢或三十文錢左右，價格得看種類來分。

平日裡在山裡走動，看到了菌類就採些自家吃的分量，等到了快進鎮的前一天，一家人把手裡的活都擱著，進山採菌子，分量還不輕，季歌想著這回大郎出山，應該能換回好幾百文錢。

只是這錢來得還是有點慢呢，僅僅只夠一家人嚼用，季歌不大滿足。清岩洞沒什麼發展，這地太偏僻、太貧瘠，她想著趁三朵和三郎還小，這兩年多掙點錢，也搬到松柏縣去，她想送三郎去讀書，想要把日子過得有模有樣，至少得識字，識了字才能更好地經營小本買賣。

就眼下來說，這路還挺遙遠，季歌告訴自己不能著急，得慢慢來啊，至少生活是在一點一點的改善，往好的方向前進著，雖說步伐邁得小了點，但就這環境而言，已經很不錯了。

太陽偏西，大郎回家了，烏溜溜的眼睛裡泛著亮光。「媳婦，火焙魚和菌子共賣了四百六十文錢，本來是四百五十八文，秦師傅湊了個整數。」說著，他把錢袋掏了出來，放到了季歌的手裡。「我又買了個地籠回來，咱們這裡山多好捕小魚，一個月捕個十來斤，三百文錢左右的進項，日子就能維持住，再加上這菌子，還能稍稍地攢點兒。」

季歌拿著沈甸甸的錢袋子，左手握住大郎的手。「我心裡有個想法，等過兩天，咱們再出山一趟，帶上我做的小吃食，到鎮裡的糕點鋪子或糖果鋪子，甚至是雜物鋪也行，看看哪家的老闆願意讓咱們寄賣小吃食，每賣出一份就給他一點錢，賣得越多他得到的錢越多，想來會有老闆願意嘗試的。」

說到這，季歌頓了頓，秀眉微微蹙起。「只是比較麻煩的是，得你和二郎輪著往外跑，每天送貨過去。」

「每天出山一趟倒是沒什麼，正好鍛鍊身體。」劉大郎想的卻是另外的事。「媳婦妳做的零嘴味道是好，但是真的可以賣錢嗎？」

「應該可以。我這兩天好好地琢磨琢磨，只是可能掙的錢不是很多。」主要原因是，還得分給店主一杯羹。季歌想著，還是得從成本上下工夫，最好是低成本、利潤大的。

劉大郎倒覺得這都無妨。「能掙一點是一點，積少成多。」

「也對。」季歌樂滋滋地笑。「咱們不說這個，先把小吃食琢磨出來了，再告訴大家，也省得空歡喜一場。」

「好。」劉大郎毫不猶豫地應著。「我去歸置一下竹簍裡的東西。」

季歌把錢藏妥當了，也跟著劉大郎進了廚房。

每次出山回來，就是家裡打牙祭的時候，這回也不例外。季歌這人吧，她覺得手裡有錢，最重要的就是吃好，身體是革命嘛，從吃裡邊省錢能省出多少？吃得好營養跟得上，腦子也會靈活些，身體各方面都會強壯不少，幹起活來自然就俐落了；反之吃得不好，營養不足，會出大問題的，她嫁到劉家略略一數，也將近一年，不說二郎，單提二朵和雙胞胎就好像完全變了個人似的。

夜裡躺在床上，季歌會跟大郎說說話，說到這點，她就細細地把自己的想法說了說。大郎認真地聽，覺得媳婦說得對，季歌就笑著親親他的臉，覺得心裡好歡喜。這個家窮是窮了點，日子過得苦，卻真的很好，自己的男人也罷，家裡的成員也好，都是好的，和他們在一起很舒服自在，胸膛暖洋洋的，每天都像在喝蜜糖似的，說不出的輕鬆愜意。

大郎這回買了半斤蝦皮、兩斤五花肉、三斤上好的肥肉、筒子骨兩根、排骨一根、豬下水一副，還有半斤果脯等，以及一些零零散散的日常用品。

晚飯就是栗子骨頭湯，栗子是舊年在山裡撿來的野栗子，個頭有些小，味道卻特別好。到了時節，村裡人都會去撿些回來，撿的人多，分量就有些少，季歌細細地清了遍板栗，揀出成色好、個頭足、沒蟲咬的擱竹籃裡掛大樑風乾，風乾了再細細收起來，偶爾會拿點出來做零嘴，大多數是用來燉湯，吃到現在也沒剩幾個了。

取了一斤半的五花肉，做了道地道的紅燒肉。晚飯這兩道葷腥是主菜，又添了兩道素菜，三菜一湯，季歌手藝巧，如今食材足，做出來的吃食就更加的美味。

肚子飽飽吃得心滿意足，外面尚有點亮，起了微微夜風，帶了點涼意，一家人就圍坐到了火塘旁，你一言他一語地說說笑笑，場面很是熱鬧溫馨。

「三郎個頭竄得快，這十來天吧，又長了點。」大郎把站在牆角量身高的三郎抱進了懷裡，眼裡溢滿了笑意，對著二郎說：「說不定會比咱倆都要高一些。」媳婦說得果然對，這吃得好啊，人就越長越精神。

二郎瞅了眼三郎，笑著點頭應和。「估摸著得高半個頭，跟著在地裡幹活，跑動得多了，個頭直直地往上長。」說著，他看向斜對面的三朵。「看三妹跑動得少，就橫著長了，肉乎乎、肥嘟嘟的，快趕上咱們家的小豬崽了。」語氣裡帶著調侃。

「抱著三朵可好睡覺了，睡得特別舒服，暖暖軟軟的。」二朵最喜歡的就是三朵了，覺得她家三妹怎麼看怎麼好看，總會時不時地捏捏她的臉和胳膊，卻很注意力道，也就是輕輕地過過手癮。三朵倒是無所謂，憨憨地任著二姊上下其手。

季歌卻有些看不過去，讓二朵別總捏三朵的臉，捏捏胳膊、手背等地方倒是可以。看著三朵，她就覺得自己有點像老媽子，尤其是閒暇的時候，會想著三朵往後可怎麼辦？憨憨的性子溫順，又不愛說話，依賴心強，一個錯眼找錯了對象，一輩子可就難過了，她就想，一定得擦亮眼睛，仔細地替三朵尋摸尋摸。

季歌笑著拆她的牆。「等天慢慢熱起來了，妳就該嫌棄三朵了。」

「也對，一個火團子似的，又容易出汗。」二朵苦惱地點頭。

她表情有些誇張，逗得一屋子人都笑了起來，三朵更是害羞地縮到了大嫂的懷裡，眼睛卻亮亮的，笑得眉眼彎彎。

待天色完全暗下來，火塘裡的火堆慢慢熄滅，用灰掩了火，關好門窗，一家人高高興興地各回各屋睡覺。

早飯是蒸包子，拳頭大小的肉包子，餡料足，鮮香可口、汁濃味醇，兩籠包子被吃得乾乾淨淨。

「大郎，家裡柴木夠，一會兒你放了地籠就回來，我有點事。」走時季歌特意叮囑了兩句。

「知道了媳婦。」劉大郎樂滋滋地應，拎著疊好的地籠往山裡走，腳步輕快、精神抖擻、容光煥發。還是家裡好，家裡有個好媳婦，日子過得真舒服。

路上碰見了兩個人，都是相熟的人家，紛紛問著。「大郎這是不準備出山幹活了？」

「對。現在家裡事也多，得留在家裡幫忙。」

那人就笑著打趣他。「怕是有個俏媳婦才捨不得走吧，你那媳婦娶得好，自她來了後，你家那小日子過得越來越滋潤了。」

聽到這樣的話，劉大郎就憨憨地笑，有點兒傻氣，卻透著滿滿的幸福和甜蜜。

「大郎，你媳婦做的玉米發糕好吃，我媳婦愛這口，就是手藝不行，跟你媳婦學兩手唄。」另一人想到這事，隨口就問了。他媳婦正懷著娃，就愛吃軟軟甜甜的吃食，上個月每逢有人要出山，他就顛顛地湊過去讓人帶些糕點、果脯回來，可總這麼吃也不是個辦法，錢跟水似地流得也忒快了點。

劉大郎毫不猶豫地應了。「好哩，得了空就過來，我媳婦天天在家。」這人是平安，順大娘的大兒子，成親都兩年多了，才懷上頭一個娃，能夠想像到是無比的嬌貴。家裡的小雞還是托順大娘孵出來的，自然不會拒絕這事。

「那就這麼說定了。」平安見劉大郎應了，也不下地幹活，匆匆忙忙地往家裡跑。

劉大郎想著媳婦的叮囑，麻利地把地籠放到了小河裡，就著河水洗了把手，飛快地奔回了家，也不知道媳婦喊他做甚。

「媳婦，路上遇著了平安，說他媳婦喜歡妳做的玉米發糕，想過來學一手，我應下了。」回家後，劉大郎先把這事給說了。

季歌正在挑玉米粒。「行，應是上回送了玉米發糕，吃饞了嘴。」說著，頓了下，側頭看著劉大郎。「我記得平安媳婦好像懷了娃吧。」

「對，有段日子了吧。」劉大郎沒注意這事，蹲到了媳婦身旁。「要做玉米發糕？」

「不是，做點別的，我剛想出來的，你來了正好，跟我一起挑玉米粒。」季歌把身旁的碗放到了兩人中間。「揀這樣的，顆粒較小，形狀細長。」以前她都是直接到農貿市場去買，有直接挑選好的玉米粒，價格要貴點，這樣的玉米粒容易爆花。

兩人選了半碗玉米粒，季歌覺得差不多了，先試著看看能不能做出爆米花，她把步驟仔細地跟大郎說了遍。這事很簡單，注意火候，還得端著鍋不停地搖動。家裡有口小鐵鍋太重，平時炒菜還好，用來做爆米花就不行了，所以，她把大郎喊了回來。

「我記住了。」大郎這才弄明白，媳婦是要做新的小吃食，烏溜溜的眼眸閃著亮光。

家裡會熬些豬油，另外還備了植物油，做爆米花季歌就用植物油，其實奶油更好，會有奶香味，可惜這裡沒有。

堆的小土灶，只有一個面能添火，不適合。劉大郎去屋後拎了幾塊泥磚回來，在火塘裡堆了個簡陋的灶臺，上下兩面都可以添火，劉大郎蹲在對面執鍋，季歌蹲這邊添火。

先往鍋裡添油，待油熱後，把挑選好的玉米粒放進鍋裡，這個時候，就得趕緊添柴，將小火變成大火，蓋上鍋蓋，一手按著蓋子，一手端起鍋不停地搖動。季歌邊添柴邊暗暗估摸著時間，豎起耳朵聽鍋裡的動靜，待響起噼噼啪啪的聲音後，她迅速抽了兩根柴火走，火勢一下子就小了些。

劉大郎牢記著媳婦的話，一直用手按著蓋子，端起鍋不停地搖動，當鍋裡響起噼啪聲時，他手微微地抖了下，眼睛越發的明亮。「媳婦，這是成了？」

「還沒呢，還得等會兒。」季歌又添了兩根細柴，等著聲音一點點的變小至消失後，她才笑著說：「不要抖了，把鍋拿開，先擱小灶上。」

「這就可以了？」好簡單。劉大郎心裡覺得有點不可思議。

季歌拿出熔好的麥芽糖，很濃稠。「還得添糖呢，打開鍋蓋吧。」

鍋蓋打開的瞬間，一股熱浪撲鼻而來，挾著濃濃的香味，劉大郎瞪大了眼睛。「好香！」

季歌麻利地把麥芽糖均勻地灑好，催促著說：「快，用鍋鏟翻幾翻。」

劉大郎一個口令一個動作，活幹得特別好。

「大嫂。」三朵邁著小胖腿顛顛地湊了過來，漂亮的杏仁眼，明亮地看著大嫂。

二朵也從屋後竄了進來。「好香啊大嫂，妳又做什麼好吃的了？」

「來，嚐嚐，這叫爆米花。」季歌自己先嚐了口，甜甜脆脆的口感，很地道，她鬆了口氣。「還不錯呢，你們快來吃。」

第十三章

劉大郎從櫥櫃裡拿了個乾淨的碗，舀了一碗爆米花，遞到了三朵的手裡。「有點燙，你們大嫂剛剛做出來的。」

「記得先洗手。」季歌輕拍了一下三朵的小胖手，笑著揉揉她的頭頂。「要養成好習慣。」

本來準備伸手拿爆米花的二朵，立即舀了一瓢水放盆裡，對著三朵招招手。「妹妹快來。」

三朵把碗遞到了大嫂的面前，眼巴巴地看著她。

「去吧，用胰子洗一下手。」季歌接過碗，笑容滿臉地看著她倆。

二朵拿了胰子先給妹妹抹了幾下，又給自己抹了幾下，再把胰子放回原處，邊搓著手邊說：「要搓幾下，洗仔細點，指甲縫也不放過。」

等著兩人洗好手，碗裡的爆米花已經涼了，正好合適入口。

「好吃，甜甜的、香香的，還脆脆的。」二朵往嘴裡扔了一個，眼睛頓時就亮了，伸手的速度特別快，扔一個吃一個，還歡喜地說：「吃快點覺得更好吃了，妹妹妳學我這樣，可好玩了。」

三朵看著二姊囫圇吞棗的吃法，漂亮的杏仁眼微微瞪圓，愣了會兒，才慢悠悠地拿一個放嘴裡，慢悠悠地嚼著，細細品嚐，小臉堆滿了開心的笑。「可真好吃。」

「這樣吃沒勁啦，三朵妳該學我這吃法，可好玩了。」二朵嫌妹妹吃得慢，她看著心急了，抓了一個往她嘴裡塞，三朵往後退了兩步，等吞了嘴裡的吃食才開口。「二姊我喜歡慢慢地吃。」

「好吧。」二朵無奈地只好自己玩，她陷進了一種全世界都不懂她的深深憂傷中。

季歌看著這兩個孩子，對著大郎笑了笑，拿了兩個爆米花放在他嘴邊。劉大郎眼裡閃過一絲羞赧，張嘴飛快地把爆米花含進嘴裡，眼睛裡溢滿了笑，亮晶晶地看著媳婦，捨不得眨眼，也捨不得嚼嘴裡的爆米花，只覺得這甜味真是甜進心坎裡了。怎麼能這麼甜！嘴角止不住地上揚，咧開一個大大的弧度，透了些許的憨氣。

「好吃嗎？」季歌就愛他這模樣，專注的眼神裡，彷彿他的世界只有她一人存在，她是他唯一的掌中寶。

劉大郎連連點頭，爆米花就算不嚼，在嘴裡抿一會兒，也就化得差不多了，他吞了吞口水，那股甜味落進了胸膛，那一瞬間，他連聲音都顫了。「好甜。」歡喜得不知道要怎麼來形容。

「你就不拿兩個給我吃？」季歌略略低頭，臉頰泛起淡淡的紅暈，聲音小小的，只覺得全身在冒著熱氣。

「拿。」劉大郎回過神來，麻利地抓了一把遞到媳婦跟前，認真地說：「媳婦吃，好吃。」

季歌噗哧一下笑出了聲，接過他手裡的爆米花，一顆一顆地往嘴裡塞，看著他的臉，邊嚼邊說：「確實好吃。」心裡卻想——木頭！呆子！整個人如同落進了蜜罐裡。

二朵這個機靈鬼，見氣氛不大對，她忙拉著傻傻的三朵站到了屋前的屋簷下。

二郎拎著農具正在上坡，身旁跟著三郎，三郎的背上揹著一個小竹簍，是季歌特意為他量身編出來的。

「二哥、三弟，大嫂又做好吃的吃食了。」二朵端著碗，顛顛地跑到了二哥面前，把碗遞了過去，炫耀地說：「可好吃了！甜甜的，脆脆的，香噴噴的。」

二郎和三郎看了眼碗裡的爆米花，二郎道：「嗯，一會兒再吃，先洗手。」到底要大些，有些克制力。三郎見二哥沒吃，他抿了抿嘴，也跟著走了。

「回來了？正好來嚐嚐新做出來的爆米花。」季歌見這一前一後進來的兩人，笑著說道，又走到了三郎身旁，取下他背上的小竹簍，揉揉他的頭頂。「快去洗手，洗了手就能吃了。」

「好。」三郎邁著小短腿，快步走到了二哥身旁。

劉大郎拿出一個乾淨的碗，舀了滿滿一碗，擱到了木桌上。見沒什麼事，就蹲到了媳婦的身邊，與她一塊擇著採回來的野菜。

「二郎你覺得味道如何？」見他倆吃開了，季歌問了句。

劉二郎點著頭。「好吃。」一雙眼睛微微發光。「還沒吃過這樣的吃食，很好吃。」

「喜歡。」三郎緊跟著接了句。

二朵忙跑了進來，湊到了三郎的身邊，很積極地推薦自己的吃法。「三弟你要吃快點，吃得越快越好玩，真的，不騙你，你試試，越吃越有滋味。」

「不要。」三郎跟三朵差不多，也是慢慢的性子，不過，他溫吞歸溫吞，卻跟個小大人似的，半點不用人操心。

二朵一下子就蔫了，垂著頭坐到了一旁的小凳子上。這年頭要找個志同道合的小夥伴真是太難了！

季歌瞅著她那模樣忍不住笑了起來。「鍋裡還有半鍋，想吃的就自己舀。」

「大嫂準備用這個賣錢嗎？」劉二郎吃了一會兒就停了，他不是小孩，不怎麼愛嚼零嘴。

「嗯，你覺得如何？」劉大郎問二弟，又說：「用玉米粒做出來的，也就半碗玉米粒，就做了滿滿一鍋出來。」

劉二郎聽著，目光微閃。「要怎麼賣？不能久放吧？失了脆就沒什麼味了。」

「對。必須要密封好，兩天內賣完。我和你大哥商量著，咱們每天早上送貨進鎮。當然，得先在鎮裡找到店鋪，看哪個老闆願意讓咱們寄賣，再給他一點抽成。」說到這，季歌停頓了下。「掙的錢可能不會太多，而且，每天都要出山進鎮裡會比較累。然後，我想了想，或許咱們可以做三樣吃食，掙三份錢，這麼一算也就有點盼頭了。」

「一個人送貨就行了是吧？」劉二郎腦子還是挺靈活的。「說累也算不上，我和大哥輪著送，大嫂儘管琢磨吃食，等琢磨好了，咱們就出山到鎮裡看看哪個店鋪願意幫著寄賣。」

二朵首次發言，眨巴著眼睛問：「為什麼不是我們自己賣？就不用給別人錢了。」

「路太遠，一來一回就得好幾個時辰，在鎮裡待不了多久。」劉大郎細心地給二妹解釋。

「喔。」二朵懂了，撐著下巴，看著地面喃喃地說：「像花大娘他們一樣，搬出清岩洞就可以了吧。」不過，她知道家裡窮，要搬出清岩洞就目前來說是個大問題。

季歌順著這話，給大夥兒一個心理準備。「會搬的，得攢到足夠的錢，到了外面也能溫飽度日，咱們就搬出去；如果可以，趁著三郎年歲小，我還想著送他進學堂讀書，咱們一家人也能跟著學兩個字，識點字總歸要好些，對掙錢這方面也能方便不少。」

三郎抬頭目光灼灼地看著大嫂，顯然他是聽懂了，神情帶著恍惚，動了動嘴，最終還是沒能說出話來。進學堂讀書……是他想都不敢想的事情。

「慢慢來，總會攢足錢的。」劉大郎忍不住握住了媳婦的手，滿腔的激動不知道要怎麼說出口。

「對！」二郎這回應得格外的響亮，雖然只有一個字，卻完全表露了他的決心。

三朵憨憨地看著屋裡人，眨了眨眼睛，低頭繼續慢悠悠地吃爆米花。

「都在呢。」順大娘見一屋子人，樂呵呵地笑著，她身後跟著一個媳婦，挺清秀的模樣，就是有點矮，身形略胖。

季歌忙上前兩步。「順大娘。」柔和的目光落在那媳婦身上。「平安嫂。」

二朵把泡好的茶送到了兩位的手裡，甜甜地喊了人，三朵也喊了，就是聲音有點小。大郎見家裡來人，就和二郎、三郎出了屋。

「平安一回來就說，他和大郎說好了，讓我這媳婦過來跟妳學做玉米發糕。我一聽這話，當時就打了他兩巴掌。」順大娘邊說著邊把手裡的竹籃遞到了季歌的面前。「大郎媳婦啊，這男人啊，都是粗心腸，有些事不懂，這手藝哪能說學就學的，都是我這媳婦嘴饞，盼了這麼久，好不容易懷了個，現在啊，她就是家裡的祖宗了，她想要什麼就儘管滿足她。」

要是平常點的也就罷了，大郎媳婦這吃食，做得著實好，比外面買來的還要軟和美味。順大娘便是知道這事，才一直沒拉下臉過來說話，誰家的手藝不是捂著藏著，要不是清岩洞太偏僻，這手藝放外面可是能養活一家人的。聽著兒子樂滋滋的話，順大娘當時臊得不知道說什麼好，這不，理好了情緒趕緊帶媳婦過來說清楚，可別讓人誤會了。

季歌聽著這話，她本也想著把發糕拿到外面去賣，正好順勢下臺階。「平安嫂愛吃這發糕，那沒事，我手裡事不多，回頭我再做些。」說著，也沒矯情，大大方方地接過順大娘手裡的竹籃子，卻沒急著看。「還得謝謝大娘呢，領回來的八隻小雞長得可壯實了。」又提起這事，是想讓順大娘心安，接受她的好意。

「那大娘就不推辭了。」順大娘眉開眼笑地說著，握起了季歌的手。「大郎媳婦就是好，一會兒啊，我再帶些玉米過來，這事就麻煩妳了。總在外面買也不是個事，花錢就跟流水似的，好在妳手藝巧。我這媳婦也是，別人懷了娃就愛酸的辣的，她倒是獨一份，天天唸著這甜軟吃食，可真是愁死我了。」

平安媳婦不好意思地看了眼季歌，露出一個羞赧的笑，細聲細氣地說：「我也不知道怎麼回事。」說著，低頭摸了摸肚子。

「大娘甭客套，又不是什麼難事，您也說過，街坊鄰居的，就該相互幫襯著。」季歌笑盈盈地接話。

順大娘覺得大郎媳婦這性情是真好啊，如此這般，三人坐屋裡嘮叨了好一會兒話，見時辰差不多了，才起身離開。走時，季歌特意把爆米花裝了滿滿一碗。說了大半個時辰的話，兩家人親近了不少，順大娘也沒客氣，笑著接過爆米花，說一會兒她再送碗過來。

果然，沒多久，順大娘就拎了半袋子玉米和一碗麵粉過來，和季歌又說了會兒話，才拎著自家的竹籃子離開，那一臉的笑顯露出她的好心情。

離晌午還有段時間，季歌拎著順大娘拿來的半袋玉米粒，約有十來斤，玉米產量高，不挑地好種植，清岩洞田少山地多，都愛種玉米，雖口感粗到底能飽肚，蕎麥、粟米等雜糧，產量就比較少，只在邊邊角角的貧地裡種上一些。良田裡多是兩季稻穀和一季冬麥，大多數人家都用來換錢，山裡偏僻不用交稅，倒也正好可以攢點錢，就是產量特別低。

既然要賣爆米花，易爆的玉米粒就得選出來，其餘的就用來做玉米發糕。也不知道好不好賣，季歌憂心忡忡地想，如果生意還湊合，就在山裡買些玉米粒，比糙米要便宜些，三文錢一斤，家裡沒地就是不方便，日常的吃吃喝喝都是錢，好在今年有半畝山坳地，種了玉米和蕎麥。

這還是在山裡過日子呢，要是搬到了外面，花銷就更大了，沒個穩定的收入來源，搬離清岩洞就是個白日夢；更何況她還想著讓三郎進學堂，少說也得一年一兩銀子；還有一家子的吃住穿衣，這麼一算，手裡得攢十兩銀子，在松柏縣才能堪堪穩住腳。馬不停蹄地把小買賣做起來，要是生意不理想，日子就難熬了。季歌收了思緒，這事暫時不能想，越想越心急焦躁，且先顧著眼下再論吧。

「大嫂。」三朵拾掇好手裡的瑣碎事，顛顛地湊了過來，眨巴眨巴眼睛。「我也來。」說著，伸出肉胳膊把碗拿到跟前，仔細看著碗裡的玉米粒。

季歌笑著教她。「顆粒較小、形狀細長的，這樣的玉米粒就選出來，這是用來做爆米花的。」

「我知道了。」三朵抿著嘴認真地點頭。

半袋子玉米粒挑選好，已經是午時過半了，季歌轉了轉脖子，得張羅午飯。二朵剛剛把飯煮上，菜也擇好洗乾淨擱盆裡，就差生火炒菜。

「大嫂煎點香蔥雞蛋餅吧，大哥買了半斤蝦皮回來呢。」二朵從屋後走了進來，手裡端著簸箕，把穀殼倒進了火塘裡，這個煙堆是日夜不熄的，用來熏火焙魚。「穀殼沒多少了，就剩半個籮筐，木屑還有點，頂上七、八日沒什麼問題。」

季歌正想著應好，腦子裡靈光一閃。「不行，雞蛋得留著，我下午有用處，做樣新鮮吃食給你們。」正想著第三樣新鮮吃食做什麼，這會兒她有答案了，試著做一下蛋糕，就是缺了牛奶，少了股奶香味，不知道味道如何，先嘗試著做做，蛋糕嘛，能保住那股蓬鬆口感，就算是成功了。

「真的啊？」二朵眼睛頓時就亮了。「大嫂妳太好了。」今兒個的爆米花她還沒有吃夠呢，大嫂又要做新的吃食，可真幸福啊。

季歌眉開眼笑地應著。「真的，生火吧，他們差不多該回來了。」

兩菜一湯剛做出來時，大郎三兄弟踩著香噴噴的飯香歸家了，眼裡含著濃濃的笑意。

「洗洗手，吃飯了。」季歌往鍋裡添了兩瓢水，用胰子清了清手，麻利地擺著碗筷端飯菜。

待一家人都坐在桌邊，就可以開飯了。

季歌想著蛋糕的事，對身旁的大郎說：「下午你別出門，留在家裡，跟我琢磨一下第三樣小吃食，要是做出來了，咱明天就出山到鎮裡去。」

「妳又有想法了？」劉大郎驚喜地問著，立即接著說：「好，下午我留在家裡。」

「對。有點想法就是不知道成不成，得嘗試一番才行。」季歌笑盈盈地說著，又看向二郎道：「二弟不著急下地幹活吧？順大娘送了半袋子玉米粒過來，你磨些玉米粉擱著，等搗鼓好新的吃食，我再做些玉米發糕送順大娘家去。」

劉二郎點頭應著。「行，下地前我把玉米粉磨好，麵粉要不要磨點兒？」家裡的小麥也不多了，眼看冬麥就要收割，正好可以幫著幹兩天活換點麥子。

「順大娘送了一碗麵粉過來，暫時不用磨。」季歌回道。

劉大郎納悶地問道：「不是說平安媳婦過來學做玉米發糕嗎？怎麼送了玉米過來讓妳做？」

「這事啊，順大娘覺得不妥當，說這手藝哪能說學就學，拉著平安嫂過來坐了會兒，說了些話。我想著也對，就順勢下了臺階，這事也不難，費不了多少時間，便說隔三差五送些玉米發糕過去。」季歌在心裡算算，其實也不虧，她出點力，順大娘出糧食，正好眼下需要玉米，挺好的。

聽媳婦這麼一說，劉大郎有些不好意思，憨笑了兩聲。「我都沒想這麼全，當時平安一說，我也就應了。」

「大嫂的手藝巧，咱們要真能搬離清岩洞，到了外面出入方便，這手藝就好掙錢了。」劉二郎要機靈些，心裡門兒清。

二朵見話說得差不多了，就插嘴道：「二哥家裡的穀殼、木屑沒剩多少了，得用柴木去換些回來。」

「下午就去。」天天都會進山撿柴木，春日裡的陽光暖和，曬個兩天就乾透了，砍成一截一截，用藤蘿整齊地捆著，拾掇得妥妥當當，山裡人也就願意用穀殼和木屑來換劉家的柴木。

邊吃飯邊話些家常，有說有笑的，總覺得日子就該是這番模樣，平平淡淡卻也有滋有味。

午飯過後，稍稍歇了會兒，便各忙各的事情去了。

季歌拿出五顆雞蛋，一下子用了五顆雞蛋，真有點心疼呢。蛋清放一個碗，蛋黃放一個碗，以前在現代時，她就愛自己用電鍋做蛋糕，這活倒也熟門熟路。劉大郎站在媳婦身旁，看著她的動作，目光認真專注，眼裡有著濃濃的笑意，心裡頭甜滋滋的。真是好奇怪，只要待在媳婦身邊，他就覺得好開心，忍不住想要笑，像喝了蜂蜜似的。

五個蛋清很快就分出來了，季歌拿出三根筷子放到了碗裡，端出鹽罐子，用筷子攪拌了兩下蛋清，為了讓甜味突出，她稍稍地添了一點點鹽，再放一勺麥芽糖，接著把碗放到了大郎跟前。「你來打蛋清，剛剛我的動作你看好了嗎？朝一個方向打，一直打不能停，我再去熔點麥芽糖來。」為了方便保存，做出來的麥芽糖是加熱熬煮濃縮凝固成的。

「嗯，我看清楚了。」媳婦交給自己的任務，肯定要超完美的完成。劉大郎端起碗，手執著三根筷子，有節奏地朝著一個方向打著蛋清。

季歌看了一會兒，眼裡堆滿了歡喜的笑，本來想獎勵大郎，親他一下，可想了想，這會兒正在做事呢，別打擾他了，一會兒再獎勵吧，便眉開眼笑地熔麥芽糖去了。等她端著半碗麥芽糖進廚房時，蛋清已經稍稍有些稠了，正好合適加糖。「大郎你繼續打著，別停，就這個速度，我加麥芽糖進去。」

「好。」難怪媳婦說要他留在家裡幫忙，這事看著挺輕省的，可這手腕得耗力，要是媳婦自己來，包准得手痠。

季歌在旁邊看著，劉大郎耐著心保持著節奏和速度打著蛋清，時間慢悠悠地晃啊晃，蛋清開始緩緩的改變模樣，不久後，就變成了奶油狀。季歌看著嘴角揚起一個大大的笑臉。「相公，可以了，就是這模樣。」

媳婦頭一回喊他相公呢，劉大郎瞪圓了眼睛，愣愣地看著媳婦，媳婦笑得可真好看，比外面的春日更顯幾分明媚。

「犯傻呢！」季歌略有些羞赧地推了把劉大郎，將裝著蛋黃的碗拿了過來，擱了三勺麥芽糖，和滿滿一勺冒尖的麵粉進去，遞到了大郎的面前。「繼續攪拌。」說著，拿走他手裡的蛋清碗，順便踮腳在他臉上親了口。

「媳婦！」劉大郎聲音都有些變了。

季歌嬌嗔了句。「快點啊，呆子，別犯傻，蛋糕做不出來，就怪你了。」

「嘿嘿嘿，我、我……我高興呢媳婦，我好高興！」劉大郎邊笑邊攪著蛋黃。

「可以了。」季歌見差不多了，立馬喊停，把打好的蛋清倒入一半，同時叮囑著說：「這回是上下攪拌，注意啊，上下攪拌。」

劉大郎完全沒讓媳婦失望，一個指令一個動作，完成得特別好。心裡在美滋滋地想，他做得這麼好，媳婦一會兒還會不會親他一口？光想想，就覺得全身熱騰騰的，忍不住有點小緊張，偷偷地瞄了瞄身旁的媳婦。

「很好。」季歌很滿意，又把另一半蛋清添了進去。「繼續上下攪拌，我去把小灶的火生起來。」這可是個大關鍵，跟用電鍋蒸完全不一樣，用小灶做蛋糕，還是頭一回呢，火候要穩著點來。

小灶生了火，往鍋裡添了點油，讓鍋內都均勻的沾了油，以防黏鍋。劉大郎接到媳婦遞來的眼神，把攪拌好的東西倒進了鍋內，拿起鍋搖晃了兩下，把氣泡震出來，再放回小灶上，蓋上鍋蓋。季歌的心提到了嗓子眼，認認真真地看著火候，應該用文火，待有濃濃的香味隱約飄出時，她忙抽掉灶內的柴火，這時，劉大郎趕緊把抹布捆成一個條狀，細心地將通風口塞住，一點熱氣也不讓它冒出來。

「媳婦不用添火了？」劉大郎看著灶內快要熄掉的柴問了句，只餘下一點小炭火。

季歌搖了搖頭，眼睛緊緊地盯著鍋。「不用，就用這小炭火慢慢地燜著。」

「沒事的話我去豬圈看看，得清一清。」

「去吧，一會兒蛋糕做出來了我喊你。」

劉大郎站著沒有動，看著眼神專注的媳婦，囁嚅了會兒。「媳婦啊——」尾音有點長，悠悠的，古銅色的膚色，隱約可見有紅暈浮現，耳尖紅通通的，如同在發燒般，不用觸摸光看著，就能想像出那溫度有多燙。

「什麼？」看了這麼一會兒，季歌情緒緩和得差不多了，也有了心思注意身旁的丈夫，乍見他這模樣，嚇了一跳。「怎麼一頭的汗，你怕熱你不知道站遠點啊？真是個呆子。」說著，拿出帕子去擦大郎額頭的汗，剛觸摸到他的皮膚，就被燙了一下。「你、你發燒了？」怎麼回事，剛剛還好端端的。

「沒、沒有。」劉大郎緊張得不行，聽見媳婦這麼一說，慌慌張張地就跑開了，氣息喘得特別重，心裡則有點懊惱。跑什麼跑？那可是他媳婦！想歸想，可還是好緊張。

第十四章

也沒什麼其餘的事要忙，季歌就拿了玉米粉和麵粉，張羅著玉米發糕。心裡則想著，倘若這蛋糕的味道出來了，等傍晚大夥兒都在的時候，把價格定一定，商量出個章程來；明天一早，要天未亮就起來，爆米花、玉米發糕、蛋糕，做這三樣新鮮的吃食，拿著出山到鎮裡找願意讓人寄賣的店鋪。

應該會有店鋪同意這事吧，能白拿一份抽成呢。現在身處古代，季歌還真沒什麼把握。算了，明天走一步是一步，船到橋頭自然直，她的手藝還不錯，味道也好，總會碰著伯樂的。

二朵和三朵手牽手地進了廚房。「大嫂，做玉米發糕嗎？」二朵瞧了眼問著，眼睛骨碌碌地轉，大嫂說的新吃食在哪兒？然後，目光落到了小灶上，湊近些，隱約還能聞到一股香味，濃濃的蛋香，她瞇起眼睛笑。「大嫂，我聞著香味了，這就是新吃食啊？什麼時候能吃？」

「就妳鼻子靈。」季歌側頭笑著說了句，想了想又道：「應該還得燜一會兒。」

三朵不說話，鬆開了牽著二姊的手，跑到了大嫂身旁，抱住她的腿，小腦袋緊緊挨著。

「羞羞臉，三朵又開始撒嬌了。」二朵拿手指輕刮著臉蛋，調笑著妹妹。

三朵已經習慣了，看了眼二姊，把大嫂抱得更緊，抿著嘴害羞地笑，漂亮的杏仁眼閃閃發光。

「大嫂。」三郎走了進來，手裡拎著一只魚簍。

二朵趕緊拿著木盆往裡添了水，接過三弟手裡的魚簍，把小魚都倒了進去。「今天的四籠魚還不少呢。」

「大哥把地籠放南邊的山裡，有段日子沒進那山頭了。」三郎舀了水，用胰子清了清手裡的腥味。

有事情要做，三朵鬆了手，搬了個小凳子，顛顛地坐到了二姊身旁，慢悠悠地掐魚內臟。

「三郎別忙活了，坐著歇會兒，蛋糕馬上就好了。」季歌挺疼惜三郎，小小年紀就好懂事，都不用大人吩咐，他就知道要做什麼事，只怕長大後，是這個家裡最有成就的。雙胞胎到底是要親厚些許，以後三朵有他顧著應是沒什麼大問題。

三郎細心地洗了手把髒水倒了，搬了個小凳子，坐到了廚房的後門，懶洋洋地靠著門板，繃著張小臉，望著屋後的小小天空。有風輕輕吹拂，帶動他額頭上的碎髮，約是年歲尚小，他的膚色比兩個兄長要白淨些，和三朵一模一樣的杏仁眼，黑白分明很是清澈。

季歌將和好的麵糊放在蒸屜發酵，得放一段時間，正好趁這空閒，看看蛋糕燜得如何。也快小半個時辰了，她懷著略有些激動的心情，走到了小灶旁，猶豫片刻，做了個深呼吸，才猛地伸手將鍋蓋拿開，一股伴著濃濃蛋香的熱氣撲鼻而來，只一瞬間，小小的廚房裡就瀰漫了饞嘴的香甜。

二朵忍不住擱了手裡的活。「大嫂吃食做好了？」

「對。」季歌伸手壓了壓蛋糕，軟軟的，看著賣相是做出來了，又用筷子挾了一點試著味道。口感很嫩，蓬鬆軟香，五顆雞蛋可不是白放的，味道特別地足，把沒有牛奶的缺陷給彌補了。「來，都別忙了，二朵領著三朵洗洗手，我把蛋糕切一切，你們都來嚐嚐，比發糕要軟和蓬鬆，蛋香味很醇。」

邊說著季歌邊把蛋糕小心翼翼地拿出來，放到了砧板上，菜刀反覆洗了三遍，除了異味後，把蛋糕切成六份，成人巴掌大的一塊，約十公分的厚度。「三郎過來。」

發呆的三郎聽著大嫂的話，走了過去，眼睛亮亮地看著砧板上的蛋糕。「很香。」

「放了五顆雞蛋呢。」季歌用著巧勁挾了一塊放在碗裡，遞給了三郎。「試試味道如何，看看喜歡不喜歡。」

這邊二朵和三朵都洗了手，季歌指了指另外兩只碗。「自己端啊，好好嚐嚐。」

「好軟，好嫩。」三郎嚐了一口，驚訝得瞪圓了眼睛，傻傻地看著大嫂，竟然能做出這麼軟嫩的吃食來。

「好吃，比發糕好吃多了。」二朵嗷嗷嗷地喊著。「我得慢點吃，慢點吃，不能馬虎，太好吃了。」

三朵沒說話，細細地品嚐著，然後，咧嘴衝著大嫂笑，笑得特別燦爛好看。

二郎換了半籮筐木屑回來，清岩洞裡有戶木匠，山裡的人家都到他家買木製品，同樣的手藝，他家比外面的要便宜點，二郎就時常用柴木去他家換木屑。

「二哥，快來，大嫂做的蛋糕可好吃了，嫩嫩的，比蒸蛋還要好吃。」二朵眼尖地看到了二哥，蹦蹦跳跳興奮地嚷嚷著。

大郎恰好從茅房那邊的豬圈回來，一身的臭味，他沒進屋，對著二弟說：「二郎你提一桶水到屋後的澡堂去，我拿衣服洗個澡。」

「好。」二郎把木屑拾掇妥當，拍了拍身上的灰塵，這才邁進了廚房，笑著對季歌說：「大嫂這新吃食，可真香，濃濃的蛋香味撲鼻，中午雖然吃得肚子飽飽，一聞到這香味也有些餓了。」

「洗洗手，這兩只碗是你和你大哥的分，一起嚐嚐，倘若沒什麼事的話，正好咱們來說個章程。」這蛋糕也算是挺成功的，季歌心裡鬆了口氣。

二郎提了一桶溫水進屋後的澡堂，回來後邊洗手邊應。「行。」

一家人圍坐在一塊兒，邊吃著香噴噴的蛋糕邊說著話，氣氛相當地溫馨美好。有那麼一句話，很多人都知道，「歲月靜好，現世安穩」，這一刻，季歌算是深有體會。

「發糕和蛋糕論塊賣的話，那爆米花怎麼賣？」二郎問著，很快又接話。「論斤賣？爆米花分量輕，論斤賣的話可能不大好。」

很少發言的三郎，倒是接了話。「一碗一碗的賣。」他年紀小能想到這裡，已經算是很不錯了。其實也是被刺激的，原以為上學這事，只能想想，可現在看來，或許真的可以實現，大嫂的手藝是真的很好。

「三郎說得沒錯，咱們可以一碗一碗的賣，用油紙包好。」季歌笑著看向三郎，眼裡有著欣慰。

二弟和三弟都在媳婦跟前露了臉，大郎想著他也不能太弱，趕緊出聲。「蛋糕可以定三文錢一份，發糕是兩文錢一份，爆米花也是兩文錢一份，這價格在景河鎮能賣得出去。」

大郎說的價格，跟季歌想得差不多，她點著頭說道：「就這價格好，至於抽成，賣出兩份蛋糕給老闆一文錢，爆米花和發糕各賣出三份，老闆可各得一文錢。這樣的抽成還是挺可觀的，加上咱們的吃食味道不錯，主要是一個新字，鎮裡還沒有爆米花和蛋糕呢，這樣白撿的錢，應該會有店鋪願意嘗試著讓咱們寄賣。」

「一個蛋糕分成六份，就是十八文錢，分給老闆三文錢，大嫂用了五顆雞蛋還有麥芽糖和麵粉等，成本算五文錢，這麼一算，咱們還能掙十文錢。爆米花的成本最低，發糕的成本和蛋糕差不多。」劉二郎越算越興奮，眼睛也越發明亮。「就算一天只能賣掉兩份蛋糕、兩份爆米花和發糕，一天也能掙八、九文錢，一個月下來掙得跟火焙魚差不多，還有山裡的菌子，一併合起來就是近五、六百文錢呢。」

這要是以前可是想都沒法想的事情，不出山只待在家裡，一個月還能掙這麼多，做得還不是苦活也不是累活，就是要天天出山進鎮，他們走習慣了山路，壓根兒不覺得這是難事。

「大嫂做得這麼好吃，怎麼可能一天只賣兩份。我敢肯定，別人只要吃了大嫂做的東西，吃了還想再吃。」二朵很鏗鏘有力的發言。

一旁的三朵邊吃著蛋糕邊狠狠地點頭，鼓鼓的臉頰、認真的大眼睛，模樣可愛得沒法形容，季歌都忍不住想捏捏她的臉了。

「那咱們明天一早就出山。」劉大郎一錘定音，心情很亢奮，對明天充滿了期待。

如此這般事情便定了下來，明日一早，劉大郎和季歌夫妻倆出山進鎮尋找願意讓他們寄賣的店鋪。

次日屋外還漆黑一片的時候，季歌和劉大郎就起來了，得先張羅好三樣吃食。夫妻倆在廚房裡剛開始忙活呢，就見二郎走了進來，後面跟著三郎，兩人都精神抖擻的模樣，半點倦意都沒有。

「來了正好，你們兩個就做爆米花吧。」季歌想，他們想出分力也是好的，沒有說旁的話，自然地吩咐了句。「大郎你跟二弟說說步驟，爆米花很容易，就是火候得注意。」

劉大郎點頭應著，走到了二弟的身旁，跟他細細說起這爆米花的注意事項，又跟一旁的三郎道：「第一鍋爆米花，我來生火，你在旁邊看著，第二鍋就由你來生火。」

「好！」三郎應得信心十足。

一鍋爆米花有點少，決定做兩鍋爆米花；再各做一個蛋糕和一個發糕，蛋糕能切成六份，發糕要大點，可以切成九份。

寂靜的夜裡，寒風輕拂，跳躍的火光裡映著一張張認真的臉龐，眼裡透著希冀的亮光，這是一樁小生意，更是一個盼頭，將來的日子會是什麼模樣，皆看今日之舉能否順利。

噼噼啪啪的爆響聲，在這寂靜的夜裡顯得格外響亮，同時牽動著人的情緒，有種說不出的激動興奮，還有微微的緊張感，那滋味，像極了豐收前的心情。

「大嫂、大哥，二哥、三弟。」二朵牽著三朵的手，揉著眼睛推門進了廚房，又趕緊把門關上。

都醒了呢。季歌心裡很歡喜，甜滋滋的。「二朵和三朵來了正好，去尋個乾淨的布袋子來，得用來裝爆米花，袋子不用太大。」

「好哩！」一來就有活幹，二朵特別開心，拉著三朵就往雜物間走。

三郎及時提醒。「燈，得帶盞燈去。」說著，點了盞燈，遞給走過來的三朵，看著三朵叮囑了句。「握穩了，妳別動，讓二姊找。」

「知道了。」三朵抿嘴笑，笑容甜甜的。

天濛濛亮，三樣吃食都新鮮出爐，屋子裡瀰漫著一股濃濃的香味。早飯是蕎麥饅頭，吃過早飯後，季歌和劉大郎拿著吃食，匆匆忙忙地離開了家。四個孩子站在屋簷下，看著他們漸行漸遠的身影，興奮中透著忐忑。

第十五章

四月的深山，清晨飄著霧氣，空氣裡透著沁骨的寒涼，清脆的鳥鳴自山林裡響起，此起彼伏好不熱鬧。

劉大郎揹著竹簍，右手牽著媳婦的左手，夫妻倆步伐匆匆，一路無話埋頭前行。待行了一半的路程，太陽已從東邊升起，霧氣漸消，空氣裡有了些許的溫熱。

「前面有個小山洞，洞裡被拾掇得乾乾淨淨，是特意用來歇腳的。」見媳婦已經氣喘吁吁，劉大郎心疼她，拉著她的手往小山洞走，一到山洞裡便取下竹簍，拿出裡面的水壺。「媳婦喝口水。」

「欸。」趕路趕得急，確實有些又渴又熱，季歌喝了兩口水，拿出帕子擦擦額頭上的細汗。「出門時有些冷，走了一段路，又熱得不行。」

劉大郎喝了些水，把水壺又放回了竹簍裡。「這裡有風，咱們歇會兒再繼續趕路。」今天的時間也不是特別緊，略有餘裕。

稍歇了會兒，季歌和劉大郎兩人便起身繼續趕路，走出深山時，估摸應是辰時末，氣溫會升得比較高。兩人不敢多耽擱，外面不比山裡，沒什麼蔭涼，不快點只會越來越熱。

好在今兒個兩人運氣著實不錯，路過一個村子，就見有個男子駕了輛牛車自村口緩緩駛出，車上就坐了一個婦人抱著個嬰兒。季歌笑著攔下了牛車，說了說情況，那男人也是個厚道的，點著頭應了。到了鎮裡下牛車時，季歌給了兩文錢道了聲謝。

已是巳時過半，鎮裡人潮擁擠來往熱鬧。劉大郎在鎮裡做了幾年工，早就摸透了鎮裡的情況，拉著媳婦往糕點鋪子走，進的第一間鋪子，是季氏糕點，有了些年頭的老店鋪，生意還不錯，名聲也好，進去時，有個大娘在買綠豆糕，十二文一斤。

「兩位客人需要什麼糕點？」店家是個三十歲左右的男人，書生模樣清清秀秀，說話也是溫和帶笑透著親切。「鋪子裡的種類還算齊全，這邊是普通糕點，十文或十二文一斤。」

季歌笑著看向店家。「你好，我們不是來買糕點的。」說著，她故意頓了頓，注意著店家的神情，見他略有些驚訝，卻沒開口阻止，覺得這事有戲，就接著往下說：「家裡傳了些手藝，不過，如今夫家住得偏遠，不方便出來買賣，就想著尋個店鋪寄賣一些糕點，若買賣成功，也會給店鋪一定的抽成，不知老闆有沒有意願？」

「容我先看看糕點吧。」店主倒也客氣，臉上的笑未收斂，應是有些心動的。

身旁的劉大郎麻利地從竹簍裡拿出一個木盒，木盒裡放著三種吃食的樣品。

「這是蛋糕，這是玉米發糕，這是爆米花。」季歌打開木盒，介紹著三種吃食。「老闆可以試吃一二。」

看著木盒裡的樣品，店主眼裡閃過一絲亮光，他拿了一支細長的竹籤，一一試吃了蛋糕和玉米發糕，他吃得很慢，似是在細細品嚐，過了會兒，他又了一個爆米花，一聲脆響，口腔裡甜味瀰漫。「裡面請。」放下竹籤，店主笑著說話。

店鋪連著一個後院，有一婦女正在院中的井邊洗著衣裳，見店主帶著兩人進來，她忙洗了洗手，起身走了過來。「可是有事？」這兩人瞧著陌生。

「妳去前面看會兒，我和他們商量些事。」店主小聲說著，語氣柔和，目光透著暖意。

婦女點頭應著，匆匆地泡了兩杯清茶給客人，然後便去了前面看店鋪。

「我姓季，旁人喚我季掌櫃。」

「說來也是緣分，我也姓季，夫家姓劉。」

季掌櫃臉上的笑多了兩分。「可是柳兒屯人家？家父便是從柳兒屯過來鎮裡的。」

「還真是緣分了。」季歌笑著應道。

氣氛頓時就輕鬆了些，也少了些拘謹，淺淺地交談兩句，話題落到了正事上。

「來時，我們商量出個章程，先說與季掌櫃聽聽，若有意見咱們稍後再細細說。」季歌話音剛落，劉大郎就從竹簍裡拿出蛋糕、玉米發糕以及爆米花，擺放到了桌子上。「蛋糕分為六份，一份賣三文錢，賣出兩份，季掌櫃可得一文錢。玉米發糕兩文錢一份，賣出三份可得一文錢；爆米花兩文錢一份，賣出三份可得一文錢。不知季掌櫃以為如何？」

季掌櫃看著桌上的吃食，沈默了會兒，笑著說：「不論斤賣？倒是頭一回見。」

「也是擔心不好買賣，就想著先嘗試一二。」季歌也沒隱瞞。

「妳的手藝不錯，做出來的糕點也新奇。依我之見，蛋糕十八文錢一斤，賣出一斤我得四文錢；玉米發糕十五文錢一斤，賣出一斤我得三文錢；至於這爆米花就先按妳說的來。」頓了頓，季掌櫃又說：「這糕點味道足，很香濃醇厚，只要這手藝不跌，買賣還是挺好做的。」隱含提醒也是警告。

季歌按捺住內心的激動。「季掌櫃放心，甭管生意好壞，肯定不會在吃食上偷工減料的。」

「先這麼賣個三天吧，往後看情況來，分量應該會加一倍或更多。眼下氣溫還行，待進了五月就不成了，須得當天送貨當天買賣。」

劉大郎認真地接話。「我和二弟每天辰時左右會送貨過來。」

「如此便好。那結算一事，當日買賣、隔日結算。」季掌櫃也是個俐落人。

「好。」劉大郎覺得這樣挺好。

季掌櫃起了身。「兩人隨我進書房，立個憑據，也能讓雙方都安心。」

憑據很簡單，兩種買賣法子都寫進去了，又添了些事項。劉大郎不識字，繁體什麼的，季歌也認不了多少，連矇帶猜地也能看個明白。想來也是看出兩人不識字，季掌櫃沒有說簽字一事，只是各自按了個手印。

買賣成立，三人坐著又閒說了會兒話，然後，劉大郎夫妻倆就離開了季氏糕點鋪。

等走出了鎮上，兩人才露出激動的情緒來，欣喜若狂地笑著，狠狠鬆了口氣。

成了！太意外了，真是驚喜！竟然一次就成功了！聽季掌櫃的說話，很明顯地可以感覺到他對這事挺上心，應該會推銷一下這三樣吃食。有時候啊，酒香也怕巷子深，可是有人推薦就不一樣了。

「媳婦，咱們成功了。」劉大郎歡喜得不知道要怎麼辦才好，他特別想抱著媳婦，可光天化日的，他不敢……

季歌喜滋滋地點著頭。「成功了，咱們離好日子又近了一步，真好啊。」

大約是人逢喜事精神爽，兩人頂著日頭走得很快，卻一點也不覺得累。等一進山裡，劉大郎突然把媳婦抱在了懷裡，緊緊地摟著，穩穩當當地走著山路。「媳婦，妳讓我抱抱妳，我想抱抱妳。我好高興……媳婦我就想抱抱妳，特別高興！」

真呆。季歌心裡暗暗嘀咕著，臉上卻笑開了花，比頭頂的太陽還更燦爛幾分。「這樣摟著不舒服，你揹著我走吧。」

「好！」劉大郎應得啵兒響亮，那股興奮勁，比買賣成功了還要亢奮。「媳婦妳揹著竹簍，我來揹著妳。媳婦妳不要怕，我走路可穩當了，我揹著妳走。」心裡甜滋滋的，笑得見牙不見眼。

季歌揹好竹簍，爬上了劉大郎的背，摟著他的脖子，覺得自己好幸福。

劉大郎就這麼揹著媳婦一路走回了家，半點都不顯疲憊，那黑漆漆的眼睛閃閃發亮，瞅著比往日還要更加地容光煥發。

「喲，大郎可真疼媳婦，山路都捨不得讓她走啊。」進了清岩洞，路上碰見了熟人，笑著打趣。

季歌紅著臉把腦袋埋進了大郎的脖頸裡，覺得渾身熱燙燙的，她想，若是往身上澆一桶水，可能還會冒白氣呢，心裡卻真高興呀。

「嘿嘿嘿。」劉大郎憨憨地笑，衝著熟人認真地說：「我媳婦好。」眼睛亮晶晶的，顯得格外清澈。

快要到家時，就見不遠處站著人，遠遠地就邊跑邊喊。「大哥、大嫂，你們回來啦。」聲音歡快如同山林裡的鳥兒。

三朵努力地邁著小短腿跟著二姊，圓圓的杏仁眼亮亮地瞅著前方。

「回來了。」季歌讓大郎把她放下來，一把抱起二朵，在她臉上親了口。

跟上來的三朵，緊挨著季歌伸手扯著她的衣袖，眼裡有著期盼，見季歌低頭看她，便紅著臉細聲地說：「大嫂抱抱。」

「好。」季歌把二朵放地上，一把抱起三朵，親了親她的臉。

四人高高興興地回了家，三郎正兒八經地坐在屋簷下，見他們回來，眼睛一下子就亮了。二郎自屋後走了出來道：「大哥、大嫂。」眼裡有了笑意，他想，這事應是成了，看大哥、大嫂眉角眼梢的笑，多歡喜。

待進了屋，季歌對上幾個孩子發亮的眼睛，如願地告訴他們。「咱們的事成功了！」說著，把憑據拿了出來。

屋裡立即響起一陣歡天喜地的笑鬧，比過年還要更熱鬧。

第十六章

當時說好，最遲辰時過半須得將糕點送至店鋪。季掌櫃是個有心人，聽說他們住得甚是路遠偏僻，把時間往後推了半個時辰，也就是每天八點準時送貨上門。

要保證糕點的新鮮，季歌也免不了半夜起床，先把糕點做好，再張羅好早飯，好讓送貨的人肚子飽飽趕路。

劉家的孩子都是好的，儘管小的只有四、五歲，也知道要為家裡出分力，自糕點寄賣開始，半夜時分，正是夜深人靜時，整個劉家都會起床，分工明確麻利地幹活，時不時地說說話，等都拾掇妥當了，把送貨的哥哥送出家門，才會打著哈欠笑嘻嘻地爬回被窩裡繼續睡覺，一覺睡到天色大亮，才起來洗漱吃早飯。

誰也不覺得累，更不覺得苦，日子過得每天都像過年似的喜慶，充滿著歡喜和笑鬧，個個都精神抖擻、容光煥發。

看著這個溫馨熱鬧的家，季歌打心眼裡感謝老天，不僅讓她重活一世，還給予了一份珍貴的親情；至於愛情，雖然沒有甜言蜜語，更沒有鑽戒表白，可她覺得特別幸福，如同泡在溫泉裡，舒服又自在。

早飯過後，收拾好灶臺，給豬餵了食，季歌拎著一桶髒衣服，走時朝著屋後喊了喊。

「二朵、三朵，我去河邊洗衣裳，妳們注意點。」

「知道了。」二朵扯著嗓子回了句。她倆在煮蚯蚓，給小雞拌雞食呢，順大娘說，雞吃得好才會長得好，就更容易下蛋。現在每天需要十顆雞蛋，家裡攢的雞蛋眼看就要用完了，兩隻老母雞一天也只能下兩顆蛋，再頂不了幾天就得買雞蛋。就盼著小雞快快長，快點兒長，多吃多下蛋。

季歌到河邊時，有兩個婦女在洗衣服，也算是熟人，她笑著喊了聲。「有根嬸，阿材媳婦。」

「大郎媳婦也洗衣裳呢。」有根嬸挪了挪位置。「來這邊，這裡好洗。」

「欸。」季歌拎著木桶蹲到了河邊，把棒槌和衣服拿了出來，一件一件鋪平在石板上捶洗。

阿材媳婦邊擰著衣服邊側頭看著大郎媳婦，眉宇間透著猶豫，囁嚅了會兒，開口說：「大郎媳婦，都說妳家在做小買賣，大半夜做著糕點，讓大郎和二郎每天輪著送鎮裡去？」

「對。」這個沒什麼好隱瞞的，季歌點頭應著。「家裡沒田也沒地，都說半大孩子吃窮老子，就靠著花伯家送的半畝山坳地，也還是得餓肚子，就搗鼓了三樣糕點，去鎮裡找了個店鋪詢問了番；沒想到，那老闆也是個心善的，同意我們把糕點放店裡寄賣，就是得收些銀錢，每日辰時送到，苦也苦了些，好歹也能掙點錢，圖個溫飽。」

有根嬸聽著心生憐憫。「天天半夜起床哪裡受得住？更何況還得出山進鎮，好在大郎和二郎也是能吃苦的，年歲也輕，禁得起這折騰，換了個年歲大點的，扛不了幾天就得蔫了。大郎媳婦妳是個手巧的，就是這命吶苦了點，向來這換親就沒什麼好人家，劉家也是祖上積福，大郎娶了妳，才一年光景，家裡就有模有樣的，我看吶，再過個一年半載的，妳就能好過些了。」

「也沒什麼，日子苦了點，加把勁努力過總能經營好。」季歌把衣服放水裡搓了搓，擰乾淨擱進了木桶裡，拿起第二件衣服捶打著。

「妳這心態好。」有根嬸笑著說道，她還挺喜歡大郎媳婦的，性情溫和、說話也中聽。「其實劉家啊，就是窮了點，人還是不錯的，上面沒有老，下面幾個小的也懂事，這日子也好過，就是窮了點。」

阿材媳婦見這兩人越說越遠了，忙把話題扯了回來。「大郎媳婦，聽說前兩天妳向順大娘買了十斤玉米和二十斤麥子，其實我家也有呢，妳要的話，玉米三文一斤，麥子五文一斤。」

「阿材媳婦妳婆婆的病還沒好呢？」有根嬸一聽這話，側頭看著阿材媳婦問了句。

「沒。」阿材媳婦小聲地應著。

有根嬸嘆了口氣。「這人吶，苦也好、窮也罷，就不能生病，這一病可真夠糟心的。劉家原來也挺好的，有田有地吃穿不愁，這一病就把家給掏空了。阿材媳婦妳可得多上點心，把妳婆婆顧周全了。」

阿材媳婦一聽這話頓時紅了眼眶，正好也洗完衣服了，她側了側身用袖子擦眼角，咬著嘴唇沒應聲。

河邊的氣氛有些凝重。季歌看著阿材媳婦的背影，想了想，說道：「已經跟順大娘說妥了，往後缺了玉米和麥子都上她家買，眼下還缺了雞蛋……」

話未說完，阿材媳婦就連連應著。「雞蛋也有，一文錢兩顆，家裡攢了三十多顆呢。」聲音透著哽咽，停頓了下，又急急地說：「我家養了十隻雞，妳看，往後這雞蛋若是缺了，就來我家買吧。」

「好，那一會兒我上妳家去。」季歌應了這事。

阿材媳婦擦了擦鼻子，歡喜地拎起木桶。「好，我在家裡等妳，妳儘管過來，我先回去了。」說罷匆匆忙忙地走了。

「這什麼都得買，能掙幾個錢？」有根嬸納悶地問。

季歌抿嘴露出一個苦笑。「談什麼掙不掙錢的，就是賺個辛苦錢，有一點算一點，總比沒有好。」

「也對，慢慢來吧，總能熬出頭的，早些年我也是這麼過來的，捱過去日子就舒坦了。」有根嬸安慰了兩句，又道：「沒病沒災，就可以唸阿彌陀佛了。」

季歌挺贊同這話，點頭附和了兩句。接著兩人有一搭沒一搭的說著話，有根嬸走時，還熱情地說，哪天有空閒了就相互串串門子。季歌笑著點頭，串串門子也好，聊點東家長、西家短，也好知道村裡的動靜。

回家的路上，碰著三郎揹著小竹簍，裡面堆滿了豬草，季歌停在原地等他。「三弟。」

「大嫂。」三郎小大人模樣的走了過來。

叔嫂倆慢悠悠地往家裡走。

二朵在清掃著屋前，三朵搬了個小凳子挑選著玉米粒，回家後三郎取下小竹簍，把豬草切好裝進桶裡，二郎拎著魚簍回來了，幹完活的三郎就搬了個凳子坐屋簷下掐魚內臟。季歌晾曬好衣服，拿了麥秸麻利地編著草鞋，每天出山進鎮，草鞋消耗忒大。

「大郎媳婦。」平安媳婦挺著個肚子，慢吞吞地爬上坡，笑嘻嘻地喊。隨著兩家日漸熟絡，平安媳婦有事沒事就過來串串門子，順大娘不讓她幹活，多走動走動也是好的，把胎養好了生個大胖孫子就成。

季歌擱了手裡的活，進屋拎了把木椅出來。「平安嫂。」

二郎手裡端著一碗玉米，往雜物間走準備磨玉米粉，昨兒磨了麥子，麵粉還有些。平安媳婦瞅了他兩眼，湊到了季歌身邊。「大郎媳婦，妳家二叔什麼年歲了？」

「啊？」季歌手裡動作一頓，驚愕地看著平安媳婦，有些反應不過來。

平安媳婦笑出了聲。「二郎樣貌好，身量也足，往日裡大家都嫌劉家窮，看不上眼，如今可不同了，吃穿不愁。昨兒我去串門子，聽著大娘們嘮嗑，連家溝有戶人家看上妳家二叔了，想招他當上門女婿，說讓常嬸子在中間拉拉線，不巧常嬸子這段時間沒在清岩洞，也不知什麼時候回來。」

「不可能。」季歌想都沒想就答道，也沒抬頭，繼續編著手裡的草鞋，嘴上卻沒停。「家裡窮的時候，也沒想過要當什麼上門女婿，何況現在家裡過得去。」

「我說也是，連家溝那是什麼地，就沒幾戶能吃飽的。」平安媳婦嘀咕了兩句，沒再說這事，換了個話題道：「大郎媳婦，妳手藝可真好，我都胖了一小圈了，明兒做蛋糕時，給我留兩份，家裡的吃完了。」

季歌側頭看了她一眼。「確實圓潤了點，面色紅潤，精神多了。到時候給妳留兩份。」這蛋糕在清岩洞賣兩文錢一份，目前也就平安媳婦時常光顧。

「平安說我好看了不少呢。」平安媳婦低著頭捏著衣角，嬌嬌羞羞地細聲說著。平安媳婦在劉家坐了小半個時辰才離開。她說的有關二郎的事，在季歌心裡留了個痕跡。說來二郎今年也十四了，一般男子十五、六歲就可以說親，她想著也就再一年半載，應該能搬出清岩洞，到了外面也不知是什麼光景，一時半刻的可能不好給二郎說親，說不得要拖到十八歲左右，晚上跟大郎提提這事，讓他和二郎通通氣，看他是願意早些說親還是晚些說親。

午時末，劉大郎滿頭大汗、熱氣騰騰地趕回了家。等他回了家，劉家才開始吃午飯，吃過午飯後，就是劉家最最幸福的時光啦。

劉大郎將昨日的結算拿了出來，錢袋子沈甸甸的，嘴角控制不住地上揚著。「媳婦妳數數，玉米發糕昨兒賣了一斤。」

現在是四月底，這寄賣生意也做了二十四天，剛開始掙得不多，最近情況慢慢好轉，蛋糕一天得做兩個，玉米發糕也是兩個，爆米花依舊是兩鍋，都能賣得乾乾淨淨。

論斤賣和論份賣付出的抽成不一樣，季歌數了數錢。「一共七十七文錢。成本算二十七文錢，還得了五十文錢。」頓了頓，她忍住激動的情緒。「咱們這個月，差不多有近一兩銀的純收入。」照這趨勢發展下去，明年就可以搬出清岩洞了，正好過完年搬，要省事不少。

一腔情緒。

「越來越多呢，太好了。」二朵興奮地在屋裡蹦來蹦去，恨不得上房揭瓦來表達自己的一腔情緒。

劉二郎道：「大嫂，莫忘了還有火焙魚的收入。」

「火焙魚的收入，正好用來維持家裡的日常開銷。」劉大郎接了話，這事，夜裡躺床上時，他和媳婦提起過。

三郎和三朵到底年歲小了點，尤其是三郎，平日裡看著是個小大人模樣，這會兒，卻是呆若木雞了。太震驚了，一個月一兩銀的收入，簡直就跟作夢似的。

「其實也差不多。」季歌平靜了情緒，笑著道：「咱們半夜就得起來張羅忙活，然後，大郎和二郎每天天不亮就要趕路進鎮，多累啊，咱們付出了這麼多，也該得到這麼多。」

劉二郎目光微閃地問：「明年就能搬離清岩洞了吧？」

「如果生意一直這麼順暢，應該沒什麼問題。」曾說過，要搬離清岩洞至少得攢十兩銀子，那會兒說的時候，覺得路途漫漫，有點看不到盡頭的感覺，可眼下來看，是充滿著希望的。季歌狠狠地鬆了口氣，越發的堅信，只要有心，肯努力經營，日子總會慢慢好起來的。

興奮的二朵聽了這話，就更加地興奮了，竟然一把將呆呆憨憨的三朵摟在懷裡，哈哈哈地直笑，跟瘋癲了似的。三朵見二姊笑，也跟著笑了起來，眉眼彎彎，好看得如同年畫上的胖娃娃。

劉大郎比較克制，心裡頭高興，臉上堆滿了笑意，把錢一文一文地收進錢袋裡。「媳婦妳拿著收妥當了。」也就是遇上媳婦的事，他才會失態，露出青澀的少年模樣來。

「嗯。」季歌拎著錢袋子，看著家人臉上的笑。「努力努力再努力，第一步已經成功地邁出去，剩下的路就不難走了。」

二朵鬆開三朵，一把抱住季歌，仰著臉沒羞沒臊地直嚷嚷。「大嫂我喜歡，可喜歡妳了！」

「喜歡大嫂，好喜歡大嫂！」三朵顛顛地抱住季歌的另一條腿，胖胖的小臉紅得像蘋果，細聲地說著。

季歌低頭在兩個孩子臉頰上親了口，眼裡滿滿的全是歡喜。「大嫂也喜歡妳們。」

充實的生活，時間會過得特別快，尤其在心情好的情況下，每天都喜氣洋洋的，就更覺得時間如那流水，一晃便是一天。轉眼進了六月，進入了晝長夜短，早晚還透著涼爽，白天日頭卻有些毒辣了。如今每天都會出山進鎮，手頭寬鬆些了，生活質量便有所提高，當然也僅僅只是在吃的方面，畢竟山路艱難，就算年歲好，也要顧著身體，好好養著。

吃得好，營養足，走山路鍛鍊身體，別說劉家的幾個孩子，就連劉大郎都隱約長了點個頭，看著更顯精神壯實了。劉二郎原本比大哥要矮一點點，現在都已經趕上他大哥了。季歌五月十三日滿了十五歲，劉二郎四月二十七日滿的十四歲，雙胞胎五月二十日滿的五歲。這三個生辰過得很是熱鬧，飯菜豐盛，還有生日蛋糕可吃。

因媳婦的提醒，劉大郎特意私下問了問二弟，關於成親這事，劉二郎明確地說著，成親晚點沒事，先搬離清岩洞再說。他向來心裡比較有主意，季歌也猜到了些，只是覺得還是問問比較好，她一個當大嫂的，也不好擅自說什麼話、作什麼決定，也怕一個不留神就傷了情分。她很珍惜這份親情，如今有了劉二郎這答案，日後真有人說到她面前來了，她也能妥當地拒絕。

五月底的時候，季歌和劉大郎出山送貨，回了一趟娘家，主要是看看一朵姊，確認她的生產日子，是在六月二十日左右。家裡的小雞二朵和三朵餵養得好，長了兩個多月個頭喜人，一隻約有一斤左右，七月裡應該就能下蛋了，準備六月底挑個好日子，拎隻母雞再拿些旁的物件去看看一朵姊，中間也就半個月的時間，待小雞可以下蛋又能省點開銷。

季歌喜滋滋地在心裡估算著這些瑣碎事，一件件、一樁樁地理清了，手裡的活計卻沒有停，她在給雙胞胎做衣服。有根嬸也是個手藝巧的，常過來串門子，說話間知道季歌不會做衣服，繡活什麼的也不成，便熱心腸地說教她。這麼好的事，季歌自然應承下來，將自己廚藝裡的一些心得，挑揀挑揀說給有根嬸聽，有根嬸就更加樂意往劉家串門子了。

喜歡往劉家串門子的，不僅是有根嬸，還有順大娘婆媳倆、阿材媳婦等等，空閒了就過來嘮嗑，很多時候會碰一塊兒，七嘴八舌地說得好不熱鬧。家裡人來人往，二朵還好些，性子本來就外向，就是雙胞胎在季歌有意無意的提醒下，也漸漸開朗了些，這兩個孩子越長越讓人喜歡。

「大嫂。」今兒個是二郎進鎮送貨。「季掌櫃讓我跟妳說，明兒個讓妳進鎮一趟，他有事跟妳商量。」

季歌聽著心裡挺納悶的。「我知道了。」說著，收了手裡的活。「餓了吧，洗把臉，咱們就開飯。」

次日一早，季歌和劉大郎揹著竹簍進了鎮，進了季氏糕點鋪，和季掌櫃說了會兒話，氣氛正好時，季掌櫃笑著開口說：「我今天要你們夫妻倆過來，是有事想和你們商量。六月的氣溫漸高，待進了七月就越發炎熱了。每日送貨來店鋪裡，也夠辛苦的，長久下去，怕是身子骨會吃不消，我想了想，看你們願不願意把三樣吃食的配方賣與我，我一次全額付清你們銀兩。」

那天嚐了三個糕點的味道時，他心裡就存了這想法；不過，到底不敢太冒險，既然這夫妻倆想寄賣，便與他們方便一回，讓糕點在店鋪裡寄賣，正好可以看看銷售如何。這兩個月冷眼看下來，他心裡已經有了底，想要買斷這三樣吃食的念頭越發地強烈，若這吃食掌握在他手裡，一個月的收入能翻整整一倍或許更多。

季歌沒想到季掌櫃喊她來是說這樣一件事，可稍稍一想，又覺得沒什麼好意外的。她沈默了會兒，挺平靜地問著季掌櫃。「不知掌櫃願意出什麼樣的價錢來買這配方，這兩個月你也看到了，我做出來的糕點還是很受歡迎的。」賣就賣了吧，說實話，她嘴上沒說心裡卻心疼著大郎和二郎，就怕出個什麼事，不敢把情緒表露出來，只能隱藏在心底。

「三十五兩，買斷三樣吃食的配方。」這個價格季掌櫃是深思熟慮過的，覺得差不多。

季歌心裡一緊，她垂眼掩住眼裡的情緒，緩緩地說：「這價位我可以接受，但有個要求。我們會搬到松柏縣去，到了松柏縣我們依舊會用這三樣吃食做小買賣，只希望季掌櫃得了配方不要告訴旁人。」

等了會兒，見季掌櫃不說話，季歌又道：「松柏縣離景河鎮甚遠，想來也影響不了什麼；再說，三十五兩銀子想一口氣買斷配方，怕是有些不夠的。當然，我也不會把配方再賣給別的人家。」

「可以。」猶豫了下，季掌櫃還是應下來了。

這一次的買賣就不能只寫憑據，得換成更嚴謹的契約，還得有協力廠商在場，且這協力廠商須有一定的影響力。季掌櫃請來了學堂裡的秀才先生，劉大郎也知這人，名聲很不錯。如此，便由秀才先生書寫契約，又陳述了一遍，沒什麼意見的話，兩方簽字按手印。

契約成立後，就沒秀才先生什麼事了，季掌櫃好言好語地送走了這位先生，還給了酬勞。接下來，季歌不僅把配方詳細地說了遍，讓季掌櫃記錄下來，又親手教給了季夫人。離開時，季掌櫃給了三張小面額十兩銀子的銀票，以及五兩碎銀，還包了一樣上等的糕點，及兩樣普通糕點給他們。

季歌想這季掌櫃為人還挺圓滑。這麼一耽擱，回家時，已經是未時末了，回來的路上正是太陽毒辣時，劉大郎捨不得媳婦受苦，就用十文錢租了輛牛車送到了山腳下，進了山蔭涼頗多，停停歇歇的，也就不會太難受了。

回家後，季歌挺不住了，洗了個溫水澡，一沾枕頭立即就睡著了。劉大郎見媳婦睡著了，有點兒睏意的他，也樂滋滋地躺到了床上，一覺睡到傍晚，昏昏沈沈的腦袋總算清醒多了，整個人神清氣爽別提有多舒服。

吃過晚飯，拾掇好瑣碎事情，都洗了澡，天色略顯灰暗，一家人坐在屋前的空地裡乘涼。

「我有件事要告訴你們。」季歌想著，揚了揚手。「都坐過來點，別隔太遠了。」

什麼事？這麼神神秘秘的！幾人挪著椅子挨近了些。

季歌笑著拍了拍手裡的蒲扇。「季掌櫃出三十五兩銀子，買下三個吃食的做法，我和你們大哥答應了這事。往後啊，就不用半夜起來，天天往鎮裡跑了。」

「啊！」這事讓劉家兄妹太過震驚，都有些反應不過來，目瞪口呆的模樣，還挺逗的。三十五兩銀子！想都沒有想過的天文數字，就、就……他們家就有了三十五兩銀子了？一躍成為清岩洞的首富，滋味太過酸爽，被刺激成傻子了。

等了會兒，見幾個孩子仍呆愣著，季歌用扇子拍了拍他們的胳膊。「回神了，發什麼愣？」語氣裡帶著濃濃的笑意。「跟你們說，你們得有心理準備，這才剛剛開始，等咱們搬離了清岩洞，肯定會掙更多的銀子。」沒見過世面心境還是差了些，這深山溝清淨歸清淨，還是得到外面闖闖才行，這地方只適合養老。

「大嫂現在有了錢，咱們什麼時候搬離清岩洞？」二朵對外面的世界很是好奇，自從大嫂說過要搬到松柏縣後，她就一直在想，松柏縣會是個什麼樣的地方，想啊想、想啊想，想得多了就生了念頭。

這話大概是所有人的心聲，見二朵問出來後，都眼巴巴地看著季歌。季歌搖了搖頭。

「暫時還不行，得過了年才能搬。」

「那半畝地得顧著，正好趁今年多種點糧食，還有兩塊菜地，家裡的豬啊雞啊，瑣碎事情太多，都要拾掇好才行，明年開春搬離清岩洞是最好的。」頓了頓，劉大郎又細細地解釋。「再者，縣裡是個什麼情況也不知道，還得尋個時間，到縣城逛一逛，物價啊、房租啊等等，得把一些基本情況摸清楚了。」

季歌接著劉大郎的話。「咱們要搬離清岩洞，最重要的是，在縣城租好房子，有了住的地方，才能著手搬家的事宜。到了縣城，日常花銷會翻倍，說不定更多，畢竟到了縣城什麼都得花錢買，連柴木也是。所以在今年，盡可能地做些準備工作，努力減少花銷，等生意做起來了，日子才能寬裕些。」

「三十五兩銀子，聽著很多，可縣城裡花銷大，倘若咱們掙不到錢，支撐不了多久。」這話劉大郎說得很認真，語氣帶著少有的嚴肅。「還有三郎讀書一事，讀書向來最燒錢，椿椿件件的算起來，你們要有心理準備，或許到了縣城，日子遠沒有現在過得愜意舒坦。」

劉二郎首先表態。「沒事，到時候我可以尋短工，大嫂手藝好，生意定是可以做起來的，一家人齊心協力，就像在山裡過日子似的，生活總會慢慢好起來。去年的這個時候，咱們還吃不飽，哪裡會想到，現在能吃飽穿暖還攢了不少錢。我相信只要挺過最初的艱難，後面會容易很多，像大嫂說的，成功地邁出第一步，後面就不難了。」

「我會幫著大嫂做生意，給她打下手，把家裡收拾得妥妥當當，就算苦了點也沒事，只要能吃飽就行，有大嫂在，慢慢地就能天天吃肉了。」二朵笑嘻嘻地說著。「還有啊，以前那麼苦都捱過來了，再怎麼樣，總不會回到以前的日子去。」她說得輕鬆，到底是吃過苦的孩子，承受能力要強些。

三朵不愛說話，特別喜歡用眼睛表達情緒，這會兒，她的杏仁眼亮亮地看著季歌，眼裡有著笑，有著滿滿的依賴，還有深深的孺慕之情。「不怕，有大嫂。」

「我會認真讀書，努力地識字。」三郎的眼裡閃爍著一種光芒，說得特別斬釘截鐵，像極了一個誓言。

季歌伸手摸摸三郎的頭頂，這孩子……有點兒過於早慧了，也不知是好還是壞，當了父母才知道，孩子太懂事也愁，太不懂事也愁，雖然她只是個大嫂的角色，卻也傾注了情感。「三郎啊，你不能太逼著自己，你要放鬆些，有個差不多的程度就行，不要太拚命。送你去讀書，並不是要你考功名，這路太難太難，就是想讓你識些字，家裡人也跟著識點字，縣城是個大地方，識字後要方便些。」

「我知道的大嫂。」三郎抿著嘴點頭應。

「那就這樣吧，先這麼過著，都別想太多了，還有半年時間呢。」季歌拿著扇子拍打了兩下。

等天色完全黑下來，一家人就拎著椅子各回各屋睡覺去了。

第十七章

「大郎。」季歌躺床上有些睡不著。

「嗯。」劉大郎回了個鼻音。

「咱們是不是把話說得太嚴重了，讓孩子們心裡生了負擔。」季歌就怕弄巧成拙。

劉大郎把媳婦摟在懷裡。「沒事。妳讓他們別想太多，結果妳自己卻想得更多。這不算什麼，我還覺得輕了些，一直在山裡生活，很少外出，等搬到了縣城，見識了花花世界，心境不堅定，一個不留神就壞了品性。從村裡出去的人，有好幾個就越長越歪。」

「也對。」季歌笑自己還沒大郎看得透呢，同時心裡覺得甜滋滋的，她男人憨實歸憨實，心頭還是很明亮的。

寄賣的生意沒有了，生活恢復了愜意安寧，過來串門子的婦女，見了這情況，略有些擔憂地問著。季歌也沒怎麼解釋，就說天氣太熱，每天進山、出山地太累，掙的錢也不多，索性就不想折騰了，萬一垮了身子骨該怎麼辦？有根嬸聽著這話就特別贊同，守著點田地過活，吃喝不愁就很好了。

六月二十七日是個好日子，宜出門，季歌和劉大郎拎了隻老母雞，還有二十顆紅雞蛋、十斤麵粉，又做了三斤玉米發糕、一鍋爆米花，這禮還是很不錯的。

到柳兒屯時，才知道二十四日的下午，劉一朵生了個女兒，六斤三兩重。因山路遙遠，正逢農忙時節，就沒派人去清岩洞報信；再者，五月裡季歌夫妻倆過來時，也跟他們說過生產時間，早點、晚點也沒什麼，只要能來就行。

季歌一聽生了個女兒，心裡一緊。「娘，我去看看一朵姊。」

「有什麼好看的？好吃好喝地伺候了大半年，結果給我生了個賠錢貨！」說起自家的大兒媳，季母就一肚子火。好在女兒和女婿這回拿來的東西挺多，否則她會更生氣，大兒媳往娘家搬的糧食，她還記得清清楚楚呢，這個吃裡扒外的，連個胖孫子都生不出來。

「娘。」季歌臉色微黯，卻忍了忍，語氣不大好地說著。「都說先開花後結果，這回生了個閨女正好。」

季母呸了聲，翻著白眼。「上下嘴皮子的事，話誰不會說，說了就能實現了？眼下她給我生的就是個賠錢貨。」

「我去看看一朵姊。」季歌不想說話了，起身往外走。

季有倉和劉大郎坐在堂屋裡，靜悄悄的，兩人誰也沒有說話，氣氛看著不大好，顯然剛剛季母說的話，怕是聽著了。

「大哥我去看看一朵姊。」季歌站在屋門口說了聲。

「好。」季有倉起身領著大妹往西屋裡走，劉大郎緊跟了過去。

劉一朵還在坐月子，屋裡蒙得嚴嚴實實，這會兒天氣很炎熱，屋裡空氣不大好，說不出是個什麼味，就是挺難聞的。

「一朵姊。」季歌坐到了床邊，看著明顯憔悴的一朵，臉色蠟黃，心裡泛酸，握起她的手，大熱天竟是冰涼涼的。「手怎麼這麼涼？」

「沒事。」劉一朵扯著嘴角笑，模樣很虛弱，眼神略顯空洞呆滯。「娘……」張了嘴，又不敢問出來，低頭看著被子。不知道娘有沒有當著大哥和阿杏的面說什麼，這幾天她聽了很多話，都已經麻木了。

季歌把劉一朵的雙手握在手裡，想要暖暖她的手。「一朵姊妳別想太多，這女人啊，坐月子特別重要，妳要好好的，別傷了身子，好好養上一年半載的，再懷第二個孩子；都說先開花後結果，沒事的，妳若是在月子裡落了病，往後可就更難了。

「家裡現在挺好的，我跟妳說吧，明年我們有可能搬到松柏縣去，所以啊，妳要挺直腰板，不能太畏縮了；妳強硬點，只要不犯錯，我娘自然不會太為難妳，妳越懦弱她就越來脾氣。」頓了頓，季歌又說道：「妳不為自己想，也要為妞妞想，奶奶不喜歡她，妳這個當娘的，總得護好她。」

劉一朵聽著，沈默了很久，眼淚滴滴答答地落著，良久，才抬起頭說：「阿杏妳是個好的，謝謝妳。」她抱著季歌，低低地哭起來。

能哭就好。季歌心裡想著，積壓的情緒發洩出來就沒什麼事了。

季家的氣氛不大好，吃過午飯後，季歌和劉大郎也沒多待，戴上草帽頂著毒辣的烈日趕路。

「大郎。」走出柳兒屯，季歌輕輕喚了句。

劉大郎臉色沈沈面無表情，聽媳婦喊他，眼眸裡才透了些柔情。「看看能不能攔個牛車，送咱們到山腳下。」說著，他拿下頭頂的草帽，摺著帽子給媳婦搧風。

「沒事，帽簷寬著呢，不怎麼熱，你戴著帽子，別拿下來。」季歌伸手握住大郎的胳膊，將他的手拉了過來，另一隻手奪了他手裡的草帽，踮著腳想要給他戴上。

劉大郎眼底閃過一絲羞赧，卻不著痕跡地彎了彎腰，將身子傾向媳婦，讓她能順利地給自己戴上草帽。

「我跟一朵姊說了會兒話。」見大郎情緒好些了，季歌索性也就沒鬆手，直接握著他熱燙的手，觸感粗糙微微刺手，可她覺得心裡頭暖呼呼的，情不自禁地想笑。「她哭了，能哭出來就好，應該是聽進心裡了。如今咱們家日子寬鬆些，一朵姊不用牽掛咱們，她想通了，會慢慢好起來的。日後我們常過來走動走動，娘家好了她的腰板也能挺直。」

劉大郎沒想到媳婦會說這麼一番話，讓他驚訝的是後面兩句，一朵的婆家是媳婦的娘家，媳婦這心是向著劉家的呢。想到這裡他的心突然就跳得好快，情緒不知怎麼的就翻騰了起來，如那滾燙的沸水般，若不是眼下場合不對，他好想抱著媳婦，抱著她，緊緊地抱著她。

「你怎麼這樣看著我？」眼睛太亮，季歌都不敢直視了，莫名地有些羞澀。

劉大郎緊緊握著媳婦的手，憨憨地笑著。「沒，就是覺得媳婦真好，我會好好對妳的。」他嘴拙不知道怎麼說自己的心情，說來說去只會說那麼兩句樸實的話。話雖簡單，卻真心實意，他是真的說到就盡著努力在做，只覺得，若不努力對媳婦好，心裡會難受，很難受。

這應是劉家人骨子裡的習性，一朵也好，大郎也罷，受一分好就想著加倍還回去。不同的是，大郎對季歌的好，那種強烈的情緒，是摻著愛情的，他大概是不知曉的，只會順著心意來，努力對媳婦好，只想護好她，莫委屈了她。

見大郎情緒有些激動，季歌稍稍一想，就猜出了他的心思，猶豫了下，還是說道：「這事說來，是我娘不對，做得過分了些。生男、生女都是天意，哪能怪在一朵姊身上；再說，大哥和一朵姊還年輕，這才是頭胎呢，娘也太心急了點。」

她把這話說出來，是想讓大郎知道，她也不是一味地偏著誰，得看事情來分對與錯。她覺得像這樣比較敏感的事，還是要多注意，千萬不能疏忽了；倘若有天，發生了比較矛盾的事，也別偏向誰，更要理智些處理。這換親就是麻煩，容易鬧糾葛，雖說她是重生的，可季家到底養育了原主十幾年，生養恩還是要顧著點，卻也不能盲目地來。

這事劉大郎其實心裡挺不高興，可媳婦說的話撫平了他的情緒，這會兒平靜下來，話說得就平和些。「妳說得對，等日後有空了，兩家多走動走動。娘也是心急，大哥年歲不小了，對孫子的期盼大了點。」他還是知道的，怕媳婦夾在中間不好受。

「二十好幾生孩子的一堆，等一朵姊養好身子，懷孩子也容易。」聽著大郎的回答，季歌心裡鬆了口氣。她就喜歡這樣的夫妻關係，能相互體諒的，有商有量，也不藏著掖著、和和氣氣，多好，這樣過一輩子，才會覺得舒心自在。

話說開了，心裡的鬱氣都散了，就算是頂著這烈日趕路，也不覺得熱和累，心裡頭甜滋滋的，精神勁頭十足。

「大郎。」走了一段路，季歌掙扎了半晌，想著說就說了吧，有什麼好害羞的，反正他倆是夫妻，是最最親密的。

劉大郎側頭看著媳婦，白皙的臉紅撲撲的，可真好看，他有些口乾舌燥，慌張地移開了視線，清晰地聽見自己的心跳聲，撲通撲通跳得可真快，彷彿要蹦出胸膛般，他更加地慌亂了。

「我問你件事。」正好前面有個小竹林，季歌拉著劉大郎往竹林裡走。「咱們坐這石塊上歇會兒。」

「欸。」劉大郎沈浸在突如其來的情緒裡，心不在焉地應了應，和媳婦拉開了點距離，挨著石塊邊沿坐著。

季歌納悶地瞄了兩眼，拉了拉他的衣袖。「你坐過來點，我跟你說件正事。」

「喔，好。」劉大郎做了個深呼吸，才往媳婦身旁挪近了點。「什麼事？」卻還是不敢看媳婦的臉。

「剛剛我想了想。」季歌其實也有些難以啟齒，可覺得這事還是說一說為好。「就是、就是孩子的事，明年搬出了清岩洞，再要孩子吧。」好在她是個現代人，要是原生原長的古代人，還真說不出這話來。

她有她的考量，這時代十五、六歲生孩子很平常，大郎念著她年歲輕把洞房一事推後，已經很難得了。明年她滿十六歲，身子骨長開了，關於洞房就沒必要再裝聾作啞，都同床共枕一年多，用不著扭捏，倒不如說開了，彼此心裡有個底。

劉大郎沒有想到媳婦會說這話，立即就有些手足無措，低著頭看著媳婦的手，滿腦子都是「孩子」、「洞房」，這四個字在重複著，古銅色的臉脹得通紅一片，額頭汗水直冒，半天沒憋出話來。

季歌想，她的男人真是太青澀了，心裡卻美滋滋的，覺得特別開心。反正話都說出來了，就再大膽點吧，左右也沒人，便偎到了大郎的身邊，抱著他的胳膊，感覺到他身體變得僵硬，整個人熱騰騰的跟個火團似的，她就越發地開心，眼角眉梢都透著歡喜，故意柔聲細語地說：「相公，你說好不好啊？」

「好，好，都好。」劉大郎僵著手抹了把臉上的汗，將字一個一個的從嘴裡擠出來，說得甚是辛苦。

不惡趣味了。季歌心情相當地好，還是不逗她男人了，萬一嚇著他了怎麼辦？「咱們是夫妻，你這麼緊張幹什麼？快擦擦汗，衣服都濕了。」

媳婦恢復了正常，劉大郎好受多了，心裡一個勁地對自己說：緊張什麼？本來就是夫妻，都是應該的！唸得多了，還真起了點效果，至少能抬頭看著媳婦了。「繼續趕路吧。」

「嗯。」季歌點著頭，把草帽戴了起來。

劉大郎看著媳婦的背影，深深地呼了口氣，默默地握緊拳頭。很好，就是這樣，繼續努力！他堂堂一個男人，哪能比媳婦還要害羞，頭一回是這樣，第二回也是這樣，必須得改！

進了山裡，蹲在溪邊洗了把臉，又歇了歇腳。山裡樹林多要蔭涼許多，回到家裡，只有二朵和三朵在，二郎和三郎去了山坳的地裡。

「大嫂，大姊生的男娃還是女娃？好不好看啊？」二朵興致勃勃地問著。

季歌坐到了桌邊，三朵倒了杯水給她，抿著嘴衝著她笑。季歌伸手摸摸三朵的頭頂。「生了個女娃，六斤三兩重，白白胖胖的小傢伙，挺好看的。」

「也不知道什麼時候可以看到。」二朵本來想跟著去，卻也知道自己不能去，所以連提都沒有提。

爹娘走的時候，她才三歲，懵懵懂懂的年紀，是大姊帶大她的。大姊嫁人的時候，她七歲已經懂事了，對大姊的感情很深厚，不僅是姊妹親情，還摻雜了些模糊的母女情。

季歌聽著安慰她。「總會看到的，等家裡不忙的時候，我帶妳去一趟柳兒屯。」

「好啊好啊。」二朵連連應著。

七月農忙，劉家有了點地，也有些活要拾掇，家裡有兩個勞力，倒也不用旁人操心。順大娘家有兩棵杏子樹，結實纍纍，一個個都熟透了，黃澄澄的香味很濃，摘杏的那天，順大娘特意送了半籃子過來。有根嬸家的屋後種了棵李子樹，有些年頭了，也送了半籃李子過來。

順大娘家的杏子很甜，季歌拿一半做了甜醬；有根嬸家的李子甜甜酸酸，琢磨了下，她想試著做水果軟糖，就拿杏子和李子再添些麥芽糖，做成酸甜滋味。

以前在家時，她曾嘗試著做過兩回，用的是桃子和李子，用微波爐做的，結果失敗了，第一回成了焦糊，第二回稍微好點，但也不是軟糖而是果醬，現在繼續嘗試，也不知道能不能成功。

先把杏子和李子洗乾淨，皮和果核都要去掉，只餘下果肉。這活是三朵做的，她把手洗得乾乾淨淨，慢慢吞吞地忙活了半個時辰。季歌把果肉搗成果泥，添了適量的麥芽糖，生了小灶的火，剛開始用中火，把果泥倒進鍋內後，人不能走開，要站在鍋旁，一直攪拌果泥，等果泥發酵變成了果醬狀略顯濃稠時，火勢改中火為小火，繼續攪拌，這時候可以試一試味道，若覺得酸了，就再添些麥芽糖。

大熱天的一直站在灶邊，也是個大考驗，季歌汗水直流、臉色通紅，還不能分心，得一直緊繃著神經，注意果醬的濃稠度，適當控制好火候，稍有差池估計就要失敗了。好在她有前兩回失敗的經驗，這一回認認真真地對待，有八成的把握可以成功做出來。

當果醬的濃稠度足以黏住筷子時，小灶裡的柴木可以抽離，只餘下炭火就行了，慢慢地繼續熬煮，時不時地攪拌兩下，這是個關鍵點，火候沒掌握好，一不小心果醬會變成焦糊，季歌來回往鍋內和灶內看著，用火鉗撥著灶內的炭火，

三朵拿了蒲扇站在小凳子上，一下一下地給大嫂搧著風，眼睛亮亮地看著鍋裡的果醬，廚房裡瀰漫著濃郁的果香，甜甜酸酸的味道，饞得讓人口水直流，可真香啊。

待灶裡的餘火也漸漸熄了，季歌總算解脫，用勺子把果醬表面抹平，就這麼直接擱鍋裡，靜靜地冷卻凝固，所須時間至少也得隔一夜才行。

「大嫂，洗臉。」三朵見活忙完了，她把蒲扇扔一邊，打了一瓢冷水放盆裡。

季歌對著三朵笑，趕緊洗了把臉，清涼的水觸著肌膚，身上的熱氣消散，說不出的舒坦，她深深地籲了一口氣。用原始工具做軟糖，可真夠累的，尤其是這酷暑天氣，像是放在

蒸籠裡似的，都快熱暈了，希望她的心血沒有白費。

二朵拎著破罐回來，她抓蚯蚓去了，家裡只剩下一隻老母雞，順大娘說小雞餵養得好，最近應該就會開始下蛋，她有些心急，就更加努力地抓蚯蚓。還沒回家呢，剛剛走到大道上，就聞見自家屋裡飄出來的果香，可真好聞，饞死她了，她顛顛地衝回家。「大嫂，大嫂，妳做什麼了？」

「回來了？我想做糖，不知道能不能成，得明天才知道。」季歌有些累，搬了張椅子坐在門口，正好有風徐徐吹拂，她動了動自己的胳膊，有點痠疼痠疼的，下回還要做的話，得讓大郎來，這是個費力活。

一聽明天才能成，二朵沒什麼興趣了，看著妹妹道：「三朵，咱們煮蚯蚓去。」

「好。」三朵聽話地跟著二姊去了屋後。

傍晚，果醬已經冷卻開始凝固，季歌把鍋蓋蓋上，一家人吃了飯、洗了澡，坐在屋前的空地裡閒聊乘涼。忙忙碌碌一整天，天微微亮就起，太陽落山才歸家，也就這會兒最是愜意，晚風涼爽吹散熱氣，和家人們笑笑鬧鬧地說著話，能很好地撫平身體的疲累，比什麼仙丹妙藥都要管用。

次日一早，吃早飯的時候，季歌笑著說：「一會兒先別急著走，看看我昨天的心血有沒有白費。」

「肯定不會白費，那味可真香，特別地濃郁。」二朵露出一個沈醉的神情來，把大夥兒都給逗笑了。

季歌有些緊張。「一會兒就知道了，咱們先吃飯。」

「下回要做就喊我，妳教我我來做。」劉大郎認真地說著。昨晚他替媳婦細細地按揉了好一陣，今兒早上見她還有些喊疼，他心裡就不好受。

「知道了。」季歌點著頭，笑得甜滋滋的。

飯後，劉大郎直接把鍋拎到了桌上，當然，下面墊著一塊木板。季歌打開鍋蓋，香味撲鼻而來，完全沒有昨日的濃郁，是清清淡淡的香味，色澤是暗黃色，還算晶瑩剔透，拿著勺子壓了壓，軟的，有點兒彈性。季歌露出一個大大的笑容，心裡有底了。「應該是成了，拿刀切成小塊吧。」這刀是特意買來，專切糕點、果脯的。

口感軟和有點微微的彈牙，偏甜挾了點李子酸，味比較濃。總的來說，比外面買的十文一斤的糖要好吃點。

「好吃。」三朵拿了一塊又一塊，細細咀嚼著，笑得眉眼彎彎。果然是孩子，就愛這些酸酸甜甜的。

季歌覺得味濃了些，吃了兩塊就收手了，有點膩。「得送點給順大娘和有根嬸，餘下的你們慢慢吃，別吃太多，等等吃不下飯。」

「大嫂，這軟糖也做買賣嗎？」劉二郎問了句。

「不大好。」季歌解釋道：「得順著季節來，季節一過就不能賣了，這事先放著，不著急。」

劉大郎也覺得有點膩，只吃了一塊。「妳要去順大娘和有根嬸家？」

「對，送點軟糖過去。」說著話，季歌已經分了兩份軟糖出來。

「我去吧，我找平安有點事。」劉大郎說著，接過媳婦手裡的軟糖。

季歌還有一堆瑣碎活要忙，就應了這事。

剛進八月，淅淅瀝瀝地飄起了小雨，日夜不停，滴答響著，好在農事都忙得差不多，該收的收了，該曬的曬了，該種的種了，這會兒下雨正好，滋潤著莊稼。

山裡的涼粉果有些果子已經熟透了，劉家又開始做起了涼粉換吃物的買賣，僅靠家裡的半畝地是完全不夠吃的，今年還買了不少糧食，再者也要為明年做些準備，能不用錢買糧就儘量不用錢。眼下家裡事也少，劉家三兄弟就在山裡找果子，撿柴木、野菜、菌子等物，還有放地籠抓魚，劉家的姑嫂三個就窩在家裡拾掇著。

這樣瑣碎的充實生活，挾著淅淅瀝瀝的小雨，日子平平靜靜、安安寧寧，不愁吃穿，不經意間會產生一種恍惚感，其實就這麼過一輩子也挺好的。待回過神來，季歌又笑自己犯癡，哪能一直待在山裡呢，再怎麼好也要到外面去看看；不過，等她和大郎老了，兒女成親生子忙著顧自己的小家時，或許他們可以回到這個偏僻的深山溝，看歲月靜好慢慢過著餘生。

綿綿的小雨，斷斷續續下了近十天，進了八月中旬時，天總算是放晴了，再不晴，就該憂心地裡的莊稼了，畢竟剛剛種下去，還很脆弱。天一放晴，地裡的莊稼真的是一天一個模樣，雨水足長得快。原本略有些涼爽的氣溫，在連續晴了兩天後，開始慢慢變得炎熱，卻也沒有七月裡的毒辣，這樣的日頭，正好合適曬菜乾。

八月十五的中秋節，季歌做了一頓豐盛的飯菜，還烙了不少餅子，分兩種餡，一葷一素。八月初進鎮給秦師傅送火焙魚時，季歌就烙了二十個餅，又拿了十顆雞蛋和三斤的玉米發糕、兩斤五花肉，讓劉大郎路過柳兒屯時回趟娘家。回來後，大郎告訴她，一朵挺好的，就是黑了點，看著精神不錯，妞妞也養得好，白白胖胖、肉嘟嘟的一團，特別愛笑。季母對他也有了點好臉色，說話和氣不少，還問了兩句季歌的情況。

季歌猜想，九成是家裡日子好了些，每回過去拿的禮也不錯，不再是那個需要接濟、吃了上頓沒下頓的劉家，她的態度自然就轉變了。其實，想想季母這樣的性情，是很平常的。季歌想起她頭一次回娘家時，季母雖有些嫌棄，說話卻帶了些提點，嫁出去的女潑出去的水啊，自家日子都緊巴哪裡有心思顧著女兒。

對於季母，季歌也沒別的想法，就是逢年過節，盡著一分心，送些節禮過去，也算是替原主盡了孝道，旁的她一個外嫁女就不多摻和了，好好過自己的日子就成。

涼粉換吃物的買賣，因為山裡沒有涼粉果，到九月底就沒有做了。今年的收穫比去年要多些，季歌姑嫂們每天整理著換回來的吃物，亂七八糟的種類繁多，做這事的時候，她們心裡特別地開心，完全可以體會到收割時節農民伯伯的那種激動和興奮。

主要是大郎也在家裡，有個伴也放心些。劉家三兄弟跑了很多座山頭，不僅尋的涼粉果多，比較深的山裡，鮮有人去，裡面的野果、菌子也多，吃不完的果子就曬成果脯，菌子也沒拿出去賣，直接曬成乾，想著明年搬出去後，要吃點菌類也不容易，便留著自家吃。野板栗足足揀了有半個袋子，這種野生的味道特別好，生吃也好吃，燉湯也美味。

還有一件很意外的事，掏到了一個野蜂窩。代價也是有的，大郎和二郎被螫了好幾下，季歌急得不行，她又不知道怎麼處理這事，慌慌張張地跑去順大娘家，好在順伯有經驗，麻利地拔出蜂針後，將拿來的草藥搗成汁敷在了傷口上，也不知是什麼草藥，沒幾天就消腫了，並沒有起不良反應。季歌鬆了口氣，很嚴肅地告訴兩兄弟，往後不能再這樣冒險！

第十八章

涼粉換吃物的買賣不做後，家裡就清閒了不少，季歌和劉大郎商量著，正好趁這時候去趟松柏縣探探情況。吃飯的時候，一家人都在，就把這事說了說。次日一早，稍稍收拾了番，季歌夫妻倆踏著白茫茫的霧，手牽手地行走在山林裡，前往松柏縣。

松柏縣非常大，特別繁華，站在城門口，看著人潮擁擠的熱鬧大街，季歌心生恍惚，突然想起很久以前，她隻身一人前往大城市打拚。那段刻骨銘心的記憶，是她不願意回想的，倘若有重選的機會，她想，必定不會再選這條路，太難太苦，成功是成功了，可她的下半生卻過得不好，年輕時用身體拚財富，事業剛穩定，卻成了用財富養身體，到頭來，她什麼也沒得到。

她其實極喜歡清岩洞的氛圍，那種平平淡淡、細水長流的生活氣息，讓她格外地沈醉迷戀。她上輩子沒看透，以為所謂的好日子就是要掙很多錢，所以她拚命掙錢，得到越多的財富反而越覺得少，她總是想，她還年輕要掙足夠的錢，然後找個人結婚好好過日子。她死的時候三十五歲，以為自己還有大把的時間，她還年輕，可她卻死了，也不知她辛苦拚來的家產會落在誰手裡。

莫名其妙來到這個世界，她心裡是歡喜的，有種很驚喜的感動，窮一點、苦一點她不怕，她就想好好活著，過得舒心愜意。搖搖欲墜的家需要奮鬥，是責任，她得到了這個身體，就要擔起肩上的責任。奮鬥歸奮鬥，她是萬萬不會如前世般拚命，就像瘋魔了似的。

時間緩緩流逝，和劉家人朝夕相處，溫馨、溫暖點點滴滴匯入心底，她融進了這個家裡，是家裡的一分子，兜兜轉轉，到頭來她似乎又回到了原來的軌跡，要掙錢、要奮鬥。但是季歌心裡明白，這次和前世是完全不同的，她有一個家，有一個對她很好的男人，她不是一個人，她有家、有愛。

剎那間，季歌被一股洶湧澎湃的情緒包圍，她不知道要怎麼形容，就覺得特別地有動力，整個人很興奮、很激動。

前世她獨自一人都能打拚出一條路來，這輩子和家人在一起，還有什麼是戰勝不了的，定也能經營出一份安安穩穩的幸福。

「媳婦，想什麼？路上只吃了點餅子，咱們是吃麵還是找家小飯館？」劉大郎跟著工作隊伍來過幾回松柏縣做事，多少還是有些熟悉，不至於兩眼一抹黑。

季歌穩了穩情緒。「找家小飯館，吃了飯，再去找個住宿的地方。」

松柏縣離清岩洞很遠很遠，途中他們還搭了好幾回牛車，真一腳一步地走過來，得花上整整一天。現在估摸是申時過半，下午四點左右的樣子，吃個飯再去找住宿的地方，也算合適，休息後明天再去打探情況。

「我知道有個小飯館，價格實惠，味道也不錯，飯館旁邊也有住宿的地方，還算乾淨整潔。」劉大郎邊說邊握緊媳婦的手，往熟悉的小巷子拐去。

這會兒他是什麼也沒有想，只有一個念頭，得牢牢地握緊媳婦，不能把媳婦給丟了。

離晚飯時辰尚早，小飯館很安靜，是對中年夫妻開的，正在忙碌洗洗切切的活計，見有人進店，老闆娘抬頭一看，對著劉大郎笑。「大郎來了呀，要吃飯吧？想吃點什麼？前幾天佑哥他們過來做事，我還納悶怎麼少了個人，說你家裡有事不回隊裡了。」說著，看向一旁的季歌。「這是你媳婦吧？你倆可真配，模樣都好著呢。」

「柳嬸來個一葷一素就行。」劉大郎說著，側頭看了看季歌。「媳婦，這是柳嬸。」

季歌抿嘴溫和地笑著。「柳嬸好，我和大郎過來縣裡看看情況，想著這地方大，掙錢的門路也寬些，新來乍到的，說不定還得向柳嬸討教呢。」

「這有什麼？儘量問就成。我和妳柳叔啊，當時過來也就你們這年歲，剛開始的時候是很艱難，咬咬牙扛過去，會慢慢好起來的，妳看，這一轉眼，就二十來年，日子就這麼過過來了。」柳嬸擦了擦桌面，又給兩人泡了杯茶，想著該拾掇的也拾掇得差不多了，索性就坐在桌邊和這小夫妻聊起天來。

柳叔麻利地張羅好兩道菜端了過來，拿著搭在肩頭的布巾擦了把汗，笑嘻嘻地坐了下來。「我跟你們說，松柏縣這地方，大、人也多，想做個營生買賣，只要肯下功夫，左右也餓不死人；想當年我和你柳嬸剛來的時候，最開始的大半年，過得跟個乞丐似的，拚命地幹活掙錢，有錢都捨不得花，攢了點積蓄後，就琢磨起擺小攤子，足足想了整整三天才咬牙作了這決定。」

「就怕掙不到錢把那點家底虧得一乾二淨，不怕你們笑話，那大半年的苦日子真是過怕了，後來還是你柳叔狠了心腸作了決定，我心裡那個忐忑啊，一顆心整日地慌，根本就壓不住，好幾夜睡不好，總是作著各種夢。」柳嬸盛了一大碗飯擱到桌上。「你們吃吧，邊吃邊說，欸，就是覺得挺親切的，跟你們聊聊我們的經歷，好讓你們有個心理準備。」

一頓飯吃了足足一個時辰，太陽下山後，天色略顯灰暗，季歌和劉大郎才走出小飯館，去隔壁找了個住宿的地方，房間有些窄小，很是簡陋，好在打掃得乾淨整潔，一晚上十二文錢。兩人洗了澡，躺在床上很疲憊，卻沒有立即睡覺，細細地說起今天在小飯館的事，說了好一會兒，才打著哈欠沈沈睡去。

對松柏縣有了個大概的瞭解，次日一早，季歌和劉大郎在小飯館吃了麵，肚子飽飽地開始逛著縣城。

「也不知道花伯他們搬到了哪裡。」季歌存了點期待，說不定，會遇到花伯和花大娘呢。

劉大郎搖了搖頭。「不大清楚。」

一天逛下來，收穫頗豐，季歌對松柏縣的物價有了清晰的認識，對房屋出租價格方面心裡也有了個底，各種小營生以及店鋪的銷售情況也略略地探了番。主要還是柳叔和柳嬸給他們做了詳細的介紹，才讓他們有了明確的方向，打探起來就事半功倍了。比較可惜的是，並沒有遇到花伯兩老，看來只能寄希望於日後了。

該知曉的事都知曉得差不多，季歌和劉大郎在第三天一早就退了房，和柳叔、柳嬸道了別，匆匆忙忙地踏上了返家的路。得回去好好地規劃規劃，應該在明年山裡積雪融化後，再去一趟松柏縣，把住處一事落實好，接下來就是搬家了，想想還有點小激動呢。

回到家時，正好太陽落山，天邊的晚霞色彩絢麗，美得讓人心醉。劉家的四個孩子，站在晚風裡，對著山裡的出口張望著。見到季歌夫妻倆身影時，二朵和三朵立即歡快地飛撲過去。響亮的嗓音，透著滿滿的喜悅，眉開眼笑的模樣，像極了花朵綻放的瞬間。「大哥、大嫂你們可回來了，想死你們了。」相比二朵的熱情，三朵則內斂許多，就只喊了大哥、大嫂，並沒有說別的話。

「我早早地就做好飯菜了，等你們回來就可以開飯，熱水也燒了一鍋。」二朵嘰嘰喳喳地說著話，明明大哥、大嫂才離開三天，好似離開了好久，有著說不完的話。

二郎時不時地插兩句，三郎和三朵靜靜地聽著，漂亮的杏仁眼亮晶晶地閃著光。

飯後，二朵和三朵很積極地清洗碗筷、收拾灶臺，二郎和三郎趕著雞進籠子裡，把柴木收進屋後，忙完了瑣碎事，季歌和劉大郎也洗了澡，九月底的晚風挾著寒涼，一家人就圍坐在火塘旁，說起松柏縣的事，直到戌時過半，才意猶未盡地打著哈欠，各自回了屋睡覺。

很快就進了十月，淅淅瀝瀝地飄起了綿綿細雨，深秋的風挾著雨吹颳，有了些許的沁骨寒意。每月月初都是進鎮送火焙魚的日子，本來季歌想，趁著這時候，領著二郎他們回娘家一趟，正好見見一朵姊和妞妞，順便到鎮上逛逛，置辦些年貨，不巧卻碰上了下雨天，只得讓大郎去送火焙魚。

早先就商量好，明年搬離清岩洞，這買賣就做不成了，得跟秦師傅說一說，這是最後一回送火焙魚，拎兩斤果脯、蛋糕，兩斤野板栗，算是一點小小心意，謝謝他這一年的照顧。

山坳裡的半畝地沒有種植被，因為已經確定明年會搬離清岩洞，自松柏縣回來後，劉大郎就放出風聲，要賣掉山坳裡的半畝地，至於兩塊菜地得先留著，上面還種了些冬菜。半畝山地賣了一兩銀子，季歌把錢存起來，這錢是要給花伯兩老的，等到了松柏縣，找到他們兩老再給他們，日後更要好好孝敬他們，比起原主的親人，在她心裡花大娘和花伯更勝她的親人。

正值農閒時節，知道劉家也準備搬離清岩洞，平日裡和劉家交好的人，都過來串門子說話。

「真的要走啊？在這裡住著多好，我跟妳說，這外面好是好，可日子過得難，遠沒有咱們洞裡清閒自在。」平安媳婦挺著個大肚子和婆婆一道過來，剛落坐就開口說話。

順大娘挺意外的。「準備搬到哪裡去？大郎和二郎都是好的，妳也是個手巧的，搬外面去謀生也不錯，比在清岩洞要好，這地太偏僻，整不出多大的出息；再說，後面還有二朵和雙胞胎，就算二郎不用操心，這三個孩子的事總是要落你們兩口子身上，去外面也行，就是得多注意，世道亂著呢。」

「就是這麼想的，一樁樁、一件件的事情多著呢，得為後面想想，趁著現在年輕，到外面拚一拚，說不定會有點出息。」季歌略有些感嘆地說著。

平安媳婦蔫著神情，有些悶悶不樂。「妳走了，往後說個話都沒人。」她喜歡來劉家串門子，大郎媳婦是個好說話的，性情溫和很是包容，不會斤斤計較，特別好相處。

「我這媳婦啊跟妳可沒得比。」順大娘說是這麼說，眼裡卻有著慈愛。

正說著話呢，有根嬸和阿材媳婦過來了，還有楊大娘婆媳倆也來了。屋子本來就不算大，來了幾個人就有些擁擠，同時也很熱鬧，都說三個女人一臺戲，圍了一屋子的女人，妳一言、她一語，七嘴八舌地說著話，話題一個接一個，屋裡的氣氛瞬間就沸騰了，把劉家搬家這事給擱腦後，東家長、西家短，說得很是起勁。

整整一個下午，到了傍晚不得不回家做飯，大家這才依依不捨地散了場，難得有這機會，人湊得這麼齊。走的時候，她們才想起，喔，劉家要搬家了呢，然後，又和季歌說了幾句窩心話，才三三兩兩地離開。

季歌帶著二朵和三朵，收拾好屋子，不停歇地張羅起晚飯，晚飯過後閒聊時，說起白天的事，其實，這樣的日子過得也挺好的，想到好不容易建立起來的鄰居關係，可惜就要離開了，想想還挺不是滋味的。

十月初八是劉二朵的八歲生辰，近一年吃喝都挺好，葷素搭配營養足，長了個頭精神面貌極好，隱約可見兩分少女姿態。

十月中旬，天氣還不錯，正午時分太陽會露露臉，劉大郎就說出山進鎮置辦年貨，然後，帶著幾個弟弟、妹妹去季家走一趟。

夜裡躺在床上，季歌就跟他商量著，這年禮送些什麼好？

劉大郎想了想。「三斤五花肉，兩條三、四斤的魚，再添些糕點。妳看要不要再加點？」送這禮全是看在媳婦的面上，他對丈母娘可沒什麼好感，至於老丈人，去了好幾回，就見了一回面，連話都沒說兩句。

「加個尺頭吧，石青色的料子。」若是關係好、來往親密的，這禮就輕了，但就眼下他們的情況來看，這禮算是不錯了。頓了頓，季歌又說：「明兒一早我做份果脯蛋糕，玉米發糕也做一份吧。」

「好，就這麼拿吧。」劉大郎心裡挺高興的。

次日一早拾掇妥當，一家人首次全家出動，二朵還是頭一回出山呢，更別提三朵和三郎，三個孩子興奮得眼睛閃閃發光、勁頭十足。先去了柳兒屯的季家，難得季家人都在，窩在火塘旁，做針線的做針線，搓玉米的搓玉米，編竹篾的編竹篾，安安靜靜的，都沒什麼說話聲，遠比不上劉家的溫馨熱鬧。

見到劉大郎一家子，整屋的人都愣住了，顯然沒有料到他們會過來；尤其是看到劉大郎手裡拎的年禮時，就更加地震驚了，其滋味複雜得沒法形容。

「這天冷著呢，快過來坐著，有福、有財愣著幹什麼，挪位置出來讓大舅子他們坐。」季母反應過來後，伸手往三兒和四兒身上拍了兩下，難得地露出笑臉迎著女兒、女婿。

一朵把妞妞抱給了丈夫，樂滋滋地泡了一盤子茶端過來。「大哥、阿杏你們喝茶；二弟長高了也精神了；二朵白淨了不少，看著漂亮多了，像個大姑娘了；三朵和三郎這一下子，我還沒認出來呢，可真是大變樣。」說著說著，眼眶就有些泛紅，聲音都哽咽了。

「好好的哭什麼，別敗了興！我去拿瓜子來，昨兒剛好炒了點米子。」季母喜滋滋地拿著年禮回了屋，沒多久，就端了兩樣零嘴過來。

劉大郎坐下後，很自然地拿起一根玉米棒搓著，正在搓玉米的季父瞅了他一眼，甕聲甕氣地說道：「家裡怎麼個情況？」換親時，他也是知道的，劉家窮得連飯都吃不飽，可沒辦法，閨女和兒子是沒法比的。劉一朵他們看了挺滿意的，有倉也滿意，旁的就不重要了。

「還行，準備明年搬到松柏縣，看看能不能出息些。」劉大郎幹活麻利，三兩下就搓了個玉米棒。

季父點著頭，顯然挺贊同的。「你們那地太偏，田地也少，折騰不出什麼來，搬外面來要好些。」說著，遲疑了一會兒。「松柏縣遠了點，找個村子吧，掙點錢買兩畝地安安生生的，比去縣城好，要更穩妥。」

「縣城大，掙錢的門路寬些。」劉大郎也沒細說。

季父聽著沒再說什麼。

劉二郎則默默地幫著季有倉削竹片，三郎緊挨著他坐著，目不轉睛地看著。三朵乖巧地窩在二姊的身旁，聽著二姊和大姊說話，又時不時地看大嫂。

「聽妳爹的沒錯，搬縣城有什麼好，柳兒屯就挺好的。」季母想的是，兩家人住得近點，也好相互幫襯幫襯，劉家如今和往常早已不可相提並論。

季歌聽著笑笑，沒有正面回答這話。「都已經探好情況，就等著開春後著手搬家的事。」

平日裡不怎麼聯繫，說起話來就有些客套，氣氛透著股莫名的古怪，挺不自在的，好在有劉一朵在中間當潤滑劑，才稍稍的好點；連午飯都沒有留下來吃，因為還要進鎮置辦年貨，這回是帶著孩子出來的，怕晚了時辰返家時山路不好走。劉大郎這麼解釋著，季母也就沒有多挽留。有點意外的是，走時季母回了小半袋的糙米和十顆雞蛋，拉著季歌的手說道：

「好好過日子，有空多回來看看。」

剛出院子碰見了一個瘦瘦小小的姑娘，灰撲撲的衣服，打了很多補丁，過肩的頭髮胡亂地紮著，一看就知道沒有梳理，膚色有些黑，那姑娘看著季歌，看了一會兒，才細細地喊了聲。「姊。」

「剛回來啊。」季歌愣了會兒，很快反應過來，露出一個柔和的笑，心裡有些泛酸。她穿到原主身上時，原主情況還好，衣服雖舊還能過得去，身板瘦瘦小小還算能入眼，沒想到小妹卻是這模樣，來過季家幾回，還是頭一回見到小妹。現在想想，依著季母的性情，不難猜出，當時應該是她已經到了年紀，待遇才好上一點，畢竟模樣差了別人看不上怎麼辦？季母心心念念的就是大兒能成親生子。

劉一朵看著小姑子，又看了看自己的弟弟、妹妹，心裡有些慌張，對著季歌說：「阿杏，我、我往後會顧著點阿桃的。」

「麻煩一朵姊了。」季歌也不知道說什麼好，伸手揉了揉季桃的枯黃頭髮。

季桃露出一個淺淺的笑。

離開柳兒屯往景河鎮趕時，季歌想著季桃的模樣，心裡像壓了塊石頭般，有些喘不過氣，情緒來得有些猛，她想到了一個可能，原主和季桃的感情應是很好吧，否則怎麼會都一年多沒有任何異樣，偏偏在看到季桃的這會兒冒出來。

從景河鎮置辦了年貨回清岩洞，當天晚上，季歌作了一個夢，也不能說是夢，應該是原主的一些記憶。

原主和季桃的感情確實好，因為季桃是原主一手帶大的。季桃是老五，和季家的三兒子只差了兩歲，她出生的時候，正是季三最好動的年紀，季母整顆心都放到了三兒身上，季桃是原主用米湯一點點餵養大的。今年季桃該有七歲了，看著卻只有五歲的模樣，季二已滿了十七，季母打的主意是，用季桃給二兒子換親，可年紀相差有些大，童養媳什麼的不好找，季母很愁這事，雖然二閨女留著給三兒換親也挺好的，可二兒子怎麼辦？

這是筆很爛的帳。想著季桃，季歌後半宿都無法入睡。

第十九章

剛入冬就飄起了小雪，山裡的冬季總是格外的要寒冷些，今年劉家每人都有一套厚厚暖暖的新衣服，在孩子們的心裡，最喜歡的還是冬天，一家人能整天的湊一塊兒，說說笑笑的好不熱鬧。

今年比去年要更熱鬧，大抵是聽說來年開春就要搬離清岩洞，街坊鄰居都趁著機會過來說說話，這一走啊，說不定就見不著了，想想也怪惆悵的。

過了個熱鬧紅火年，幾個孩子就眼巴巴地盼著太陽快出來，山裡的積雪融化了，就可以搬離清岩洞。他們對松柏縣充滿了各種嚮往，盼星星、盼月亮，天放晴的那天，孩子們都在屋裡歡喜蹦跳著。等第三日積雪融化，劉大郎和季歌夫妻倆揣著筆錢進了松柏縣，這回去得久一些，足足五天才回來。

房屋租好後，趁著天氣好，劉大郎特意上門去請了福伯、順伯以及楊大伯他們三家幫著搬家，只要搬出山就行；到了山腳下劉大郎雇了五輛牛車，把東西運到松柏縣，反正就是能帶的都帶過去，儘量別花錢買，松柏縣的物價比鎮裡要高出一倍，還不如多出點搬運費要划算些。

租的是個小院落，房主以前都是分租給兩戶人家，恰巧這兩戶人家今年一前一後退租了，季歌和劉大郎商量了下，決定租下這個院落，三百文錢一個月，須一口氣交半年租。

大抵的格局，原本的堂屋隔成左右兩間，左邊是廚房，右邊是雜物間，另外的屋子分東、西廂房，各有兩間房間，後面有個約兩丈寬的院子，設了澡堂和茅房，麻雀雖小卻五臟俱全。因為之前是兩戶人家共租一個院子，東廂房的住戶應是不願意廚房和人共用，在雜物間的後面砌了個小廚房，雜物間則改成了堂屋。

劉家住進這院落後，把小廚房拆了，後院瞬間敞亮了不少，又從城外運了些土回來，依著東牆開了四畦小小的菜地；右牆的角落裡，正好用拆了小廚房的泥磚，建了個寬半丈、長約一丈有餘的雞圈，原本的十隻雞賣掉了五隻，養五隻雞剛好合適，不會太擁擠，餘下的空間用來晾曬衣物等等。

院落裡沒有井，貓兒胡同的後面，臨著一條河，附近的居民都在河邊洗衣裳、鞋襪等；至於飲用水就得買，每天會有挑伕或驅著驢車的人，走街竄巷的吆喝賣水、賣柴木，一擔水是兩文錢，一擔細柴兩文錢，一擔耐燒的樹幹部分是四文錢，都是縣城周邊的住戶，努力掙個辛苦錢。

在松柏縣住了幾天，沒急著做小買賣，把新家裡外拾掇妥當，夜裡躺在床上，季歌和劉大郎估算著日常花銷，雖說有心理準備，還是吃了一驚。

每日租金是十文，基本飲用水是兩擔共四文錢，現在天冷可以只洗腳，隔三天再洗回澡，家裡人多，估計一天得用上三擔水，每天光買水就是十文錢。一天一擔細柴，耐燒的柴木是三天兩擔，三天的柴木錢就是十四文。四畦小小的菜地，精心侍弄著蔬菜勉強夠用，每日菜錢可以控制在十文以內，也從家裡帶了不少乾貨，糧食大概夠半年的嚼用，過了這半年花銷還得增加，再把日常用品的花銷算進去……

搬到縣城來，做小買賣的成本就高了，粗粗一算若要保證溫飽一天得掙兩百文；想要存點餘錢，供著三郎上學堂，筆墨紙硯、衣裳鞋襪等瑣碎花銷，這麼一疊加每天得掙五百文；還不能生病，有個小毛病、風寒咳嗽等，就算有五百文進帳也甭想再存一個銅板。讀書太燒錢了，可又不能不讀書，這裡不是偏遠的深山溝，這是個大縣城，不識字會吃大虧。

五百文像個天文數字似的，在深山溝裡一家人忙得跟個陀螺似的，一個月也就掙了這麼點，現在得一天內掙這麼多，壓力可想而知；難怪柳嬸說，決定做小買賣時，她整日的心慌不安，夜裡也睡不踏實，沒點承受能力，確實難挨啊。幸好手裡還有三十七兩存款，卻也只能稍稍鬆口氣，絕對不能放鬆，一旦放鬆，不久後一家子就得喝西北風。

「家裡的糧食吃完的話，我進清岩洞買糧，到底要划算些。」劉大郎說著，心裡則在想，要趕緊找些活計來做，松柏縣的短工價錢要高一點，他和二郎累些苦些能扛得住，一個月好歹也能掙一兩銀左右。

季歌點點頭。「這是肯定的。」說完，她往大郎懷裡靠了靠，伸手抱住他的腰。「剛開始是要難些，慢慢的就會好了。我跟你說，我想得可遠了，三年內得買個小宅子，有了自己的房屋，才算是真正在松柏縣扎根了，最好是前面帶個鋪面的，地段也得選好，總是擺個小攤子也不妥當，咱們家有了點模樣，到時候給二郎說親也容易點。」

「三年內……」劉大郎驚呆了，媳婦可真敢想啊。「這種帶鋪面的小宅子，少說也得近百兩銀子，一年存十兩，三年存三十兩，加上咱們攢的三十七兩，勉強也就只能湊個七十兩。」他都有些傻眼了。「咱們一年能存十兩錢嗎？有個六、七兩就不錯了。」

季歌擰了把劉大郎的胳膊，直接被他的語氣氣樂了。「你得相信咱們一年能攢十五兩銀子，你相信了，咱們就一定可以做到。乍聽有點多，一年有十二個月，每月存一兩多銀子，這麼一看就不多了。最重要的是，往後我懷了孩子，總不能挺個大肚子擺攤吧？孩子生下來後，難道要帶著他風裡來、雨裡去的擺攤？必須在三年內攢夠錢買小宅子。」

「買！攢錢買！」劉大郎瞬間充滿了動力，摟緊了懷裡的媳婦。「會努力掙錢，讓咱們的孩子過安穩的生活。」

這話題算是擱下來了，季歌說起另一件事。「家裡都拾掇妥當了，後天就把小攤子推出去吧，明天咱們去置辦各種需要的物件，估摸著得花一兩銀左右。」

「嗯，我陪妳去。」頓了頓，劉大郎又說：「擺攤後，我陪妳擺個六、七天，倘若沒什麼事，我就和二郎尋些短工活計。」

季歌應道：「好。」又認真叮囑著。「得愛惜好身子骨，這兩年好不容易養起來的，別為了掙錢就拚著命地折騰自個兒，回頭我看著不對勁，可就要生氣了。」

「知道了。」劉大郎笑著應，心裡甜滋滋的跟喝了蜂蜜似的。

夫妻倆又輕聲細語地說了些親暱話，這才打著哈欠緩緩睡去。

等媳婦睡著後，劉大郎小心翼翼地挪了挪腦袋，低頭親了親媳婦的額頭，美滋滋地想，媳婦上半年就要滿十六歲了，明年該有孩子了吧？想想又發愁了，不對，明年還攢不夠買宅子的錢，哪能讓媳婦懷著娃還出門擺攤，後年也不行……唉！得努力掙錢，早點買個小宅子。

懷著激動的心情，劉大郎一夜美夢，一早醒來時，坐在床上咂了咂嘴，心情很是洶湧澎湃，胸膛裡燃燒著熊熊鬥志！

「大清早的笑得可真樂呵。」季歌瞅著他的笑臉，心情頓時就明媚了，環抱住大郎的脖子，貼著他的臉問：「昨晚作好夢了？」

經過半年的努力，劉大郎已經不復從前的青澀模樣，鎮定地答。「對，夢見咱們掙了大錢，妳給我生了一屋子的娃，白白胖胖的好看極了。」

「你當我豬啊，還一屋子娃。」季歌哭笑不得地推了他一把，低頭撿著身上的落髮，往屋外走。「別傻樂了，趕緊來燒火，吃了早飯，還有正事要忙呢。」

劉大郎樂呵呵地起了身追上媳婦。

「大嫂。」二朵和三朵自東廂房走了過來，笑得跟朵花似的，特別地燦爛，在松柏縣生活，她們適應得很好。

季歌和大郎住東廂上屋，二朵和三朵住東廂下屋；西廂的上屋給三郎住，因為上屋要稍大些，大郎和二郎在靠牆的地方，給他隔了間小書房出來，西廂下屋則給二郎住。

「欸，早安。」季歌眉開眼笑地招呼著。

二朵和三朵愣了下，很快反應過來，笑嘻嘻地跟著說：「早安。」

接著季歌和劉大郎一起做飯，二朵清理著雞圈，將雞屎掃到一旁，曬乾後搗碎撒菜地裡當肥料，聊勝於無。三朵則是給菜地清草澆水等，菜地旁邊留了個小坑，是特意養蚯蚓的地方，前幾天從城外運土回來，養著好不容易找著的十幾條蚯蚓。買菜的時候，看見扔地上不要的爛菜葉子，就撿些回來，餵雞也行、餵蚯蚓也好，離開清岩洞時楊大娘告訴她們了，夏天的時候得在菜地上蓋些稻草或秸稈，有事沒事澆澆水。

二朵聽後歡喜極了，她正愁著怎麼繼續用蚯蚓餵雞呢，抱著楊大娘笑得可大聲了，跟個小瘋子似的；三朵也在一旁軟軟地說著話，黑白分明的眼睛撲閃撲閃著光芒，讓楊大娘心坎都軟了，又揀了些平日裡自己注意到的小常識告訴這兩個孩子，之後又拉著季歌的手直誇她，把劉家的幾個孩子照顧得很好。

早飯已經擺上桌，可二郎和三郎還沒看見人影，季歌就納悶了，走到後院裡問著兩個孩子。「知道二郎和三郎去哪兒了嗎？」

「不知道。」二朵正在拌雞食，頭也沒抬地說了聲。

三朵站起小身板，肉嘟嘟的小胖手沾滿了泥巴，她回頭看著大嫂。「天微微亮的時候，我起來尿尿，看見二哥和三哥了，說是去城外看看。」

「大概是撿柴木、尋野菜去了。」劉大郎挺瞭解自家弟弟的。「咱們先吃著，留些溫在鍋裡。」

灶裡還有點餘火，鍋內添了一瓢水，準備一會兒用來洗碗筷，季歌扣了個大碗在鍋裡，端了份早飯擱鍋裡溫著，再把鍋蓋蓋上。「二朵、三朵來洗手吃飯了。」

「來了。」二朵大聲應著，把雞籠打開，快步走出了雞圈，細心地關緊了木門。

剛吃完早飯，二郎和三郎就回來了，二郎手裡拎著一捆柴木，粗細都有，挺結實的一捆，三郎的小竹簍裡有些野菜。兩人頭髮和衣服上都沾了露水、草木屑還有些泥濘。

「正好，洗洗手過來吃飯。」季歌把三郎拉到身邊，輕拍著他的衣服。「我倆要出門買些擺攤的物件，你們在家警醒些。」

劉二郎打開鍋蓋，熱氣迎面撲來挾著飯香。「準備明天擺攤嗎？」

「嗯，我陪著你大嫂擺幾天攤，沒什麼事，咱們就去尋短工活計。」劉大郎看著二弟說著。

「行。」劉二郎點頭應道。

季歌和劉大郎拿了錢，夫妻倆匆匆忙忙地出了門。

松柏縣分東、西兩市，東市聚集著各種小攤小販，以物易物、二手舊貨等等，十分熱鬧卻很是雜亂。西市要正規一點，以經營商品為名的行會，如絹行、布行、米行、生鐵行、肉行、果子行、油行等等，通俗點說就是進貨的地方，須購買量大。

季歌夫妻倆去的就是東市，人山人海特別擁擠，四面八方的說話聲匯入耳中，震得腦袋生生發疼。劉大郎牢牢地護著媳婦，往二手舊貨的區域走，費勁地耗時一個上午，總算淘著了幾樣實惠又便宜的物件，用了近一兩銀子，比預計花費要少點。

兩人心情很不錯地離開了二手舊貨區，拐了個彎去了菜市，豬骨五文錢一根，卻只有景河鎮的一半大，上等肥肉十五文，下等肥肉十文，五花肉十五文，瘦肉十三文，縣裡的肉包子都是三文一個，素餡的兩文。

明天就要擺攤做小買賣，家裡拾掇妥當後，季歌和劉大郎商量著，把柳叔一家請過來吃頓晚飯，略盡點心意，因為有他們詳細的提點，讓他們少走了不少彎路，正好乘機加深一下兩家的情誼。今晚這頓飯，得張羅得豐盛點，八道菜雖然整不出來，六道菜卻是要有的，葷素各半。

花了近百文錢買好食材，離開東市後，季歌和劉大郎去了趟衙門，要在東市擺攤，須得到衙門的允許，按季收稅一百文，誰敢逃稅私自擺攤，一旦抓到會被逐出松柏縣。初聽時，季歌暗暗吃驚，這管理得可真夠嚴格的。除了這雜稅，每年還得交戶稅，就是所謂的人口稅，年滿七歲至六十歲者，每人每年上交兩百文。重男輕女跟這稅收關係滿大的，一個男娃要比一個女娃頂用得多。

以前在清岩洞時因太過偏遠，沒人願意千里迢迢的進山收稅，更大的原因是，村裡住戶少，上面以為山溝裡沒幾戶人家，又逢天子治國有道，近百年國泰民安、風調雨順，清岩洞這深山溝就被遺忘了。回頭季歌夫妻倆還得找關係、找門路把戶口的事辦妥當，想想就夠頭疼的，這也是筆銀子啊。

回到家裡，午飯已經張羅好了，家人正等著他們回來。季歌心裡暖洋洋的，所有的疲累和煩憂都一掃而光，一家人有說有笑的吃了午飯，又略略地說了說擺攤的事情。

下午瞅著時辰差不多，季歌和劉大郎去邀柳叔一家過來吃飯，柳叔和柳嬸生有兩男一女，大女兒已經出嫁，大兒子去年成了親，成親後就搬回了村裡，買了十畝地，夫妻倆過起了小日子。小兒子尚小，剛滿十二歲，他們的意思是，再掙幾年錢，等小兒子也成了親，全搬回村裡去，建個農家院子買二、三十畝田，踏踏實實地過著。

柳家的小兒子在鐵匠鋪裡當學徒，申時末才歸家，四人一同去劉家時，特意去了趟鐵匠鋪，跟柳安說讓他傍晚直接去貓兒胡同。柳安高高壯壯、膚色黝黑，屬悶頭幹活不說話的類型，四人在鋪子裡站了會兒，也沒見他說話，只是點了點頭表示知道了，拿柳嬸的話來說，就是隨了他爺的性子，一棍子打不出個屁來。

出了鐵匠鋪四人說說笑笑往貓兒胡同走，到家後，季歌拿出做好的果脯蛋糕、爆米花和炒米子，炒米子是上次回季家時，她吃了季母炒的，才想起這事，炒了些用來待客。兩家雖說才剛開始相處，可氣氛著實熱絡，話題一個接一個說著，越說越有興致，笑聲就沒斷過。

申時末，季歌和二朵進廚房張羅晚飯，柳嬸說什麼也要搭把手，三朵顛顛地跟進了廚房，二郎到胡同口接了柳安過來，女人們邊忙活邊說話，男人們在堂屋裡繼續天南地北地聊著。晚飯過後，天色略有些灰暗，柳家三人才戀戀不捨地離開，走時說起兩家離得也不是特別遠，有事沒事多串串門子說說話，劉家等人自是笑著應了這話。

第二十章

次日季歌和劉大郎摸著黑起床，麻利地穿戴好衣服，將廚房裡的門窗都打開，就著濛濛亮的天光，漱口洗臉。早飯是素餡包子，用的是昨晚就發好的麵團做的。今天攤子開張，預計做兩個果脯蛋糕、玉米發糕兩個、爆米花兩鍋，擺上整整一天的攤，應該能賣完。

將瑣碎事都忙完，待擺攤時，天色已經大亮，外面飄著薄薄的霧氣，透著股寒涼。二郎和三郎又跑城外去了，想盡可能地撿柴木、挖野菜，能省一點是一點，這裡緊挨著縣城，柴木和野菜都不大好尋，得往更遠點的地方，季歌不放心，一天總會唸上兩、三回，讓他們別走遠了，撿拾得差不多就回來。再者，只剩下二朵和三朵在家，她就更加地不放心。

約是季歌夫妻倆來得早些，東市略顯冷清，他倆推著攤子來到攤位前，這是昨天辦文書時，縣府給他們的合法攤位。周邊的攤子賣的都是早點類，正認真地忙碌著。季歌夫妻倆把糕點擺出來，拿了小板凳坐著，兩人挨得挺近，有一搭沒一搭地說著話。

右邊是個賣豆漿油條的婦人，三十歲左右，有些肥胖，頭髮梳得整齊，穿著樸素卻很乾淨，她大約是忙完了，往這邊望了望，正好和季歌的視線對上了，季歌先露出一個善意的笑，那婦女愣了愣，而後也笑了，和氣地說著話。「看著年歲不大呢，小倆口來縣裡做買賣啊？」

「對，想著縣城繁華，過來碰碰運氣。」季歌說著，挪了挪凳子，往右邊靠近了些。

「嬸子是什麼時候過來縣城的？」
那婦女覺得這小姑娘挺合眼緣，正巧這會兒也沒什麼事，便答道：「我啊，有兩年了，我家男人死後，我就帶著一雙兒女過來了。」
「喔。」季歌露出一個歉意的笑，轉了話題說：「我們租了貓兒胡同的房子，嬸子是住哪兒的？」
「離得不遠呢。」那婦女樂滋滋地笑著。「就是隔壁的小楊胡同，貓兒胡同裡院落居多，你們是隨了父母一道過來的？」
季歌搖搖頭。「沒有，我夫家父母走得早，帶著幾個弟弟、妹妹一併過來的，反正家裡也就那樣了，不如拚一拚，說不定就有了點出息呢。」
「我說呢，怎麼這年歲出來擺攤，也怪不容易的啊。」那婦女心生憐憫，覺得這小姑娘更合眼緣了。「我夫家姓餘，虛長妳幾個年頭，妳可以喚我聲餘嬸。」兩人就這麼熱熱絡絡地交談起來，直到餘氏攤位上來了人，這才收了話專心做起生意來。
季歌做的糕點賣相好，又可以試吃，一個上午下來也賣出了三分之一，這情勢還是挺不錯的，一口吃不成個胖子，得慢慢來，這點耐心她還是有的，又不是頭一回經商。
中午的時候，餘氏見隔壁小夫妻沒點動靜，好心提醒了句。「中午沒什麼人，可以回家睡會兒，這攤子啊，也不用推回家，有寄放的地方，出一文錢就行了，妥妥當當不會丟東西，真少了什麼會以三倍賠償。」
「沒事，一會兒有人送飯過來，剛開始擺攤怕做的吃食賣不出去，就不收攤了。」季歌笑著應道，心裡則想，這大縣城啊真是到處都能發財，就看腦子靈不靈活、有沒有門路。

餘氏聽著也沒說什麼，邊收拾著攤子邊說：「我閨女去年送錦繡閣當學徒去了，我兒子在外面做短工。」

「錦繡閣是什麼地方？」季歌想到了家裡的二朵，忙問了句，說不定就是個門路呢。

「這可是個好地方，當學徒不用交錢，一個月後過了考驗，就要簽一份五年的契約，每月還能拿三百文錢呢；就是要求挺高，我閨女第一回矮了沒選上，第二回在錦繡閣待了半個月給送了回來，說是規矩不行，去年是第三回，孩子大點就是不一樣，咬著牙學規矩，這才錄用了。」餘氏說得眉開眼笑，很自豪閨女能進錦繡閣。

季歌有些微微地激動。「餘嬸您跟我詳細點說說錦繡閣的事唄，我想著也送我家二朵去試試。」

「行哩，我跟妳說說啊。」餘氏很有興致，攤子也收拾好了，她拿了個板凳坐到了季歌的身邊，高高興興地說著自己知道的事。

等說完後，季歌很感激地包了一塊蛋糕送給她，餘氏推託了番，見季歌是真心真意給的，就笑著接了，心裡對她的好印象又增加幾分。

餘氏剛走沒多久，二郎便拎著食盒過來了。中午的時候，賣了兩塊果脯蛋糕，下午快結束的時候，糕點都賣完了，還剩了兩份爆米花，季歌和劉大郎都鬆了口氣，琢磨著明天得多做點。餘氏下午做的是油炸吃食，她樂呵呵地送了點過來，味道還挺好的，是麵粉做的油炸吃食。季歌請她吃爆米花，兩人繼續愉快地嘮嗑。

未時末吃食全部買完，還有個好消息，中午有一個來買果脯蛋糕的男子，到下午又匆匆忙忙地過來想再買兩份，知道沒有了很失望，說明天他想買一整個果脯蛋糕，不要太大了，果脯得多放點，他可以多加些錢。季歌連忙應著，讓他明天隨時來拿。

和餘氏道了別，季歌夫妻倆推著攤子歡歡喜喜地回了家。

二朵和三朵聽到敲門聲，一陣風似地快快打開了大門。昨晚一家人閒聊的時候，季歌特意叮囑著，家裡人敲門得有節奏，連敲兩下再停會兒；屋裡開門的人，必須要問了話，屋外的人應了聲，才能打開大門。倘若聽著敲門聲不對，就別說話，輕手輕腳地回屋裡，裝作家裡沒人在。尤其是二朵和三朵必須要記牢，通常都是她們倆在家。

「大嫂糕點全賣光了？」二朵兩眼放光激動地問著，上跳下竄地幫著把攤子上的物件拿回廚房，該洗的要清洗。

三朵進了堂屋，倒了兩杯溫開水，端著走了出來。「大哥、大嫂喝水。」

「妳二哥、三弟去哪兒了？」季歌端著水喝了兩口，摸摸三朵的頭頂，問著二朵，又道：「隔壁攤的餘嬸子送了點油炸吃食，還有一點，妳們也嚐嚐。」

劉大郎把大門關妥了，接過三朵手裡的水喝了兩口。

「不知道。」二朵搖搖頭。「下午沒在家，上午在家還陪我去河邊洗了衣裳。」

三朵想了想，眨巴著大眼睛，慢吞吞地說：「二哥給大哥和大嫂送了飯後，回來都沒有坐，帶著三郎就出去了。」

「大概是到東市逛去了，二弟腦子靈活，估摸是坐不住想找點掙錢營生或活計幹。」劉大郎從兩個妹妹的話裡，猜出了二弟的心思。

季歌想，二郎也是個靠得住的，帶著三郎出去逛逛也行，開拓一下眼界，往後別讀書讀成了書呆子。說起讀書這事她就犯愁，大大小小的學館有不少，就是分不清好壞，左右鄰居也沒見著面，不清楚是什麼性情，心裡沒底，她不想冒冒失失地上門打交道。好在今天結交了餘嬸，就在隔壁胡同，倒是可以問問這方面的事，應該會有些收穫。

這會兒時辰尚早，手裡沒旁的事，正好和二朵說說錦繡閣的事情。

「你去哪兒？」季歌見劉大郎沒進堂屋，納悶地問了句。

劉大郎道：「我去外面逛逛，探探情況。」看著媳婦臉上的神情。「有事？」說著往回走了幾步。

「我想跟二朵說說錦繡閣的事，你也聽聽吧。」父母不在，長兄為父、長嫂為母。

「妳跟二朵說就行，我又不懂，妳覺得行，二朵也覺得好，就沒什麼事了。」劉大郎說著，往外走。

季歌送著他到大門前。「別太晚了。」

「嗯。」劉大郎握了握媳婦的手，對著她笑了笑，打開大門走了。

季歌關上門進了堂屋，坐在桌邊的二朵和三朵聽到了剛剛的話，見大嫂進來，都眼巴巴地看著她，尤其是二朵，一臉的興奮。

「今天擺攤時，跟隔壁攤的餘嬸挺投合，聽她說起錦繡閣，她女兒折騰了三回才得了當學徒的資格。」季歌把話停了停，看著二朵，見二朵聽得認真，便繼續說：「這錦繡閣就是個做繡活的地方，卻不普通，選學徒的要求很高，樣貌、身高都通過了，就可以進繡閣學一個月的規矩，規矩也學好了，才能留在繡閣當學徒，每月領三百文錢。

「我呢，想讓妳試著進繡閣，並不是只為了每月領三百文錢，是想讓妳能學個手藝，就算是在咱們清岩洞，家家戶戶的姑娘、婦女都會點基本的針線活。那繡閣裡，不僅有精緻的繡品，還可以學著做衣服鞋襪等，來往的都是比較富貴的人家。這第二呢，就是想讓妳進去開開眼界，若是沒有意外，咱們就在松柏縣扎根了，既然是這樣，有機會可以過得好點，就想讓妳去試試。

「剛開始會很艱難，那地方大、規矩也多，很嚴格，妳性子有些跳脫，說不定會受不住，我就跟妳說說情況，妳自己琢磨琢磨，是去還是不去；若是選上了，得簽一個五年的契約，也就是說，妳這五年必須待在錦繡閣裡做事。」季歌見到二朵眉宇間的茫然，伸手把她拉到了懷裡，鬆鬆地抱著她。

「二朵啊，那地方來往的都是富貴人家，通身氣派都會格外的不同點，在裡面做事的姑娘，估摸著也會沾上一些，說話行事都是有章法的。咱們是從清岩洞出來，一眼就能被看出差距來，真能進那地方做事，比起身體的累，精神上可能會更苦些，妳要想清楚了。你們四個都是好孩子，大嫂就想盡著努力，讓你們能有出息點，往後可以過得好點；可這人吶，要有出息還是得自己努力。」

三朵黑白分明的杏仁眼裡透著懵懂，她看看大嫂又看看二姊，抿緊了嘴，淡眉微微蹙起，活脫脫的一個憂愁小包子。

季歌瞅著三朵這模樣，眼裡浮起笑意，把她也抱到了懷裡。三朵這孩子，就是有點呆，長大後送進錦繡閣她是不放心的，思索著，若二朵願意去，回頭可以教三朵基本功，一些比較淺顯的，應該不會違反契約，她再手把手地教些廚藝，灌輸她一些待人處事的道理，就算看著像個包子，可也得是個有餡的。

「大嫂。」二朵把大嫂的話，逐字逐句地想啊想，半晌，總算有點思緒了，她抬頭看著季歌。「我能不能先去看看錦繡閣？」

季歌很欣慰，伸手摸摸二朵的頭髮，笑盈盈地點頭應好。近兩年的努力沒白費啊，她平日裡說的話、偶爾的提點，這孩子都聽進去了。「等過兩天，我就帶妳去看看錦繡閣。餘嬸家的姊姊是三天回一次家，後天她該回來了，到時候咱們拎些糕點去餘嬸家串串門子，妳和餘姊姊說說話。」

「我知道了大嫂。」二朵這會兒的模樣，完全沒有平日裡的跳脫。

三朵眨巴眨巴眼睛，又瞄了瞄二姊和大嫂，淡眉皺得更緊了，她還什麼都不知道呢。

「妳還小。」季歌忍不住笑出了聲。「等三朵再大些，慢慢地就懂了，現在不著急，還小著呢。」

「像姊姊一樣大嗎？」三朵問道。

二朵笑著把妹妹抱在懷裡，捏了捏她肉肉的臉頰。「是啊，等像我這麼大的時候，大嫂就會和三朵說話啦，到時候，三朵就會知道了。」

三朵狠狠地點頭。她快六歲，二姊快九歲了，還有三年。這簡單的算數她還是會的，大嫂教的她都記著。

太陽落山，劉大郎三兄弟踏著餘暉回來了。一家人吃過晚飯後，跟往常一樣，坐一塊兒說說話，季歌順便把二朵的事說了說。

劉二郎看著二朵。「想清楚了再作決定，這事沒得反悔的。」看他說話的神情，心裡是很明白的。

讓季歌有點意外的是，小小的三郎好像也明白，一雙眼睛清清亮亮的，雖說也是漂亮的杏仁眼，可跟三朵卻完全不同。

「會慎重對待的。」二朵繃著小臉嚴肅地應，心裡卻有些緊張，有點兒忐忑，又摻了些興奮和莫名的期待。她喜歡大嫂，是真的喜歡大嫂，跟喜歡大姊不一樣，她想成為像大嫂一樣的人，什麼都會，來往的人都喜歡她，特別地厲害，好神奇。

早上起得早，又沒午睡補眠，天色稍暗，季歌就有些犯睏。劉大郎瞧著便說：「都各自回屋睡覺吧。」

躺到了床上季歌卻沒有立即睡覺。「大郎，咱們賣的不是早點，明兒辰時過半再去擺攤吧。」八點到的話，應該也來得及。

「好。」劉大郎沒有意見。

「大郎。」季歌懶洋洋地窩進了自家男人的懷裡。「三郎讀書的事還沒頭緒呢。」

劉大郎摟緊著媳婦。「我和二郎下午去打聽了下，葫蘆巷裡的學館不錯，雖偏靜了些，對讀書來說卻是好的，學館裡有兩個夫子，是對父子在教學，元夫子教十歲以上的孩子，元小夫子教十歲以下的孩子；這元小夫子呀，很有能耐，十五歲就中了秀才，元夫子讓他先緩緩，三年後再參加科舉，去年起他就在學館裡教學。」

「還有呢？」季歌聽出劉大郎好像沒有說完話。

劉大郎沈默了會兒。「就是有個規定，元夫子脾氣有些古怪，想進學館讀書，倘若他覺得這學生不行，就會被退學，他覺得這學生可以，就會認真傾盡所學教著，就算家裡人想退學也不行。」

季歌有些愕然，心想，這元夫子是有真才實學的吧，往往這樣的人，會特別惜才，很固執。「束脩是怎麼算的？」她打聽到的，送孩子進學堂讀書，一般不是給肉條或禮品，是直接送酬金。

「每年八百文。」劉大郎聽媳婦的意思，是有些心動，他心裡高興。

學費倒是不貴。季歌對劉大郎說道：「咱們送三郎去試試吧。」就是筆墨紙硯燒錢，若是三郎得了元夫子的青眼，這時日就長了，少說也得唸個十年左右，可得好好打算打算，壓力不是一般大呢。

「媳婦妳真好。」劉大郎一時激動，力道便有些重了，恨不得把媳婦勒進他身體裡。一朵說得對，劉家是祖上保佑才讓他娶了個好媳婦。

季歌拍著他的肩膀。「你勒疼我了，三郎和二朵都有了著落，二郎那邊，你是怎麼想的？他又是怎麼想的？」

「我估摸著他是有些想法，等琢磨透了，他就會說了。」對二弟劉大郎倒是不擔心。

「不用操心他，眼看就是十五的年歲，不小了，讓他自己打算。」

「那行。」季歌很贊同這話，心事沒了，睏意凶猛襲來，打著哈欠說：「得睡了，好睏。」

第二十一章

次日一早，等季歌和劉大郎到東市時，這裡正熱鬧著，他倆把攤子小心翼翼地推進了攤位裡。旁邊的餘氏笑著打招呼。「今兒個怎麼晚了些？」

「想著不是賣早點，就晚半個時辰過來。」季歌邊張羅著邊笑著應。

餘氏聽著直點頭。「也對，你們中午不回家，早上就起晚些，這人吶，睡得不夠，一整天都沒精神，還犯頭疼呢。」

「就是這樣的。」季歌和餘氏就邊忙邊聊了起來，兩家的攤位今兒個靠近了些，是季歌發現餘嬸攤位擺過來了一點點，她也就順勢靠了過去，一整天守著攤子，有人說話嘮嗑也是挺好的。

巳時初，昨天傍晚訂果脯蛋糕的男子過來了，買走一個可以切成四份的小蛋糕，算二十五文錢，他看了蛋糕的模樣，很是爽快地付了錢，高高興興地拎走了。

縣城的雞蛋普遍都是三文錢兩顆，街道店鋪裡是兩文錢一個。各種果脯是在商行裡買的，普通的果脯八文錢一斤，一次得購買三十斤以上，也可以一次拿十五斤，不過得立個契約，往後每月至少過來拿一次貨。季歌夫妻跟果脯行的李老闆磨了小半個時辰的工夫，總算同意他們每月拿十斤果脯，八文錢一斤。

小蛋糕放了四分之一的果脯，切成小丁塊，用了三顆雞蛋，麥芽糖、麵粉、柴木、油紙等瑣碎物件一併算著，成本約是十二文錢。雞蛋是自家攢的，這裡再減上一減，成本約是九文錢，也就是說一個蛋糕掙了十六文錢，利潤還是很可觀的。除了訂製的小蛋糕，今天另外做了兩個可以切成九份的大蛋糕，五文錢一份，玉米發糕是四文錢一份，爆米花是五文錢一份，本來是三文錢一小份，可用那油紙有些不划算。

趁著沒客人的空隙，季歌對著身旁的大郎道：「一會兒吃了午飯，你直接和二郎回去吧，帶著三郎去葫蘆巷一趟，把讀書的事決定了。」

「好。」劉大郎點頭應著。東市規矩嚴，管理得很不錯，旁邊又有個餘嬸，他去趟葫蘆巷也放心，一個時辰內能返回。

一位年輕的媳婦子拎著一籃子菜路過，餘光瞥見了爆米花，腳步頓了頓，往攤子旁走過來。「小姑娘妳這賣的是什麼？」

「爆米花，嫂子可以嚐嚐味道。」季歌把到了嘴邊的話嚥回肚中，面向攤位笑盈盈地和媳婦子說話。

年輕的媳婦子用小竹籤叉了一個爆米花。「還行，怎麼賣的？咦，妳這是什麼糕點？好濃的蛋香。」

「果脯蛋糕，嫂子也可以嚐嚐味道。」季歌把一個木盒遞了過去。「爆米花是五文錢一份。」說著拿出一張切好的油紙，做好一個包裝。「這就是一份的量，滿滿的一份。」

「給我包一份吧。」那年輕媳婦子正在試吃果脯蛋糕呢，見季歌的舉動，覺得不買有些不好意思，其實她更喜歡這蛋糕呢，想了想，又說：「蛋糕怎麼賣？我家孩子喜歡吃甜的，有沒有全是甜果脯的？」

季歌放果脯的時候就留了心，其中有個蛋糕，一邊是放甜果脯，一邊是放酸果脯。「有呢，五文錢一份。」

「嗯，也拿一份。」那分量還不錯，媳婦子覺得挺划算，心情滿好地閒聊著。「妳這糕點挺新鮮的，別處都沒見過。」

「家裡邊的手藝，剛搬來縣城。」季歌麻利地包好了兩份吃食。

媳婦子數了十文錢遞給季歌，同時接過她手裡的吃食，走時笑著誇了句。「軟軟和和，味道也好。」

「喜歡的話回頭再來，我每天在這裡擺攤。」頓了頓，季歌又說：「蛋糕也可以當成早飯吃，挺飽肚的。」

「欸。」媳婦子笑著把吃食擱進了籃子裡，邁著小碎步走了。

餘氏這會兒不忙了，側頭看著季歌說：「你們啊，膽子也真小，這東市人來人往的，妳家的糕點味道好，儘管多做些沒事，我看吶，包准比昨天還得早收攤。」嘮嘮了兩句，她坐到了凳子上。「松柏縣的街道只有店鋪，是不允許擺攤的，除了東市，就剩下南城的麥子道，緊挨西市的小西街和東大街街尾那片魚龍混雜的地界；對了，那地界你們可得當心些別過去，亂著呢。」北街那一片住的全是達官貴人。

「真賣完了，下午我回家再做點。」季歌看了眼還剩下的糕點，說不定還真要回家再做呢。

閒聊兩句就來了生意，忙完了，坐下喝點水，繼續嘮嗑，如此這般，只覺得時間過得快，一下就到中午了。餘氏收拾著攤子準備回家吃飯睡會兒。

二郎今天來得早些，餘氏瞅了眼，看著季歌說：「這是妳家老二啊？」

「對。」季歌應著。

餘氏樂呵呵地笑。「模樣都俊，妳家二妹真想去錦繡閣，八成真能選上了，只要挨得住那一個月的規矩。」

「她還沒作決定呢，說想等餘家姊姊回來了，過去串串門子說說話。」季歌正巧把話給接住了。

「好啊，錦繡閣酉時關門，秀秀約莫一炷香的時間能歸家，正好來我家吃晚飯。」餘氏歡歡喜喜地說著。

季歌眉開眼笑地接話。「那就不跟嬸子客套了，我拎些菜過來，嬸子可不能不讓我進門啊。」

「這話說的，嬸子高興還來不及呢。」兩人聊了幾句，又添了幾分親暱。

吃飯的時候，季歌說道：「一會兒我回家再做一個果脯蛋糕和一個發糕來，過來的時候應是未時，我把三郎帶過來，你們三兄弟去趟葫蘆巷，筆墨紙硯等瑣碎事，回頭我去買。」

劉二郎略顯震驚地看了眼大嫂，很快反應過來了。「好。」大嫂真的同意了，他的手都有些微微地發顫，大哥跟大嫂說清楚了嗎？元夫子的古怪脾氣……應是說清楚的，大哥和大嫂一直是有商有量。

「我送妳回去，幫妳做蛋糕。」劉大郎說了句。

劉二郎趕緊接。「大嫂我看著攤子就行。」

季歌瞅了瞅兩兄弟，到了嘴邊的話改了改。「那行。」想起二郎在清岩洞就挨家挨戶地做買賣，在這上邊還是有點天分的，比大郎要靈活些。

下午劉家三兄弟拿著錢拎了些糕點，懷著緊張忐忑的心情去了葫蘆巷。糕點是在店鋪裡買的，上等的糕點，二十文一斤。

「妳家大郎呢？」餘氏下午擺攤時，納悶地問了句。別說這對小夫妻還挺恩愛的，細緻體貼，明明年歲都不大，相處時就跟老倆口似的，別提有多親密自然。

收了錢送走了買主，季歌側頭回道：「兩兄弟送家裡的老三去了葫蘆巷的學館。」她想著，兩家是要長久相處，這些事就不需要隱瞞了。

餘氏聽著，愣住了，一臉詫異地看著季歌，見她眉眼溫順柔和，心裡直嘆氣，忍不住說：「妳這孩子可真傻，這讀書哪是什麼容易事，可是個燒錢的大坑。」說著，她有些氣憤，類似於恨鐵不成鋼的情緒，反正這會兒沒人，她索性拎了把小凳子湊到季歌的身邊。

「妳說妳怎麼這麼傻，妳好吃好喝地養大他們就不錯了，讀書這事壓根兒就沒必要，妳得給自己攢點錢，你倆還年輕，往後有孩子了怎麼辦？家裡的四個弟弟、妹妹成親嫁人要怎麼辦？松柏縣可不是咱們鄉下地方，這裡花錢跟流水似的，就靠妳這小攤子，妳能掙多少錢？妳這孩子可真憨實！」

季歌被餘氏給罵懵了，呆呆地看著她，過了會兒才反應過來，心裡湧出股暖流，笑著說：「我知道嬸子也是為我好，才會說這番話。雖說劉家父母走得早，卻留了些銀錢在家裡，說等三郎年歲大點，就送著去學堂讀書，識點字總歸要好些。」觀念不同，有代溝啊，她只能說個善意的謊言了。

「這樣啊。」餘氏沒什麼可說的，到底還是有些不平。「妳啊，別太憨實了，也要替自己的小家想想，這弟弟、妹妹往後都會成親嫁人，妳現在掏心掏肺地替他們打算，往後啊，不知道是什麼模樣呢。這人心吶，最禁不起琢磨了，他們有了自己的小家，大嫂和大哥都得往後站。」

「往後的事遠著呢，誰又能說得清。」季歌伸手把髮絲挽在耳後。「我做好自己分內的事就行了，都說長嫂如母，能顧著點就顧著點吧，也是盡著自己的力來，餘嬸我還是有些分寸的。」

餘氏握住季歌的手輕輕地拍了兩下，都不知道說什麼好，只覺得這小姑娘可真好，也不知自家兒子有沒有福氣娶到這麼個好姑娘，想想心裡還挺惆悵的。「妳自個兒知道想就行了，唉！」

見來生意了，餘氏回到了自己的攤位前，接下來兩人沒怎麼說話，餘氏沈浸在自己的思緒裡，有些提不起勁。

申時初，大郎匆匆忙忙地回來了，眼睛亮晶晶的，滿臉的喜色，剛走到攤位時，就立即握住了媳婦的手，若不是這裡人來人往的，真想一把抱住媳婦。「成了！」聲音雖壓低了，卻充滿著興奮和激動。

「真的？」季歌鬆了口氣，成了就好，三郎那性子，九成能入了元夫子的眼。「一會兒糕點賣光了，咱們就去買些筆墨紙硯。」

「有，元小夫子拿了一套筆墨紙硯送給三郎，還有本書。」劉大郎都有些語無倫次了。「那書可真香，薄薄的一本。」

是墨香吧。季歌心裡想著。「元小夫子送了一套，咱們也要買些回家。」

「好，聽媳婦的，都聽媳婦的。」劉大郎喜滋滋地應著，太高興了，三郎要讀書了，家裡人也能跟著識點字了。

還真讓餘氏說對了，就算中午回家做了個蛋糕和一個發糕，收攤也挺早的，快申時末就賣光了，夫妻倆惦記著買東西的事，劉大郎麻利地收攤，季歌去和餘氏說話道別。

「明天咱們做四個大蛋糕，三個玉米發糕，三鍋爆米花。」季歌邊走邊和劉大郎小聲嘀咕著。

劉大郎聽著說道：「我看生意還會更好些，雞蛋可能不夠，縣城裡的雞蛋貴了些，我回清岩洞一趟，多買些雞蛋回來。」一文錢兩顆呢。

「再過幾天，得先把家裡攢的雞蛋用光了。」季歌剛剛在心裡估算了一下收益，笑得甜滋滋地看了眼劉大郎。「大郎，我還以為少說也得十來天才能把生意做開呢，誰想到第二天就有些模樣了，今天差不多進帳五百文錢。」說著，她頓了頓，壓了壓情緒，眼裡的笑卻是遮不住的。「興許咱們一天還能掙個六、七百呢！」

「咱們搬來縣城是對的。」人逢喜事精神爽，喜事一件接一件的，劉大郎就說：「媳婦咱們晚上加道魚吧，都高興高興。」

季歌忙點頭。「行，讓家裡的幾個孩子也高興高興。」

到菜市買了條魚、老薑和一根筒子骨。夫妻倆推著小攤子出了東市往東昌街走，東昌街大大小小的書齋墨閣數都數不過來，與東大街相鄰的繁華街道，離東市有段距離。因推著小攤車，夫妻倆便進了街尾的一家小店鋪，把小推車停在了拐彎的巷口，劉大郎守在一旁看著，季歌進了小店鋪。

走進店鋪，一股墨香撲鼻而來，清清淡淡很是沁人心脾。掌櫃的正在撥著算盤，抬頭看了季歌一眼，問道：「妳需要些什麼？可以先隨便看看。」聲音舒緩從容。

季歌不大懂這些，見掌櫃正忙著，便四下瞅了瞅，小小的店鋪各櫃架擺滿了文房用具，種類繁多看得應接不暇，筆墨紙硯，筆架、筆筒、筆掛，鎮紙等等，還有更多她看不出名堂的物件。心裡有些微微的發虛，不知道錢袋裡的錢夠不夠呢，進了這店鋪才知道，不單單買筆墨紙硯，必要輔助的文具也要準備著。

讀書好像比她想像中的還要燒錢，難怪以前曾聽老人說過，古時供個讀書人，家裡至少得有幾十畝田，否則整個家都得被掏空了，跟後世的讀書是有大差距的，三郎可得要給她爭氣些才行！

「妳需要些什麼？」掌櫃的處理好手頭上的事，走到了季歌的身旁，悠悠地問。

季歌穩了穩心神。「我家弟剛入學，我想給他買一套基本的文房用具。」

掌櫃的不著痕跡地瞥了眼季歌的穿著打扮。「妳隨我來這邊。」又問道：「他入的是哪個學館？」

什麼意思？季歌一頭霧水，嘴上答道：「葫蘆巷元夫子開的學館。」

「嗯，每個學生元夫子都會送套筆墨紙硯。」掌櫃從櫃架上拿起一刀紙。「這是一般人家用的麻紙，質地堅韌耐用，保證別受潮就行，用來練字比較好。」說著又拿起一刀紙。「這是白麻紙，合適書寫文章。」

麻紙偏黃比較粗糙，白麻紙則正面潔白光滑，背面粗糙有草稈紙屑黏附，季歌看著挺滿意的。「怎麼賣？」

「麻紙一刀十張，二十文錢。白麻紙一刀三十文錢。」掌櫃的把手裡的兩刀紙遞給了季歌，往左邊的櫃架走去。「筆墨硯暫不用買，筆架放置毛筆，筆掭驗墨濃淡、順理筆毫，筆洗濯洗餘墨，鎮紙寫字時用來壓紙。此四樣共六百七十文錢，細緻點用著，可長久使用，也能省點筆錢。」

季歌想起小時候寫大字時，用的毛筆從來就沒有洗過，寫完了直接往筆套裡塞，那毛筆用不了多久就廢了。「好，麻煩掌櫃的。」

「就這些吧。」掌櫃的拿著四樣小物件往櫃檯走。

季歌看著手裡的紙張。「掌櫃的，這麻紙再來兩刀吧。」練字什麼的比較費紙吧。

「兩面都可以寫，可以先用手指沾水在桌面練練，寫時多看看字帖找找感覺，在腦海裡描摹描摹。」

「好。」季歌想這掌櫃的挺厚道，拿著兩刀紙走了過去。

劉大郎見媳婦一直沒有出來，他有些心急，走到店門口望了望。季歌看見他，衝著他笑，見掌櫃在記帳，就走出了幾步說：「買好了，馬上就出來。」

「欸，我等妳。」劉大郎心裡甜滋滋的，又退回了巷口。

季歌付了錢，拎著買好的物品，高高興興地出了店鋪，回家的路上，她和劉大郎挨近走著，邊走邊說著剛剛在店鋪裡的事。

「往後還在這店鋪買，老闆挺好。」劉大郎聽完說道。

「我也是這麼想的。」季歌笑著直點頭。

太陽落山了，天邊晚霞絢麗，有鳥兒自空中飛過，留下幾聲鳴叫，炊煙裊裊隨風飄蕩，空氣裡飄著陣陣飯香，路人行色匆匆都往家裡趕，各種聲音雖嘈雜，卻充斥著一種別樣的生活氣息，和現代的喧囂不同，看著身旁推車的男人，季歌的心裡升起一股莫名的心安。

劉二郎等在胡同口，見到大哥、大嫂的身影，迎了過來。「二朵把飯菜都做好了。」幫著大哥將小攤子推進胡同裡。

「大哥、大嫂。」聽見喊門聲，守在屋門前的三郎忙打開了屋門，清清亮亮的眼睛裡發著光，閃閃地看著季歌和劉大郎喊了聲。

待將小攤子推進了屋裡，季歌才進屋，把門給關好了，對著三郎笑。「給你買了些文房用具，擺你的小書房裡去。」

「我要看，我要看。」二朵顛顛地衝了過來。

三朵把飯盛好，才邁著小短腿跟著進了三郎的屋裡。三郎的小書房裡，淘來的二手書桌上，正整齊地擺放著元小夫子送給他的一套筆墨紙硯。季歌將買來的文房用具拿了出來，又說了用途，三郎愛惜地拿起這些小物件看了看，手輕輕地摩擦著，眼眶迅速泛紅，他抿緊了嘴，沒有說話，心裡卻在暗暗想著，一定要努力讀書！

「差不多了，咱們吃飯去。」季歌見三郎一直低著頭沒有哼聲，心想這小屁孩真早熟，平日裡還得溫水煮青蛙的給他疏導疏導，水滿則溢、月滿則虧啊。

季歌領著二朵和三朵先離開了屋子，過了會兒，大郎領著二郎和三郎才出來，這三兄弟怕是又說了點私房話。

夜裡躺到了床上，黑暗中，季歌面對著大郎。「我跟你說件事。」

「什麼事？」劉大郎就喜歡把媳婦摟在懷裡，睡覺會特別香沈一夜好眠。

夫妻間也沒隱瞞過什麼，有個什麼事都會通通氣，季歌就沒怎麼猶豫，把自己對三郎的擔憂細細地說了說：「你們兄弟好說話些，三郎還小，別逼太緊了，小孩子家家的，得有良好的心態。」

「媳婦我曉得了，往後我會注意。」聽媳婦這麼一說，劉大郎覺得也是這麼個理，心裡越發地歡喜著，把媳婦摟得更緊了。「媳婦。」喊得那叫一個甜蜜。「能娶到妳可真好。」

季歌抿著嘴笑，跟喝了蜜似的。夫妻倆又說了會兒親密話，然後雙雙睡去。

第二十二章

今天是自家閨女回家的日子，傍晚收攤回家時，餘氏又對著季歌說道：「一會兒記得帶二朵過來。」

「餘嬸，我隨您一塊兒回家。」季歌早就跟大郎說好的。

「好哩。」餘氏聽著樂呵呵地點頭。

餘秀秀是個姑娘家，也不好喊著整個劉家過去吃飯；再說，劉家共有六口人，半大孩子最能吃的時候，季歌也不會厚著臉讓家裡人都過去。因此，早上擺攤時特意跟二朵說，傍晚早點準備晚飯，她倆去隔壁胡同串門子吃飯，家裡四個人的肚子得先安排妥當了。

路過貓兒胡同時，季歌快步回了家，把二朵喊了出來。餘氏一看二朵，頓時就笑開了花。「二朵準能選上。」

「餘嬸。」二朵抿嘴笑著，甜甜地喊人。餘氏就更加地喜歡她了，連誇了好幾句，誇得二朵臉紅撲撲的都有些不好意思。

三人說說笑笑的進了小楊胡同。沒多久，餘秀秀回來了，穿著很是得體，梳著好看的髮髻，季歌完全不知道是什麼髮髻，她的五官端正秀麗，約是十一、二歲的年歲，俏生生地立著，如同一株正在盛開的花，一看就是學過規矩的，站姿有種說不出的韻味，好看得緊。

「娘。」餘秀秀輕聲細語地說著話，看到季歌和二朵，她雖不認識，卻也露出一個善意的笑。

餘氏拉著她笑著介紹。「這是隔壁胡同的，妳得喊她劉嫂子，這是她家妹叫二朵。妳倆好好地說說話，說說錦繡閣的事情。」

「劉嫂子好，二朵妹妹。」餘秀秀笑著喊人。

「秀秀姊。」二朵笑得眉眼彎彎。

餘氏鬆開了女兒的手，對著季歌說道：「讓她們兩個小的說話，咱們去張羅晚飯。」

「好。」季歌正有此意，走時對著餘秀秀笑了笑，又看了眼二朵。

這頓飯吃得很開心，餘秀秀在家待了會兒就露出了本性，她的性情和餘氏很像，說話爽朗和二朵很是投緣，兩個小姑娘年歲相近，嘰嘰喳喳地說得很開心。

見天色灰暗，季歌和二朵起身離開，餘氏娘倆送著她們姑嫂到胡同口，餘家兒子近段日子沒在縣城做短工，跟著人去了鄰縣。

「大郎過來接人啊。」才走了幾步，就看見了劉大郎的身影，餘氏笑著打趣。「這是把媳婦放心坎裡了？還是把妹妹放心上了？」

劉大郎如今可沈穩了些，面對著調侃應付自如。「自然是都有的。餘嬸且回去吧，不用送了。」

「行。」有人來接，餘氏很放心，帶著女兒就回了家。

回到家後，一家人在堂屋裡坐了會兒，主要是聽二朵的決定，二朵語氣堅定地說要進錦繡閣。

錦繡閣每三個月招收一回學徒，今年的第一回學徒招收在三月初，現在才剛進二月，還有一個月的時間。這一個月裡，每逢餘秀秀回家時，二朵就過去小楊胡同串門子，兩個小姑娘湊一塊兒說著話。二朵從秀秀那裡學到一些簡單的規矩，平日就在家中練習著。

三月初，季歌送著二朵去了錦繡閣，初選通過了，管事的告訴她們，回家收拾些簡單的衣物，明日一早辰時到錦繡閣集合，後面的一個月學習規矩，是不允許回家的，除非中途落選。次日二朵懷著緊張忐忑的心情，摻雜了些微微的惶恐和期待，又有點兒小興奮激動，走進了錦繡閣。不僅二朵心情複雜，整個劉家和她差不多，這一個月可有得熬了。

二朵進錦繡閣學規矩，家裡少了她，一時半刻的還真不習慣。三郎在學館讀書，情況很不錯，他雖不愛說話，卻特別懂事，能把自己打理得井井有條，每天上學歸家都不用接送，劉大郎在他身後悄悄地跟了三天，見沒什麼事也就放心了。

二月中旬柳嬸特意過來告訴他們，佑哥來縣城了，劉大郎和劉二郎匆匆忙忙跟著去了小飯館，正好隊裡缺人手，大郎又是個熟手，佑哥二話沒說就應了，讓他們兄弟倆跟著幹活。二月底縣城裡的活幹完了，兩兄弟跟著隊去了松水鎮。三月初二朵進錦繡閣，家裡就剩下三朵一個，季歌不放心，白天擺攤時，就把三朵帶在了身邊。中午將攤子擱在寄放處，就算只有她們姑嫂倆，她也用心準備著簡單的午飯。

在松柏縣待了一個多月，做了三十四天的小買賣，生意發展得滿好，近半個月逐漸穩定，每日少說也有五百多文錢的進項，偶爾會接到一些訂製糕點的單子，平均來算勉強夠六百文錢一天的進項。這狀態季歌已經很知足了，比她想像中的要好些，餘嬸跟她說，再過些日子，生意還會更好一點，名聲越好生意就越好。

季歌知她的意思，前幾天聽各攤主嘮嗑，有對夫妻賣包子，生意很不錯，過了半年左右的時間，也不知那對夫妻是怎麼想的，竟然給包子偷工減料，好好的名聲立即就壞了。東市雖繁華熱鬧人流量多，同時競爭也大，手藝好、吃食乾淨慢慢地自然會攢來名聲，一旦吃食變了味，想要再挽回可就千難萬難了，那對夫妻僅半個月就維持不下去，只好去衙門辦手續退了攤位。

餘氏唏噓不已，總會時不時地拿出來念叨兩句，也算是個警醒，可別一時豬油蒙了心做蠢事。據說是家裡急需用錢，才想了這麼個歪主意，腦子真是進水了，越是要用錢就越該把生意顧好才是。

「妳家大郎還沒回來？」餘氏納悶地問了句，這都進三月了，小半個月都過去了。「要我說，還是跟我兒子一個隊幹活好，最近他都在縣城裡呢。」

季歌也在琢磨著這事。「快回來了吧，說好就十來天左右。」

「我覺得在縣城找找活計幹也就差不多了，妳這小攤子經營得還不錯，雖說是在縣城治安還行，可家裡就妳帶著兩個小的，也不大妥當。」餘氏說著，瞧見柳氏正風風火火地往這邊跑來。「柳姊這是來找咱們？」本來兩人是不認識的，有季歌在中間搭著話，一來二往的就熟稔了。

話剛落音，柳氏就來到跟前了，站在兩攤位的中間，還喘著氣呢，就急急地說：「荷花道有間新鋪開張，妳們看這布料。」說著，扯出一截布料。「摸摸，是不是很不錯，價格比別的店鋪要便宜兩成，妳們要不要？顏色也多，有石榴紅、桃紅、湖綠、橘黃、石青色、翠竹色、鼠灰等等。」

「柳姊妳看我走不開，幫我扯段桃紅、石青的吧。」說著餘氏就去掏錢袋，早就想給兒女做衣服了，就是一直沒什麼時間去逛店鋪，可算瞅著機會了。

季歌細細地想了想。「柳嬸，麻煩妳幫我扯半疋石青、三尺橘黃的。」

「妳自己呢？」柳氏拔高了音問：「我看桃紅不錯，妳扯一尺半吧。」

餘氏把錢遞給了柳氏，接著話說：「就是。妳一小姑娘整天穿得跟個老婆子似的素淨幹什麼？我看柳姊說得好，桃紅襯妳。」

「機會可難得啊，再有這樣的便宜不知道要等到什麼時候。」柳氏又說了句。

季歌抿著嘴笑，眼睛微微發亮，透著絲絲羞赧。「大郎二月中給我買了段布料，是蔥綠色的絹布。」

「我說呢。」柳氏笑呵呵地接過季歌給的錢。「得了，我去給妳們買布，幫我看著這布料啊，我得趕緊去，限了數量的。」

中午季歌帶著三朵拿著新買的布料回了家，她現在可沒什麼時間做衣裳，等二朵回來後，就領著她倆去貓兒胡同的朱大娘家。朱大娘手藝不錯，在家裡幫著人做衣服鞋襪，須得自己出布料，她收點手工費，比在成衣鋪子買衣服要稍划算些，且她在這周邊的名聲滿好。

當天傍晚，劉大郎和劉二郎風塵僕僕地回來了。冷清了小半個月的劉家，總算恢復了熱鬧溫馨。

「明天回景河鎮做事？」聽大郎的話，季歌詫異地問了句。才回來又要走，想了想餘嬸的話，她也有些心動了，不過，去景河鎮的話……她想著阿桃的模樣，這是她的一個心病，是不是趁這機會解決？

讓媳婦帶著兩個小的在家裡，劉大郎也有些不好受，可日子要過下去，就得努力掙錢，家裡的花銷算起來可不少呢。「嗯，這回要短些，也就六、七日左右。」

「大嫂，我和大哥商量著，跟著佑哥做完手裡的事，打算自己在縣城尋摸尋摸，找路子發展看看。」光跟著別人幹活沒什麼出息，劉二郎想還是得自己搞，這段時間跟著隊幹活，他也套了些有用的消息，不再是兩眼一抹黑，稍有了點頭緒，知道要怎麼著手。

劉大郎接著說：「對，我和二弟摸清了些門路，想著在縣城試著攬生意，這樣一來工錢要多不少。」

「你們心裡有數就好。」季歌正在想著阿桃的事，神情有些恍惚，心不在焉地回著。

「媳婦想什麼？」劉大郎問了句。

季歌看著大郎，又瞄了瞄劉二郎，有些猶豫不知說還是不說。

劉二郎察覺到了。「大嫂有事就說吧，咱們是一家人，用不著顧及。」

「我想把阿桃接來。」說著，季歌頓了頓，理了下亂糟糟的思緒。「阿桃是我養大的，那天見她……我心裡一直惦記著。想著接她過來住個一年半載，讓她好好養著，看能不能也進錦繡閣，總歸是個出路，比在家裡要強點。」

劉大郎沈默了會兒。「把阿桃接過來也好，就是不知道丈母娘會不會同意。」那姑娘讓他想起了以前的弟弟、妹妹，自媳婦來了後，家裡才慢慢好起來。媳婦想接小姨子過來，他是完全同意的，也沒什麼好說的。

「二朵若真進了錦繡閣，把阿桃接過來挺好的，也能幫著做些家務活，大嫂能省點事。」劉二郎是故意這麼說的，大嫂聽了這話估摸就不用顧及太多。

季歌心裡挺感動的，她穩了穩情緒。「娘那邊應該沒事，就跟她實話實說，倘若真進了錦繡閣，每月會有三百文錢，不過只能把一百五十文錢給家裡，剩下的就說是補償住在咱們家裡的生活費，實則就留給阿桃做私房錢吧。我不好離開，一來一回的耽擱時間，等到了景河鎮，大郎和二郎去看看二朵姊吧，把這事細細地跟二朵姊說，讓她和娘說去。」

「好，丈母娘同意了，等我們回來時就把阿桃帶過來，正好去清岩洞買些雞蛋、麥子、玉米等等。」劉大郎把事情在心裡細細地估算了遍，一件不落地全部記著。

晚飯過後，三郎教兩個哥哥識字，三朵想跟大嫂拾掇灶臺，被季歌擋住了，讓她也跟著學點字，現在雖不懂，耳濡目染一下也是好的。

天色略顯灰暗，天邊的晚霞漸漸消散，隱約可聽見屋子周邊傳來的說話聲，時大時小，孩子的嘻鬧聲，天真的、純粹的，以及嫩嫩的貓嗚聲，緊接著幼童軟糯的嗓音響起，帶著焦急和哽咽，說著阿娘點點不吃飯，要怎麼辦。季歌站在牆角邊，聽著聽著，抿著嘴笑了起來。

待雞入了籠關好雞籠，清掃雞圈，清了下菜地裡的雜草，季歌拍著衣服準備進屋。

「大郎媳婦。」

是餘嬸。季歌靠近了牆角，提高了點音。「餘嬸，我在呢。」

「我去洗衣服妳去不去？」餘氏一般都是傍晚清洗衣服，白天她沒什麼空閒時間。

季歌忙應著。「去，等會兒咱們胡同口見。」二朵進了錦繡閣，大郎和二郎去做短工，三郎要讀書，家裡活全得她來收拾，三朵能幫襯點，但是洗衣服之類的就不行。

「家裡的兩兄弟回來了？」餘氏瞄了瞄季歌木盆裡的衣服問著。

「對，傍晚回來的，明天還得去趟景河鎮，待個六、七天，然後回來準備自己找活幹。」

天色有些晚，兩人邊說話邊快步往河邊走，住在這一塊的大多數是租戶，做點小營生買賣，家家戶戶的情況都差不多，這會兒到河邊洗衣服的人還挺多的。

到河邊剛蹲著沒多久，一件衣服還沒洗完，就見一個年約五十好幾的大娘湊了過來，她已經洗好衣服了。「劉家媳婦。」

季歌側頭看了她一眼，是同一條胡同的，有點印象，她抿嘴笑了笑。

「我跟妳說件事。」見有戲，那大娘喜上眉梢，挨得更近了些。「是件大喜事。」

餘氏暗暗扯了把季歌，對著那婦女皮笑肉不笑地說：「柴家嬸子有事一會兒再說吧，眼看就要天黑了，別耽擱劉家媳婦洗衣服。」

「一會兒再說吧。」季歌不好意思地笑了笑，低頭繼續捶打著衣服，心裡則犯起了嘀咕，什麼大喜事她不知道，還得讓一個外人來說？

柴母尷尬地笑了兩下。「也是，劉家媳婦先忙著，咱們一會兒再說。」言罷，往後退了幾步。

待洗完衣服，天色已經完全暗了下來，今夜月光好，倒也不妨礙走路。

「柴大娘有什麼事？」季歌小聲問了句。

柴母樂呵呵地說：「咱邊走邊說。」頓了會兒，她道：「聽說劉家父母早逝？是妳這大嫂在撐家？」

「對。」早些時候她和餘嬸說話時，兩個攤位有幾步的距離，東市又是個熱鬧的場地，說話聲自然小不到哪裡去，估摸著這大娘是從別處打聽到的吧，季歌想著，這大娘到底想幹什麼？

「那妳攤子的手藝也是劉家家傳的？」

餘氏在旁聽著，就不得勁了，開了腔說話。「柴家嬸子這話問得可就不大舒服了，那是大郎媳婦自家的手藝。」

「不是呢，劉家並沒有什麼手藝。」季歌說著，又緩緩地道：「就是深山裡太窮，這才舉家過來謀生，拚幾年掙點錢，然後回去了把兩間屋子重建一下，夫家的幾個弟弟、妹妹也好說親些。」

柴母一聽愣住了，驚訝地說：「還要搬回山裡住啊？我聽說妳家弟進的是葫蘆巷的學館，那元夫子的脾氣可是出了名的古怪。」

「也就是送著去識個字，深山裡出來的孩子，哪能跟城裡的孩子比，說不定學個一、兩年就送回來了。」季歌應著。

「也對。」柴母顯得有點心不在焉，也不知在想什麼，沈默了會兒，她才說話。「妳家老二看著可真壯實，長得也端正，說親事了沒？有十六、七歲了吧。」

莫不是想給二郎說親？季歌略顯無力，有些哭笑不得，二郎就這麼招桃花？「沒說親事，年歲還小，離十五還差了些。」

「啊！」柴母徹底地呆住了，看著高高壯壯的身量，挺沈穩的一小夥子，怎麼年歲這麼小？

正好到胡同口了，季歌笑著說道：「餘嬸、柴大娘我先回了。」

第二十三章

「媳婦。」劉大郎站在月光裡，銜著自家媳婦笑，接過她手裡的木盆，握了握她的手。「真涼。」

「你給我暖暖。」季歌挨近劉大郎，話裡帶著笑意，聲音輕輕的。

「好。」劉大郎正兒八經地應著。

兩人回了家，關上大門，季歌往西廂瞅了眼。「我去看看三郎，你把衣服晾晾。」

劉大郎點頭應著。

季歌輕手輕腳地進了西廂上屋，推門而入的瞬間，三郎抬頭望向門口。「大嫂。」

「夜裡看書練字得點兩盞燈。」季歌說著，把另一盞油燈點上，屋裡一下子就亮堂了不少。「後面日子還長著，你要護好自己的眼睛，錢確實要省，可該花的還是得花。」

「我知道了大嫂。」三郎低低應著。

季歌站在三郎的身後，把手搭在了他小小的肩膀上，默默地看他一會兒。「夜裡涼，三郎看會兒書、練會兒字就睡覺吧，一口氣吃不成一個胖子，得慢慢來。就像咱們家一樣，這日子是一點點好起來的，你讀書也是這般。」

「大嫂。」三郎站起身，一雙眼睛亮晶晶的，無比地認真，像極了在說一個誓言。「往後日子會更好。」

他時常會夢見去年山林裡見到的那一幕，大嫂呆滯空洞的雙眼、二哥的憤怒、滿臉血的張大財、尖銳淒厲的叫喊、沾著血的樹葉、被踩碎的葉子……

每次夢醒後，他就會想起最初的四年，餓、疼、冷，整日整日坐在炕上，呆呆地看著屋外，有時候看樹、有時候看天，他特別想到外面去，可身子骨使不出力，那虛弱的滋味，他不知道要怎麼形容。

季歌抿著嘴笑，笑得眉眼彎彎，昏黃的燈火暈染著她的眉眼，顯得越發的溫和柔婉。三郎情不自禁地抱住了大嫂的腰，把腦袋伏在她的懷裡，可真溫暖，難怪二姊和三朵都喜歡抱著大嫂，他想，母愛應該就是這種感覺，像陽光暖暖的也像燈火柔柔的。

「慢慢來，三郎不能著急，路是要一步步走的，得腳踏實地。」這孩子心事重，藏得深，難得他露出點情緒來，季歌伸手揉揉他的頭頂，滿打滿算也才六歲，可這孩子她卻看不透。三朵的心眼怕是都落他身上了，怪道明明是雙胞胎卻有兩種完全不同的性情。

三郎點著腦袋，一下接一下地點著，卻沒有說話。

季歌忍不住笑出了聲，調侃著他。「跟小雞啄食似的，知你是個心裡有數的，再看會兒書就睡覺，我要操心的事情特別多，三郎要顧好自己，莫讓大嫂憂心你。」

「好。」三郎認真地應著，鬆開了雙手，坐到了書桌前。「大嫂回屋吧，要早點睡。」

「你一會兒也睡覺，我會透過窗戶瞅瞅你這屋的。」說著，季歌離開了屋子，卻見大郎站在門口，她關上屋門，拉起大郎的手。「站這裡幹什麼？」小聲地問：「嚇我一跳。」

劉大郎笑著應。「等妳回屋睡覺。」

躺在床上，季歌想起柴大娘那事，跟大郎說了說，末了有些感嘆。「二郎可真吃香，不知道哪個姑娘有這福氣。」

「真有人提親事妳就退了吧，二郎沒這心思。」劉大郎把媳婦摟在懷裡，握著她冰冷的雙手往懷裡塞。「等我回縣城了，洗衣服這事我來。」

季歌聽著笑了起來。「河邊一眼望去，全是婦女在洗衣服，你一個大男人去像個什麼樣？」

「我不到河邊洗，挑了水回後院洗，也沒人看見。」

「多麻煩，洗衣服這事就不必了，你得給我打蛋清。」

「行，我早起打好了蛋清，再去幹活。這小半個月累壞了吧？我給妳捏捏手。」

季歌心裡甜滋滋的。「剛開始有點累，現在也沒什麼了。我買了些布料，回頭出些工錢讓朱大娘幫著做衣服。」

「妳的新衣服怎麼沒穿？」劉大郎覺得媳婦穿著肯定好看。

「你沒在，我穿給誰看？」季歌沒羞沒臊地說著情話。

撩得劉大郎全身都酥酥麻麻，如同被電了般，猛地把媳婦抱進懷裡，深深地呼了口氣，滿腔沸騰的情緒不知道要怎麼表達。

次日一早，天剛濛濛亮大郎就醒了，他惦記著給媳婦打蛋清的事。沒想到，他前腳剛進，後腳二弟也進了廚房。「大哥。」

「你怎麼也起來了？」劉大郎隨口問著，麻利地洗漱。

劉二郎站在他身旁漱口。「習慣了。」洗漱完畢，二郎檢查了一下麵粉和玉米粉。「我再去磨些。」

「嗯。」劉大郎拿出七顆雞蛋麻利地分出蛋清，準備做九份的大蛋糕。

早飯是香蘑肉包，季歌昨晚特意發的麵，做了兩籠包子，一家人開開心心地吃過早飯，三郎揹著藤箱去學館，季歌帶著三朵準備擺攤，大郎和二郎幫著把小攤子推進了東市。

餘氏在旁邊笑著打趣。「這是捨不得走了吧？」

劉大郎對著餘氏憨憨地笑了笑，看著媳婦，黑漆漆的眼眸裡流露出眷戀。「我走了，會盡快回來的。」說道，又看向餘氏。「煩勞餘嬸多照顧著點。」

「行了，你不說我也會這麼做，快走吧。」餘氏樂呵呵地擺著手。

不能再耽擱了，劉大郎和二郎匆匆忙忙地離開。

忙了一陣，近午時生意就淡了。餘氏搬了個小凳子挪到了季歌的攤位前，把錢袋摟在了懷裡，側坐面向自己的攤位，小聲地說著話。「昨天那個柴氏，是咱們這裡出了名的說媒人，名聲不好著呢。錢給得少她不滿意，就暗地裡使心眼，怎麼膈應怎麼來；錢給得多她就歡喜，盡心地忽悠，不成功就不甘休。

「昨晚那局面，估摸著是女方給的錢不算特別多，我敢肯定柴氏包准會再去女方家，倘若女方家願加錢……」說著，餘氏拍了拍季歌的胳膊。「大郎媳婦啊，妳可得當心點了，被她纏上，日子可就難安寧了。對付她這樣的人，就不能氣弱，一旦讓她察覺到了，會變本加厲，到時候妳就更頭疼了。

「我跟妳說件事，」餘氏把聲音壓得很低很低。季歌挪了挪凳子，和她挨得更近了些。「柴氏兒媳的娘家，在玉橋街道有個不大不小的雜貨鋪，日子過得還算可以。柴氏的兒子路過幾回，就看中了這家的姑娘，柴氏見兒子著實喜歡，又打探到這姑娘品性都好，心裡也很滿意。

「這姑娘家裡有個哥哥，年幼時燒壞了腦子，是個癡傻兒，她哥哥的婚事是父母的一個心病。柴氏主動上門說，她能夠替其子尋一個好姑娘，前提是，必須把女兒嫁給她兒子，且她家不出聘禮，女方得出嫁妝。」

季歌聽到這裡，心裡一緊。「就這麼成了？」

「自然是成了。這柴氏真是黑心腸，一坑就坑了兩個姑娘，嫁給癡傻兒的姑娘，是她特意在周邊村裡找來的。那農戶也是心狠，為了十兩銀子的聘禮就把自家閨女給賣了。」說著餘氏嘆了口氣。

季歌聽著有些納悶。「難道柴氏的兒子也有問題？」

餘氏點了點頭，神情有些說不出的古怪。「實際情況並不清楚，只聽說，原先有個兒媳後來死了，在村裡待不下去才搬來縣城。聽人嘀咕過，有時候她家的院落裡會傳出一種聲音，若有還無的不大真切，感覺特別不好。反正呢，妳自個兒警醒點，柴氏就是個不擇手段的。」餘氏匆匆忙忙結束了話題。

季歌面無表情地說：「就她一個說媒的，也沒什麼資格掀風浪。」

「這倒也是，就是可能會比較鬧心。」餘氏眼裡閃過厭惡，接著又道：「差不多了，咱們收攤回去吧。」

「行。餘嬸您一個人就別開伙了，我早上蒸了兩籠包子，還剩了十來個。」季歌早上有特意多蒸點。

餘氏回到自己的攤位。「那我就不開伙了。」

把攤車寄放好，三人出了東市往貓兒胡同走，正好碰見趕著驢車喊賣柴賣水的，季歌出聲喊住了他。「我住貓兒胡同，要一擔水、一擔柴。」

「行哩，妳們前面走著，我在後面跟著。」

到了家門口，那人提著兩桶水進了廚房，把水倒進了缸內，拎著空桶出來後，又取了一擔柴送進了廚房。季歌將錢給了他，送著他出了院子，正準備關門時，就聽見柴氏的聲音——

「劉家媳婦慢點兒關門。」

回應柴氏的是啪的一聲，大門重重被關上。

「看來女方家是添了錢。」餘氏憂心忡忡地說著。

話音剛落，外面柴氏邊拍著門邊說話。「劉家媳婦開開門，我有件事跟妳說說。」

「我去看看。」避是避不開，季歌讓三朵先進屋坐著，她打開了大門，不鹹不淡地喊了句。「柴大娘這個點過來有什麼事？正準備張羅午飯，完了再補個眠，中午不睡一覺，下午就難過了，都做不好生意。」

柴氏看出劉家媳婦不大歡迎她，可她是誰啊？仍笑得跟朵花似的。「有個要緊事要跟妳嘮嘮，耽擱不了什麼時間。」說著就想往裡走。

「既然這樣，柴大娘就在這裡說吧。」季歌故意只開了半扇門，一手撐在未開的半扇門上，一手抓著打開的半扇門。

「劉家媳婦這是不想我進門呢？」柴氏臉上的笑有些撐不住，目光陰陰地看著季歌，嘴裡卻說著。「昨天晚上咱們說話說得多好，怎麼一宿間就變了樣？還虧得我跑上跑下，想著把事妥妥當當地辦了。」

這話說得不明不白，季歌心裡一緊，目光頓時就變了，緊盯著柴氏。「柴大娘年歲也不小了，埋黃土半截的人，說個話怎麼還含含糊糊的？難不成還讓我這小輩來教您怎麼說話不成？」

柴氏完全沒有想到，劉家媳婦看著溫溫順順的一個小姑娘，怎麼突然氣勢就變了，她的眼底閃過幾縷隱晦不明的光芒，臉上的笑多了幾分說不清的意味。「說我說話含糊，難不成劉家媳婦想反悔不成？昨天話可是說得清清楚楚，若不是得了妳的準話，我今兒個怎麼會顛顛地上女方家。」

「原來柴大娘打的是這算盤。」季歌忽地一笑，眼底的輕蔑顯而易見。「一看柴大娘就不是個通律法的，您想潑這髒水，您儘管潑，潑得越多越好，鬧得越大我越歡喜。回頭上了衙門，縣老爺就會越發重視這事，柴大娘這牢飯少說也得吃個好幾年。對了，聽說您兒子曾經有個媳婦，後來死了……這事也可以挖挖呢，活生生的一條人命。」

柴氏額頭虛汗直冒，心跳得特別厲害，只覺得雙腿都在打顫，什麼話也說不出來，慌慌張張地轉身就跑，別提有多狼狽。一般的平民百姓都敬畏著衙門，能不沾惹就不沾惹，可劉家媳婦這模樣，太鎮定了，那話說得她心裡直犯虛，這七寸掐得太狠了！

「就這麼走了？」餘氏不放心，一直站在旁邊呢，就想著勢頭不對立即開口幫襯；不料，大郎媳婦平日看著柔柔弱弱的模樣，說話也輕聲細語的，原來是深藏不露啊，真是太棒了。「大郎媳婦妳這話說得好，幾句就把柴氏給嚇走了，看她那惶惶的模樣，應該不會再生事了。」

季歌關上了大門，說道：「不做虧心事，半夜不怕鬼敲門。」又笑著說：「餘嬸咱們生火蒸包子去，忙活了一個上午，早就餓了。」

「對對對，生火蒸包子。」餘氏眉開眼笑地往廚房走，心裡可真高興，太解氣了！

三月十四這天，劉家兄弟帶著季桃回到了松柏縣，同時劉一朵抱著孩子也一併過來了，領著人回了貓兒胡同，都沒有喝口水，劉大郎便匆匆忙忙地去了東市陪媳婦擺攤。

趁著沒生意的時候，季歌坐著和劉大郎說說話。「你倆在柳兒屯住沒？」

「沒有。去景河鎮幹活的路途中先去了柳兒屯，和一朵把事說了說，讓她跟娘提一提。」

季歌猜想也該是這樣。「回來接阿桃時爹娘有說什麼沒？」

「沒說什麼，就是叮囑了幾句，好好經營著，別大手大腳胡亂花錢。」頓了頓，劉大郎又說：「娘還說，謀生歸謀生，孩子方面也要注意注意，掙幾年錢就回村裡，買幾畝田，建個青磚房，安生點過日子。」

粗粗一算，她嫁到劉家也快兩年了，季歌垂眼看著自己的雙手，在古人眼裡，肚子兩年都沒個動靜，等同於天要塌了吧，這可是一個三年無所出就可以休妻的時代。若是知道她和大郎還沒圓房，不知會是個什麼模樣，想著想著她忍不住笑了起來。她嫁的這個男人，於她而言是最好的。

劉大郎見媳婦低垂著頭，以為她不高興，本來想安慰她，沒想到媳婦卻笑了，笑得可真好看！反正在他眼裡，媳婦就是最好看的。「媳婦我想，孩子這事，咱們晚兩年再說吧，等有了宅子、有了店鋪，咱們再生孩子，我不想妳挺著個大肚子擺攤。媳婦妳放心，我會努力掙錢，早點攢齊了錢買宅子和店鋪。

「媳婦，很快的，最多也就兩年。」劉大郎用衣袖遮掩，悄悄地握緊了媳婦的手。

季歌心裡甜滋滋的，像喝了蜜似的，眼裡浮現了一層溫柔的水光，她狠狠地點了點頭，過了會兒，才說：「好，咱們努力掙錢，生活安穩了，再生小孩，好好地帶養他們。」

餘氏瞅見有個熟客往這邊走，忙推了推坐在她懷裡的小萌團子三朵，小聲說：「三朵快回你們攤子，看妳大哥、大嫂那股黏乎勁。」

三朵很聽話地回到了自家的攤位前，劉大郎和季歌之間那甜蜜蜜的氣氛瞬間就消散了。

季歌正想說話時，就聽攤前有聲音響起——

「快，快給我包一份爆米花，一直忙著做生意，把這事給忘記了，我家那死孩子，醒來後沒見到爆米花，哭天搶地地鬧，頭疼死了，活像是我多虐待他似的。」

季歌趕緊拿出一份包好的爆米花遞給了她。「一般小孩都這樣，答應好的事沒有辦到，准會哭鬧；可若是答應好的事給他辦好了，看著他歡喜的笑臉，咱們心裡也高興。」

「就是這麼回事，他乖巧的時候，我就恨不得時時把他摟懷裡，一哭起來吧，怎麼哄都哄不好，煩死人。哎，不說了，我得趕緊回去，我那小祖宗喲，說不定都哭出一身汗來了，還得給他擦擦身。」那婦女給了錢，拿著爆米花匆匆忙忙地走了。

季歌清點了一下糕點。「大約還得擺一個多時辰，這會兒都申時了，我先去隔壁的菜市買點菜，然後提前帶著三朵回家，骨頭湯得早點燉。」

「好，蔬菜不用買，娘在菜園裡摘了些，又去鄰居家買了兩條魚。」劉大郎說著，眼裡有了笑意。「娘還給了十顆雞蛋，又送了半袋子糙米。」

零零碎碎的也挺多的，季歌想著問道：「你送東西了嗎？」

「有。」劉大郎點著頭。「正巧碰到地主家殺豬，佑哥跟他關係好，比景河鎮的物價要便宜兩文錢，我就買了三斤上等肥肉和一斤五花肉加上兩根排骨。我也不知道要買什麼，妳常說營養營養的，我琢磨著就送了些這個，娘見著了，當時可開心了。」

季歌白了他一眼。「你送這麼多肉過去，娘當然開心了。」

劉大郎咧著嘴笑，笑了會兒，才含糊地問：「媳婦妳開心嗎？」

「開心。」季歌想晚上躺床上時，親他一下吧，算是獎勵，再和他話話家常，說說這裡頭的人情世故，也不能太過熱情了，保持在一定的範圍內就好，最怕的就是得寸進尺。

季歌在心裡思索著，拉著三朵的手往菜市走。她要得不多，平平靜靜的生活，累點苦些無所謂，生活嘛，總得有個奔頭，充實點時間才過得快，太鬧心、太鬧騰了就不好。以前窮的時候回季家，和現在回季家，待遇完全是兩個極端，當然也可以說是人的本性，她卻不得不想得深遠些，也怕萬一，現在謹慎些，將來不至於亂了手腳。

第二十四章

剛進酉時，季歌拎著菜帶著三朵先回了家，還有兩份玉米發糕沒有賣掉，劉大郎得再守會兒攤子。

聽到敲門聲，又有喊話，劉一朵手裡抱著妞妞，快步走到了大門前打開了門，眉開眼笑地說：「阿杏回來了，三朵。」往後看了看。「大郎還沒回呢？」

「一朵姊，大郎在守著攤位，我回來張羅晚飯。」季歌說著，目光往周邊掃了掃。

劉一朵見著，就說：「阿桃在後面洗尿布，妞妞剛拉了屎。」

「喔。」季歌聽著笑了笑。「我把菜放廚房裡。」心裡卻不知怎麼的有些不得勁，看一朵姊的神情，這好像理所當然般。她分不清是自己的情緒，還是被原主影響，就是有些不大舒服。

「大姊。」三朵小聲地喊著，然後，顛顛地跟著大嫂進了廚房。

季歌把菜擱灶臺上，沒急著洗骨頭燉湯，走到院後，正巧碰見季桃在晾尿布，只是她有些矮，竹竿高了些，怎麼也搆不著。

「阿桃。」季歌快步走了過去，伸手接過她手裡的尿布，幫著晾在了竹竿上，側頭看著身旁的妹妹，情緒異常地激動，眼眶有些發熱，心坎裡酸酸的，這會兒她知道了，這是原主融進了骨血裡的情感。

季桃今天的穿戴還算整潔，頭髮端端正正地紮著，就是有點稀、髮色枯黃，衣服雖有些舊，有兩個小補丁，但被巧妙地繡成了朵花，挺乾淨的，同時也很眼熟，這是一朵姊的舊衣服改小的。

「姊。」這回的季桃見著季歌，木木的小臉上有了些許情緒，眼睛裡閃爍著水光，似高興又含著委屈。

「是姊不好。」

季歌忍不住把季桃抱進了懷裡，摸著她的頭髮，聲音都哽咽了。

過了會兒，季桃才伸出瘦瘦細細的胳膊抱住了姊姊的腰，她哭的聲音很小，是種壓抑的哭聲，她以為姊姊不要她了。

三朵在旁邊看著，眨巴眨巴眼睛，走了過去，握住了季桃的手，又拉了拉大嫂的衣角，細細聲地說：「不哭。」

那手軟軟的，帶著溫熱，觸感跟個饅頭似的，聲音也好聽，軟軟糯糯的，季桃的心微微顫動著，她動了動腦袋，偷偷地往後看，對上一雙烏溜溜的杏仁眼，可真好看。三朵看見季桃，抿著嘴對著她笑，大大的眼睛瞬間就彎成小月牙了。「不要哭。」

季桃也說不清是怎麼回事，一下子又縮回姊姊的懷裡，可忍不住又悄悄地伸出腦袋，看見的還是那雙彎彎的月牙，對著她笑，臉頰肉嘟嘟的。她突然就不傷心了，眨了眨眼睛，也露出一個笑。

「阿桃，這是三朵。」季歌見這兩個孩子交流得挺好，就放開了季桃，伸手把三朵拉到了跟前，摸摸三朵的頭頂，看著她的眼睛說：「三朵，這是大嫂的妹妹，叫阿桃。」姊什麼的就別喊了，輩分有點亂，不如直接喊名字得了，親切些。

「阿桃快莫哭了，多好的事。」一朵抱著妞妞在旁看了會兒，見氣氛好些了才說話。「聽大郎跟我說，要把阿桃帶縣城來，我趕緊翻了翻箱子，緊趕慢趕給阿桃改了身衣服出來，我那箱子裡也沒什麼好衣裳，不然，還想給阿桃換件更合適些的。」

季歌走到了一朵姊的跟前，伸手把胖乎乎的妞妞抱懷裡。「已經夠不錯了，麻煩一朵姊了。妞妞長得可真快，瞧這小臉白淨的，模樣隨妳呢，俊俏著。」

「可不是，吃得也多。」說起妞妞，一朵話就多了，噼哩啪啦地說著，見抱著妞妞的季歌，她不著痕跡地鬆了口氣。她挺矛盾的，尤其是季歌一進院子，就先問起季桃，又見了後院這情況，她的心提到了嗓子眼，怕自己的擔憂成了真；怕阿桃留在縣城，季歌心思落她身上多了些，就沒那麼多精力顧著劉家的孩子了，現在看來，許是她想多了。

季歌是個商人，商人眼睛都挺毒辣，一朵姊的神情雖隱晦，結合她的說話舉止，卻讓她摸著了些，心裡有些不是滋味。人心往往有多面性，對於自己在乎的人總會不同些，接觸得多了就發覺一朵姊和她最初見到的印象有些不同。算了，有些事不能琢磨太多，越琢磨就越理不清，先擱著吧。

「一朵姊時辰不早了，我去張羅晚飯。」說著把懷裡的肉團子遞給了劉一朵，冷不丁地抱一抱孩子，久了胳膊還有點痠。

劉一朵接過妞妞。「行，妳先忙著。」

「阿桃我給大嫂燒火，妳去不去？」三朵聽著大嫂的話，側頭看著身旁的季桃，軟糯糯地問著她。

季桃點點頭。

季歌聽到她們說話，笑著對季桃說：「阿桃，妳應該回三朵一句，說妳也去，不能只點頭，這樣不好。」她溫和地說著，眼裡帶著柔和的笑。

季桃的臉瞬間就紅了，她看著三朵，囁嚅了會兒。「我也去。」

三朵格格格地笑，開心地拉起季桃的手往大嫂身邊跑，季歌一手牽一個帶著她倆去了廚房。

快吃飯的時候，劉大郎三兄弟是一塊兒回來的，二郎在縣城裡逛了圈，見時辰差不多了，就去接三郎，然後兩兄弟去了東市找大哥，正好糕點都賣完了，就推著小攤車回來。

「正好要吃飯了，你們三兄弟再不回來啊，該著急了。」聽見院子裡的動靜，一朵抱著妞妞走了出來，站在屋簷下，笑盈盈地說著。

娘家的日子是越過越好了，這女人吶，若沒個有力的娘家，在夫家就站不穩；娘家越發地有出息，公公、婆婆對她的態度大變了模樣，生活過得越來越舒心愜意了。三郎小小年紀就進了學堂，往後說不定真能掙個秀才回來，她可是秀才的姊姊，有了這層關係不愁她的妞妞嫁不好，雖說她父母早逝，家裡的兄弟卻是給力的，想到這，劉一朵笑得就更燦爛了。

劉大郎道：「都是這個點回家，心裡有數的。」

「大姊。」三郎把藤箱放回西廂，路過劉一朵的時候喊了聲，腳步沒停地往廚房走。

劉一朵忙喊。「三郎，還有兩道菜呢，離吃飯還得有一會兒，你過來讓我瞧瞧，好久沒看見你了，瞅著越來越有模樣了。」

「我要幫大嫂燒火。」三郎停下腳步回頭看著劉一朵說道。大嫂常跟他說，和別人說話時，要抬頭看著對方，這是基本的禮貌，相當親密的關係就另當別論了。

其實季歌還有些話沒有說出來，說話時看著對方，禮貌是一回事，最重要的是可以看到對方臉上的神情，久而久之就能練出一雙毒辣的眼睛來。

劉一朵順口就說：「阿桃和三朵在燒火呢，有兩個人夠了；再說，你現在在學堂裡讀書，沒必要沾這些瑣碎事，應該好好地用心讀書。」頓了頓，又繼續說，帶著語重心長的口吻。「三郎，家裡供你讀書不容易，你得爭氣點，別白費了你大哥、大嫂的心血，家裡供一個讀書人千難萬難，你該認真讀書，不能被這些雜七雜八的事給分了心神。」

二郎皺著眉走了過來，低頭看著三郎。「三弟你去擺碗筷。」吩咐完又抬頭看向劉一朵，不鹹不淡地道：「大姊，話可不能這麼說。」

「怎麼我這話說得還不對了？」劉一朵有點不高興，以前她在劉家可是說一不二的，裡裡外外的事都由她來張羅拿主意。

「妳也說家裡供一個讀書人千難萬難，三郎是要努力讀書，卻也不能當少爺來養著，妳讓他萬事不沾手，這樣對他說就是不對，家裡事一堆，他連自己都顧不好，還等著誰來伺候他不成？就這模樣了還談什麼讀書？」

劉二郎說得相當嚴厲。初來縣城都沒站穩腳跟，不怕苦、不怕累，就怕一家人沒法齊心協力地努力奮鬥。

劉一朵完全沒有想到，二郎會用這樣的語氣對她說話，都能稱得上是在教訓她了，她整個人都愣住，過了會兒才反應過來。「劉二郎你現在長本事了啊？我可是你大姊，你怎麼跟我說話的？還有沒有當我是你大姊啊！」說著聲音就哽咽了，一臉的委屈和憤怒。

「怎麼回事？」劉大郎拾掇好小攤子，自後院走了過來，看了眼二弟又看了眼大妹。

「你問大姊。」劉二郎心裡不痛快，丟下這麼一句就進了廚房。

廚房裡，季歌已經張羅好晚飯，很豐盛的六道菜。這會兒，她正拉著季桃和三朵洗手，彷彿不知道外面的動靜般。

屋簷下劉一朵抱著妞妞，紅著眼眶抽抽泣泣地埋怨著二郎，劉大郎聽了會兒，才聽出事因來，他看著一朵，淡淡地說：「這事二郎也有錯，說話過了些，別哭了，去洗把臉吃飯吧，妳大嫂知道妳來了，特意買了菜早早地回來張羅。」

「大郎你要好好說說二郎，這年歲越大怎麼越不懂事了，好歹我也是他長姊，哪能這麼跟我嚷嚷。」劉一朵嘀咕了句。又道：「再者，我說得也沒錯，三郎才多大，又要讀書、又要幫襯著家裡，哪裡顧得過來？分了心什麼也沒做好，讓大把的錢給撒水裡了，到時候哭都沒地方哭去。」

劉大郎聽了這話心知一朵沒有聽出他的意思來，擰了擰眉頭，想著到底是自己的妹妹，爹娘走後家裡全是她在張羅，便緩了語氣說：「我知道了，回頭我會說說二郎。」一朵這脾氣有點見長呢，以前可不是這樣的，接著隱晦提了句。「如今家裡困難，能送三郎進學堂已經很不容易，二郎說得也在理，三郎讀書要緊，可也不能萬事不沾手，妳大嫂已經夠累了，不能再給她添事。」

「要張羅一大家子的瑣碎，阿杏確實辛苦了，以前我也是這麼過來的，自然明白得很。」劉一朵呵呵地笑著說了兩句，抱著妞妞進了堂屋，不知怎地心裡就有點堵。平日裡不顯，遇著事情才看出來，都說嫁出去的女兒潑出去的水，真的是不同了點呢。

「吃飯吧。」劉大郎進了廚房，說完，率先端了兩盤菜進堂屋。三郎端著骨頭湯，二郎端著另外兩盤菜，三朵也端了盤，阿桃拿碗筷，季歌提著飯。

飯鍋裡蒸了蛋羹，特意用米湯水蒸的，去了蛋清只留蛋黃。季歌突然想起曾在電視上看過，有個孩子常年營養不良，一下子吃得多了，肚子疼得特別厲害，醫生說，他常年營養不良，得慢慢地來，吃得太多、太好，腸胃吸收不了。她便想著，先每天給阿桃吃個蛋黃羹，待她適應良好，再添些其他的。

劉一朵見到飯鍋裡的蛋羹，喜上眉梢地說：「妞妞，看妳舅媽對妳多好。阿杏啊，妳用不著這麼客氣的，聽說那糕點特別費雞蛋，這雞蛋呀，還是留著做糕點的好，妞妞還小，吃不吃也沒什麼，我這還有奶呢。」

「一朵姊，這是給阿桃的。」季歌帶著歉意說了句。「妞妞這麼點就能吃東西了？我、我還真不知道。」說著，她把蛋羹端到了阿桃的面前，細細解釋著。「我見阿桃面色蠟黃、營養不足，一下子不能大吃魚肉，想著咱們吃葷的，總不能讓她一旁看著吃素，就給她蒸了個蛋。」

她一個現代人，就算沒生孩子，也能知道些常識，她就是故意的。冷眼旁觀看著一朵，發現她真是半點都沒有意識到自己的不對，眉宇間還隱含怨色，也不知她是怎麼想的，隔了段日子不見，性子好像有點改變呢！季歌暗生警惕。

劉一朵的臉色一下就僵住了，笑也不是、不笑也不是，說不出的難看，心裡堵的那股難受，像根魚刺卡在了喉嚨口，越發地不舒坦起來。阿杏這是故意的？她可以肯定，以前阿杏待她最是周全不過，怎麼可能會讓她這般難堪？

「姊。」季桃看出大嫂特別生氣，她怯怯地看著姊姊，抿著嘴，沈默了會兒，把眼前的碗推開了些。「妞妞還小，給妞妞吃吧。」她的聲音小小的，低著頭看不清神情。

季歌看了眼劉大郎，伸手摸摸阿桃的頭頂，垂著眼沒有吭聲。

「阿桃妳姊給妳做的，妳就吃著，別辜負了她的心意。」劉大郎說著，又把蛋羹推到了季桃的面前。「吃飯吧，飯菜都涼了。」

「大嫂，不能給阿桃吃魚魚和肉肉嗎？」三朵緊挨著季桃坐著，仰著小臉懵懂地看著大嫂，一臉如果阿桃不能吃就好可惜的模樣。

季歌笑著點頭。「可以吃點魚，肉暫時別吃，再喝半碗湯，得慢慢來。」說著，看向斜對面的三郎。「三郎得多吃點魚肉，讀書費腦呢。大郎和二郎也多吃點，你們經常出門幹活要多補補。」完了，才看向沈默的一朵。「一朵妳多吃點，也不知妳愛吃什麼，我就揀了我最拿手的做，咱妞妞也可以吃東西，明兒個給妞妞也蒸個蛋。」

劉一朵一點說話的心情都沒有，聽著季歌的話，只對著她扯了扯嘴角算是回應了。好好的娘家怎麼說變就變了？二郎是這樣、大郎也是這樣，一點都不向著她，就連三郎和三朵都沒怎麼把她當回事；還有阿杏也太把阿桃當回事了，連她家妞妞都靠了後，在季家哪有阿桃吃蛋羹的分，以前阿杏可不是這樣的，再這麼下去，阿桃在劉家的地位是不是會越來越高？這算個什麼事！早知道就不該把阿桃帶到縣城來。

往日裡劉家時時刻刻縈繞著溫馨美好的氣氛，今天這頓豐盛的晚飯，卻吃得有些不是滋味，就連呆呆萌萌的三朵都有了點小小的心事呢。

飯後，季歌清洗碗筷收拾灶臺，阿桃想在旁邊幫襯著，被她阻止了。「阿桃到堂屋裡去，三郎準備教大夥兒識字呢，妳去聽聽也好，聽不懂沒關係，聽多了就懂了，快去吧，這裡姊能收拾。」

「姊不去？」季桃吶吶地問了句。

季歌心裡暖暖的。

「姊會點兒，暫時不用聽，妳去吧，和三朵做個伴也是好的。」

「阿桃，過來。」三朵站在廚房門口招了招手。

季桃看看姊姊，又看了看三朵，抿著嘴露出個淺淺的笑。「好。」

季歌想，三朵啊，其實並不是呆呢。欣慰的同時又覺得格外的溫暖。

劉一朵這會兒挺知趣，見三郎教著識字，她心裡雖不認同，卻忍著沒有說話，只想著，得找個機會和大郎說說，哪能這樣做，這是在耽擱三郎！供一個讀書人多不容易，就該好好養著三郎。以前清岩洞太窮，都沒有讀書的人家，大郎他們自然就不知道，柳兒屯有兩戶人家供了孩子讀書，那真是捧在手心裡的，就怕打擾了孩子。

早知道上回在柳兒屯的時候，就該領著大郎和二郎去見識見識，也怪她沒想到這點，心裡只高興著三郎當了讀書人，沒有往深處想；幸好她跟著過來了，不然，照這趨勢下去，三郎往後難有出息，大把的錢就跟扔水裡似的，說不定連個響聲都沒有呢。

第二十五章

三郎將昨日教的內容，又一字不落地重複了遍，指著字讓兩個哥哥認認，然後是識字，每天識五個字，重複的，一遍又一遍。堂屋裡只有他的聲音響起，顯得格外安靜，其餘四人圍坐在桌邊，認認真真地聽著，大郎和二郎更是時不時地用食指在桌面比劃，邊寫著邊在心裡默唸。

劉一朵靜坐在一旁，看了會兒，就有些坐不住，想著阿杏在廚房忙碌著，便抱著睡著的妞妞走出了堂屋。跟大哥說倒不如和阿杏說更好些，阿杏性子溫和好說話，再者傍晚那件事讓她明白了，在大郎和二郎的心裡她是個出嫁女，比不得阿杏重要。

季歌拾掇好廚房，正準備用胰子清一下手，卻見一朵抱著妞妞走了進來，低聲喊著她。

「阿杏。」

「一朵姊。」季歌挺納悶的，她看著睡著的妞妞。「怎麼不把妞妞放床上睡覺？這麼一直抱著胳膊會痠疼吧？」聽說孩子被抱習慣了，就不愛在床上睡覺，一放到床上就會哭鬧。

說起女兒，劉一朵臉上就有了笑，目光溫柔充滿慈愛地看著懷裡的妞妞，輕聲答道：「妞妞都八個月了，身旁不守個人，怕她會亂滾亂爬，到底不大安全，還是抱著好，兩手換著抱，久了也就習慣了。」

「喔。」季歌其實沒什麼興致跟她說話，洗了手把髒水倒掉，就去了後院。

天色有些灰暗，雞都進了籠，她把雞籠關上，又清了清雞圈。

劉一朵抱著孩子站在不遠處看著她忙活，神情顯出幾分懷念來。「頭一次回娘家時，見到阿杏，我就知道，大郎娶了妳是劉家的福氣，才多久的時間，家裡就有了些模樣，弟弟、妹妹也看著精神了不少。阿杏手藝巧、心思也活絡，我這一顆心啊，可算是有著落了。一晃快兩年了，劉家如今越過越好，二朵有了出息，三郎也進了學堂，往後的日子是可以想像出來的美好，都虧了有阿杏在呢，劉家有妳這個大嫂，是祖上積德了。」

聽一朵說起第一次見面，季歌平靜的心湖起了漣漪，她關緊了雞圈的木門，轉身看著不遠處的一朵，將臉上的溫和和眼底的笑意收斂得乾乾淨淨，一雙眼睛透著隱晦不明的光，定定地看著劉一朵，過了會兒，才開口道：「一朵姊心裡都清楚，我還道妳不清楚呢。」語氣不鹹不淡，摻雜著一股說不出的冷意。

當時她還覺得劉一朵樸善憨實，三百文壓箱錢，竟然拿出來買了件衣裳送給她，接過那衣裳讓她心裡五味雜陳，只覺得心裡泛酸。現在想想，劉一朵送吃食、送衣裳，哪是奔著她來的，全是為了劉家幾個幼弟、幼妹，心裡放不下，怕自己委屈了這幾個孩子；也對，本就是劉家的長姊，父母早逝，這麼牽掛著幼弟、幼妹是很自然的一件事。

卻是她想得有些天真了，這劉一朵的性情，哪裡有半點樸善憨實，分明是自私得緊，對於看重的人就掏心掏肺地對待，除此之外，其餘人都入不了她的眼，根本就得不到她的關心和愛護，只怕就算是如今，別看她話說得漂亮，可在她心裡，怕是沒她季歌什麼位置的。

當日答應得多好，會好好地顧著阿桃，那時候是十月中旬，現在是三月初，近半年的時光啊！可阿桃呢，除了穿著乾淨整潔點，梳起了頭髮，看起來稍稍有了點模樣，卻還是瘦瘦細細的身板，臉色也蠟黃，雙眼沒什麼神采，反觀妞妞，才八月的孩子，養得白白胖胖，哪裡看得出這孩子不受待見。

劉一朵心裡一緊，不知為什麼，心底湧出一股莫名的心慌來，甚是強烈，她惶惶不安地看著季歌，扯出一個頗為虛弱乾巴的笑，努力想鎮定點，神色茫然地問：「阿杏這話說得有些聽不懂呢，我自然是清楚的，倘若妳沒有嫁到劉家來，劉家是不會有如今這般好光景的，更別提三郎讀書的事。」

說著，她頓了頓，又飛快地道：「說起三郎讀書這事，阿杏啊，我想跟妳說說我的看法，我覺得……」

「一朵姊。」季歌不等她把話說完，就強硬地打斷了她的話。「妳有什麼想法，不必跟我說，在妳心裡只怕就從未把我當成劉家的大嫂。」

這話剛落音，劉一朵的臉色瞬間變得煞白，一臉的驚恐，呆呆地看著季歌，特別慌張地接話。「沒、沒有，怎麼會？阿杏妳想多了。」

「是我想多了嗎？」季歌朝著她走近了兩步，目光落在了睡著的妞妞身上，扯出一個嘲諷的笑來。「一朵姊生了妞妞，娘是特別不喜的，可妞妞依舊長得白白胖胖，身上的衣料也是新的，看得出她過得還不錯。一朵姊還記不記得，去年十月中旬去季家送年禮的時候，臨走時，在院門口看見了阿桃，妳當時是怎麼跟我說的？」

季歌對著劉一朵笑，笑容很冷。「妳說妳會顧好阿桃，我當時是真的相信了。我嫁到了劉家，身為劉家婦，把幾個孩子顧得妥妥當當；可妳呢，就一個阿桃，妳說妳會好好顧著阿桃，結果怎麼樣？妳別跟我解釋，說什麼上邊有爹娘，妳也不好越過他們，總得要顧及些，這都是藉口。

「為什麼劉家日子漸好，逢年過節都會送些節禮回季家，妳以為是我心裡有季家嗎，就季家那重男輕女的樣，我對季家能有多少感情？還不是因為一朵姊在季家，想著做為娘家給妳撐撐腰，讓妳也能說上幾句話。現在看來，劉家日子越過越好，爹娘確實對妳看重了些，可妳所有的心思都放在了妞妞的身上，半點都沒有顧及到我的阿桃！

「阿桃是我小時候一點點用米湯水養大的，看到妳嫁人後，還牽掛著劉家的幾個孩子，我以為妳是個好的，品性純善憨厚，卻是我想得天真了。妳口口聲聲的，說劉家幸虧有我，把幾個孩子顧得妥妥當當，妳說妳清楚，話說得可真漂亮，我還真的相信了。」要說季歌的性子，溫和歸溫和，踩了她的底線，就別想著她還能顧念家人忍氣吞聲，該說的她就要說出來，誰讓她不痛快，她就讓誰不痛快！

季歌越說越生氣，情緒翻湧得特別厲害，是原主融進了骨血裡的情感在影響著她。「我來猜猜，妳來找我說三郎的事，我知道妳是怎麼想的，傍晚的時候二郎喝斥了妳，妳心裡積了怨氣，可大郎又沒怎麼說話，妳心裡頭更不高興了，同時也有些隱隱的不安，怕說多了會惹大郎的反感，一個女人若是娘家靠不住了，在夫家也就沒什麼地位了，妳就想跟我說這些對不對？讓我去和大郎說說妳的想法。

「妳是這麼想的吧，這算盤打得倒好。一朵姊妳是真以為我好說話是吧？妳不把我當回事，還想著我掏心掏肺地對妳好呢？作夢吧妳！」說到最後，季歌倒是平靜多了，心裡卻有些膩味，也挺沒勁的，有點兒說不出的惆悵。

本來她是不準備說這些話，阿桃已經到劉家來了，從此在她的眼皮底下，她會顧好阿桃，讓她好好長大，許個好人家過安穩美滿的日子；至於劉一朵，她懶得搭理這個女人，不點醒她，她看不清，照這趨勢下去，和劉家的情分會越來越淡。卻沒有想到，劉一朵會自己送上門來，經過傍晚的事情，不僅沒有反省，反而還另起心思，是看她平日裡太好說話了點，就以為她是個傻的？

聽著季歌一句接一句的質問和指責，劉一朵額頭虛汗冒得特別厲害，心裡湧出一股又一股的恐慌，差點就將她淹沒了，她張嘴想說話，卻又說不出話來，她不知道要說什麼，腦子一片空白。

想反駁，可季歌說的話沒有錯，逢年過節娘家都會送節禮過來，禮還挺重的；娘家兄弟路過柳兒屯也會過來看看，每次上門都不會空著手；今年娘家又搬到了松柏縣，她在季家的地位就更水漲船高，要舒坦了不少，季母也不怎麼拿她說事，不大過分的事就睜隻眼、閉隻眼。

她生了女兒，因季家人都不大喜歡妞妞，她把女兒看得很重。季母不管她後，她就一門心思全放在女兒身上，不讓妞妞離身，季母心心念念全是兒子的婚事，家裡的瑣碎事就全放到阿桃身上，季家上上下下都沒有把阿桃當回事，雖答應了阿杏要顧好阿桃，可到底是沒怎麼放心上，想著讓她吃飽飯也就差不多了，給她梳一梳頭髮，縫補一下衣裳等。

她要帶妞妞呢，妞妞還小，難不成，讓她擱了妞妞屋裡屋外地收拾著，比起阿桃當然是她的妞妞要更重要點。她覺得她做得很不錯了，可沒有想到，阿杏對她的怨氣會這麼大，她想反駁，可一腔話到了嘴邊硬是說不出口，看著阿杏的眼睛，她說不出話來，她心虛。

見劉一朵像是丟了魂似的，季歌心裡沒有半點同情，她面無表情地從劉一朵身邊經過，突然間，說不出的疲憊如潮水席捲身心。

堂屋裡，靜悄悄的，所有人都坐在位置上，卻沒有發出半點聲音，堂屋後面就是後院，剛剛她和劉一朵就站在後面說話，僅隔了一面牆，季歌已經沒有心思去想，他們是不是都聽到了？他們心裡會怎麼想？她覺得累，只想躺一躺、好好睡一覺。

就算她是一個現代人，把一個搖搖欲墜的家撐起來，還是有些吃力，她以為一切都很美滿，不料，劉一朵會變成這樣，是失望抑或是其他感受，她已經分不清了。

劉大郎站起身，看著身旁的弟弟、妹妹。「我去看看你們大嫂，都各自回屋睡覺。」目光在二郎身上停了下。「去屋後看看一朵，跟她說說話，今晚你和三郎睡一間屋子，讓一朵帶妞妞睡你的屋，不管怎麼說，別讓妞妞被夜風吹著，小孩子難遭罪。」說罷，他大步出了堂屋。

「都睡覺去。」劉二郎又叮囑了句，起身出了堂屋往後院走。

不料，三郎、三朵以及阿桃，都亦步亦趨地跟在他的身後，像條小尾巴似的。

劉二郎停下腳步，回頭看了眼這三個小孩，三個小孩表情倒是出奇地一致，均抿著嘴，眼巴巴地看著他，他也沒多說什麼，繼續往後院走。

天色已經完全黑透，今夜無月，只有寥寥的幾顆星在微弱地閃爍，劉大郎輕手輕腳地進了屋，屋裡一片漆黑，這讓他稍稍的放鬆了些，不著痕跡地鬆了口氣。他脫了衣裳，躺進了被窩裡，伸手把床內的媳婦抱在懷裡，心口沈甸甸的，如同壓了塊石頭。「媳婦。」透著從未有過的虛弱和慌張。

季歌並沒有睡著，她睡不著，腦子亂糟糟的，好像想了很多事，又好像什麼也沒想，整個人如同漂浮在海裡，說不清是個什麼滋味。聽見大郎喊她，她才呆呆地回過神來，卻沒有應話，並非有什麼情緒，只是一種簡單的感覺，不想說話，覺得累，不願意說話。

「媳婦。」良久，劉大郎又喊了句，他把媳婦往懷裡攬緊了些，腦袋挨著媳婦的腦袋，黑暗裡看不到神情，寂靜的屋裡，卻輕易地可以聽出，他語氣裡的惶恐。「一朵變了，可媳婦妳還有我們，妳還有我，我是絕對不會負妳的。我說過，會對妳好，好好地對妳，這輩子，我就是拚了全部，也會對妳好。劉家的其他人也是一樣的，他們是把妳這個大嫂放在心裡，是不會負妳的，和一朵不一樣。」

一旦開了口，情緒流露出來，自然而然地就知道要怎麼說話，劉大郎的話說得很急也很快，他是害怕的，害怕媳婦過了今晚就變了性情，他完全不敢深想這事，他無法想像，媳婦冷冷淡淡的模樣，好像有一隻手狠狠地勒著他的心臟，窒息般的疼痛席捲全身，太可怕了！「媳婦妳說話，妳說話啊！」他把媳婦抱得更緊更緊了些，顧不得媳婦會不會疼，只有這樣才能讓他稍覺心安踏實。

「大郎，疼。」季歌伸出雙手，挽住了劉大郎的脖子，把腦袋伏在他的肩窩裡。

劉大郎立即鬆了些力道，慌慌張張地說：「我、我沒注意，媳婦妳說話了，媳婦妳不要生氣，一朵嫁了人有了孩子，心就偏了，我們不一樣，我們不會負妳的。從平日裡的相處，妳應該能看出來，在劉家、在我們的心裡，妳是最重要的，我們都把妳放在了心上，妳不要生氣。」

「你不怪我？」季歌略感意外，吶吶地問了句。同時，心裡湧出一股暖流，把她通身的疲憊一掃而光。

劉大郎很認真地道：「不怪妳，這事是一朵做得不對，她答應過妳要顧著阿桃，可是她沒有做到。一朵生個女娃的時候，娘很不高興，當時在季家，見到一朵的處境我特別生氣，可妳是站在一朵這邊的，妳說生男、生女哪能由人說了算，這不怪一朵，聽到妳說這話，我很高興。

「媳婦，妳不要生氣了，這次是一朵不對，倘若往後她還是這模樣，咱們就遠著點季家。以前一朵不是這樣的，嫁了人，尤其是生孩子後，說變就變了。」說著劉大郎都有些惆悵。

季歌情緒有些激動，她的男人並不是個盲目者，他們兩人的觀念是一樣的，多麼的幸運，她在這樣一個時代還能遇見這樣一個男人。「大郎，我們要好好過日子，不吵不鬧、有商有量，就這樣過一輩子，真有下輩子我還要跟你一塊兒過。」她抱住大郎精壯的腰，覺得很幸福。

「嘿嘿嘿，好。」劉大郎摟緊了媳婦，樂滋滋地笑著，心裡甜得像喝了好幾罐蜜似的。

「媳婦我會對妳好，這輩子對妳好，下輩子也對妳好，就算往後，二郎他們成了親、生了孩子，有了自己的小家，我是不會變的，有了孩子我也不會變，我會對妳好，連孩子都比不上妳。」他不會說甜言蜜語，只知道，喜歡一個人就對她好，拚命地對她好，把自己能給予的都送到她面前，護著她莫讓她委屈了。

見媳婦沒有吭聲，劉大郎又認認真真地說：「我是說真的媳婦，妳就在我心坎裡，每次出門幹活時，我就好想把妳放在兜裡帶著。妳不要笑我，我就想和妳在一塊兒，和妳在一起就覺得很開心，心情會格外地好。

「我還想過等老了妳先死，我就陪著妳一塊兒。」劉大郎至今還清清楚楚地記得，娘臨死前拉著他的手，一直在流淚，滿眼的不捨，她說她捨不得孩子，可更捨不得丈夫，就算到了地底也想陪著他一起。娘一個勁地對他說對不住、對不住，明知道她死後這個家會有多艱難，還是想隨著丈夫一起走，她愧對孩子。

那時候他不理解這是一種什麼樣的情感，現在他知道了。

季歌忍不住問：「萬一你先死呢？」

「我會努力地活著，陪著妳，我說過會好好對妳，老了也是一樣。」到底不是自己，劉大郎不放心，還是由他來陪著媳婦，這樣最好。

季歌又哭又笑，心裡卻甜滋滋的，這個男人總會輕易地撥動她的心弦。「都說閻王讓人三更死，不會留人到五更。」

「媳婦咱們現在連孩子都沒有，不說這個。」劉大郎把媳婦往懷裡按了按，心裡頭熱騰騰的，小聲地嘀咕著。「媳婦，妳幫幫我。」聲音低沈，略略地拖長語調。

火燙燙的物抵著她，季歌自然是發覺了，也曾幫過大郎兩回，可今晚她不想幫他了。

「大郎咱們洞房吧。」

「啊！」劉大郎愣住了，過了會兒才吶吶地說：「媳婦五月十三日才滿十六歲。」

真是個呆子！季歌忍不住捶了他一下，好在屋裡黑漆漆，儘管如此，可她的臉還是紅得厲害。「算我沒說。」說罷，轉了個身面向著牆。

「媳婦。」劉大郎討好地笑著，挪了挪身板靠近媳婦，重新伸手抱住她，大著膽子親了親她的耳朵，滾燙的觸感，媳婦在害羞呢，想像著媳婦滿臉通紅的模樣，連耳朵都紅通通的，心尖像被羽毛輕輕撓過似的，一股酥麻感竄過全身，他小小地哆嗦了下。「媳婦。」

「睡覺，明天還要擺攤。」季歌用手肘不輕不重地推一下身後人，嘴角卻忍不住上揚著，心裡美滋滋的。這呆子，讓他呆，哼！不解風情。

劉大郎又靠近了些，好聲好氣地道：「媳婦妳莫氣，等五月十三日妳滿十六歲，咱們再洞房，我都想得妥妥的，第二天讓二郎擺攤去。」

還妥妥的呢，呸！季歌聽著這話，只覺得臉更燙了。這人說他呆吧，他又……想得還挺多的。

「媳婦、媳婦、媳婦……」媳婦不應他，劉大郎就一聲一聲地喊著，明明簡單的兩個字，硬是讓他說得肉麻萬分。

季歌聽不下去了，推了他一把。「別喊了，睡覺。」說著，轉過身抱著他，小聲地問：

「要不要幫你？」

「要。」劉大郎飛快地應著。「媳婦，等掙了錢買了宅子、有了店鋪，咱們就生孩子，我都想好了，妳守著店鋪就行，我來做糕點，我都會了。」

「你不出門幹活了？」季歌順口問，這不像他啊。

劉大郎沈默了會兒。「當然要幹活，可妳比較重要，妳懷孩子的那段時間我就不出門了。」遲疑了會兒，他還是問出了壓在心裡最深處、最想要問的一句話。「媳婦啊，妳會不會嫌棄我？」

「不嫌棄你，我都說了，真有下輩子我還要跟你過。」季歌伸手摸了摸，確定位置後，吻住了劉大郎的嘴，把舌頭伸了進去。

劉大郎很快就反應過來，牢牢地抱緊媳婦，笨拙地啃啊啃、啃啊啃。

兩人鬧騰好一會兒才緩過勁來，靜悄悄的屋裡，清清楚楚地聽見呼吸聲由粗重變輕緩。

「媳婦，睡吧。」劉大郎心裡特滿足，頓了頓，又說：「一朵沒把妳放心上，妳也莫要把她看得太重要，不能太慣著，總得讓她明白，越慣往後越沒法好好過日子。」

季歌點著頭。「我也是這麼想的。」說著，停了會兒，猶豫地道：「你們都聽到了吧？不知有沒有嚇著孩子，我那會兒氣極了，不管不顧就開了口。」

「沒事，家裡人都懂的，這次是一朵不對，他們都懂的，妳不要多想。」劉大郎摸摸媳婦的背。「夜深了，睡吧。」

夜深了，也是該睡了，很快兩人在彼此的相依相偎中沈沈睡去。

第二十六章

劉二郎和三條小尾巴走到後院，此時天色已經很模糊，三月的天，夜裡泛著寒涼。

「大姊。」劉二郎刻意壓著聲音，大姊這會兒狀態不大好，怕說話聲大了會驚著她，說完話，見大姊沒有反應，他脫了外套，輕輕地搭在睡著的妞妞身上，又喊了聲。「大姊。」

劉一朵猛地從思緒裡回過神來，她看著劉二郎，淚流滿面，惶惶不安地說：「我、我、我不是故意的，我有顧著阿桃，可妞妞還小，婆婆不喜妞妞，妞妞身邊離不開我，我真的有顧著阿桃，可我更得顧好妞妞，妞妞離不得我，我沒想到阿杏會這麼生氣，我也想替阿桃分擔一下活計，可我不能不管妞妞。」

劉二郎靜靜地聽著，神情淡淡，等一朵說完，他才平靜地接話。「如果是大嫂，她會把孩子揹著，盡著最大的力幫著分擔一下家務。大姊妳左一句妞妞、右一句妞妞，咱們清岩洞，哪家帶孩子的婦女不是包攬著家裡的瑣碎活？到了農忙時節，這些婦女甚至會把孩子揹在背上，幫著家裡搶收成，三郎和三朵還小時，妳也同樣把家裡拾掇得妥當。

「大姊妳到現在還不承認，還在一個勁地拿妞妞當藉口，大嫂說得並沒有錯，妳壓根兒就沒有把她當回事，所以妳更沒有把她的話當回事。連妞妞的尿布妳都要阿桃來洗，嫁了人、生了孩子，日子過好了，大姊也跟著嬌貴了，整日裡只能顧好妞妞一個，片刻不離人，旁的瑣碎事都不沾手，因為妳得顧好妞妞。」劉二郎的話透著股說不出的意味。

劉一朵驚愕地看著劉二郎，臉色忽紅忽白，身子都有些打晃。

劉二郎伸手握住她的肩膀穩住她的身子，目光深深地看著她。「大姊，妳變了，妳以前不是這樣的。娘臨走前，拉著妳的手不放，緊緊地握著，讓妳顧好弟弟、妹妹，那時候家裡很苦，但凡有點吃的穿的，妳都會先緊著弟弟、妹妹；可是大姊妳看看妳現在，嫁了人才多久，妳就變成了這樣。

「若換成以前的大姊，既然答應了大嫂，就定會把阿桃顧得妥妥當當，就如大嫂對待家裡的幾個孩子般，細緻周到。妳一直說大嫂把劉家拾掇得很是妥當，妳說得漂亮，可妳一點也沒有意識到自己正在慢慢改變，妳還覺得自己做得足夠好，覺得大嫂不該怨妳是吧？」

劉二郎見劉一朵身體哆嗦得厲害，便伸手說：「大姊把妞妞給我抱吧，妳站都站不穩了，別摔了妞妞。大姊妳疼妞妞，這是好事，妞妞是妳的孩子，但妳不能把事做得太過分了；妳要知道，若大嫂沒有把劉家撐起來，妳生了個閨女，妳在季家會過得好嗎？大姊，妳要好好地想想，把這兩年的日子仔細想想，妳若再這樣下去，往後日子不會好過。」

見二哥說完話了，劉三郎伸手輕輕地拉了拉大姊的衣角，黑白分明的眼睛清清亮亮。「大姊，我讀書並非是為了考取功名，只是為了能多識幾個字，這裡是松柏縣，和清岩洞不一樣，若不識字就掙不了什麼錢，連生存都有些困難，很多時候甚至會上當受騙。

「大嫂說，識了字腦子會靈活些，眼界也能更開闊，懂得也多些。教家裡人識字，是因為大哥和二哥要在縣城好好發展，必須得識幾個字；二姊和三朵識了字，往後日子也會好過些。我想好好讀書，也想考個功名，卻不妨礙我教家裡人識字，我若連自己都顧不好，讀再多的書也沒用，本來讀書就是為了讓家裡好過些，哪能為了讀書給家裡添負擔？」

三朵見三郎不說話了，她眨了眨眼睛，伸手拉住了大姊冰冷的手，軟糯糯的嗓音。「大姊妳不要哭。大嫂說，識點字以後到了婆家就不會被欺負，大嫂說現在聽不懂長大了就會聽懂。大姊妳不要哭，妳和大嫂好好說話，大嫂就不會生氣了。」說著，她拉著身旁的阿桃，求助地看著她。「阿桃，妳和大姊說，讓大姊不要哭。」她想，都在說阿桃，讓阿桃和大姊說說話，大姊就不會哭了。

季桃低著頭，雙手艱難地扭著衣角，她覺得胸膛悶悶的，很難受，她也想哭。

姊姊沒有嫁人時，她都不用幹活，她想幫姊姊幹活，姊姊就會讓她做些輕省的活，更多的時候是讓她在旁邊玩著；家裡糧食不夠，吃不飽，姊姊會悄悄地留一半飯給她，摸著她的頭說，她還小得吃飽。冬天很冷，被窩裡也是冷的，姊姊會和她躺在一個被窩裡，會抱著她、拍著她的胳膊哄著她睡覺；會給她紮頭髮，她的衣服是乾淨的，鞋子也是乾淨的，臉蛋也是乾淨的，姊姊常說，女孩子得把自己拾掇整齊了。

有一天，姊姊突然地就走了，家裡的活全落在了她身上，她動作慢，也做得不好，娘會罵她，飯也吃得少，罵她是賠錢貨光吃飯不幹活，她特別地想姊姊，可是姊姊一直沒有回來；她每天有幹不完的活，衣服破了，鞋子也破了，她還學不會紮頭髮，她把臉洗得乾乾淨淨，她好想去找姊姊，可不知道去哪裡找。

去年她在山裡撿柴木，聽路過的大嬸說姊姊回來了，嫁了人後就越長越好看，可見在夫家日子過得還真不錯，比在季家好多了。她連忙跑下山，遠遠地看見了姊姊，可她有些害怕，她突然就不敢靠近了。為什麼姊姊走的時候不把她帶走？是不是不要她了？娘說她光吃飯不會幹活，姊姊是不是也這麼想的？覺得她是個拖累就不要她了。

她還是走過去，她想見姊姊，就看姊姊要不要她了；她也想見見姊姊，姊姊變了模樣，大嬸說得對，姊姊越長越好看了，她差點沒認出來。姊姊和大嫂的關係很好，大嫂說會顧好她，姊姊笑著應了，然後就走了。她多麼想拉住姊姊的手，讓她帶著自己一塊兒走，可她不敢，姊姊沒有說帶她走，她不敢說。

大嫂跟姊姊不一樣，姊姊不見的那天大嫂來了，可是大嫂從來沒有關心過她，家裡多了個人，她的活還是那麼多，還是吃不飽，穿不好也睡不暖。大嫂說會顧好她，她不相信，可還是有些微微的期待，想像著大嫂能和姊姊一樣，卻是錯了。這世上，沒有人，再也沒有誰能和姊姊一樣疼著她、護著她，她只有姊姊了。

「大姊夜深了，回屋睡覺吧，別凍著了。」劉二郎見氣氛不對，輕聲提醒著，想著以前的種種，在清岩洞的苦日子，他輕輕地勸道：「大姊認識到自身的錯誤然後改正，妳在我們心裡，還是那個寧願苦了自己也不願意苦了弟妹的好大姊。大姊，大嫂嫁到了劉家，她就是劉家的一份子，就算她沒有撐起劉家，她也是劉家的大嫂，妳應當把她看作一家人。」

劉一朵就這麼渾渾噩噩地被帶回了屋裡，劉二郎看著懷裡睡著的妞妞，又看了看床上的大姊，有些擔憂，就大姊這模樣，能顧好妞妞嗎？若是二朵在就好了。三朵太小，阿桃……算了，他和三郎都是男的也不合適，若是一朵和大嫂還像以前一樣好好的，沒有這些糟心事該有多好。

幾個孩子站在屋裡，局面有些僵。

三朵一臉的懵懂，不知道為什麼就安靜了，為什麼不離開？她拉了拉阿桃的手，眼巴巴地看著她，一臉的茫然。阿桃年歲要大點，瞄了瞄二郎的神色，多少能懂些。她想起姊姊，姊姊現在是劉家的大嫂，大嫂卻是劉家的大姊，想到這裡，她隱約懂了些什麼，抬頭對著二郎說：「今晚我和大嫂睡，大嫂有事時，會喊我顧著妞妞，我會一點。」

「好。」有個人看顧著，劉二郎放心了，對著阿桃笑了笑。心想，這小姑娘和大嫂的心腸是差不多的，果然是姊妹。

三朵有點急了。「阿桃不跟我睡啊？」說好一塊兒睡覺的。

「三朵我要看著點妞妞，等明晚我就和妳一塊兒睡。」季桃對著三朵笑了笑。

「夜深了，回屋睡覺吧。」劉二郎拉起三朵，走出了屋子，三郎跟在身後，把屋門給關上了。

次日一早，劉家兄弟早早地起床，做糕點的做糕點，做爆米花的做爆米花，三郎幫著燒火，忙了小一會兒，季歌醒了，三朵和季桃也醒了，一家人窩在廚房裡，邊忙邊說話，氣氛分外的溫馨。吃過早飯後，劉大郎和季歌出去擺攤，三朵還想跟著大嫂，阿桃也想跟著去，劉大郎讓她倆一併去了，幫媳婦擺好攤位，他就匆匆忙忙地回了家。

知道阿杏已經去擺攤了，劉一朵才磨磨蹭蹭地抱著妞妞走出房門，正好碰見大郎回來，她僵在了原地，垂著眼，吶吶地喊。「大哥。」聲音小小的。

「先去吃飯吧，早飯給妳溫在鍋裡。」劉大郎看著一朵，心情略有些複雜，失望和無力偏多一些。昨晚安撫好了媳婦，也不能把一朵扔著不管，到底是自己的妹妹，答應過娘要護好弟妹的。「一會兒吃了飯，咱們到堂屋說說話。」

劉一朵沈默了會兒，才細細地應了聲，特別的小，幾乎聽不到，等著大郎進了堂屋，她才敢抬頭，看著懷裡的妞妞，天真純淨的眼眸，眼淚無聲地落著，過了會兒，等情緒平靜些了，她才往廚房走。

家裡靜悄悄的，四面八方的嘈雜聲湧入，顯得格外熱鬧，劉一朵如同嚼蠟般慢吞吞地吃著包子，周邊的繁華襯得她內心荒涼如沙漠，萬般滋味既酸又澀，心口辣辣地疼。

半晌，用過早飯後，她抱起妞妞往堂屋走。堂屋內，劉大郎靜坐在桌旁，盯著黑漆漆的桌面，不知在想什麼。

「大哥。」劉一朵低低地喊了句，坐到了桌邊，同樣垂著眼望著桌面，將懷裡的妞妞摟得更緊了些。

劉大郎的目光落在妞妞的身上。「妞妞真乖，不哭不鬧。」

「嗯，特別好帶，很懂事。」劉一朵疼愛地摸著女兒肉嘟嘟的臉，眼裡有了些許神色。

「大哥，我知道這事是我不對。」

「二郎昨晚跟妳說了吧。」劉大郎問道。

劉一朵點點頭。「說了，我知道我做錯了。」說著，她的眼眶迅速泛紅，聲音帶了哽咽。「現在我是不知道要怎麼面對阿杏，一會兒我收拾一下衣物，先回柳兒屯。」

「妳喊她阿杏，她喊妳一朵姊，大概就是因為這般，妳才沒把她當成大嫂。一朵，她雖比妳小，可她嫁給我，就是妳的大嫂，妳倆關係好，親暱得如同姊妹，但妳要明白，她到底是我媳婦、妳的大嫂。這點妳就做得不如她，她是真把妳放在心裡，逢年過節送禮回季家，總會在後面多加一、兩樣，她沒有明說，可我知道她是在顧著妳的面子。

「娘走得早，有些事妳也只能自己摸索。我一個大男人也不知這裡面的彎繞，是她一點點地告訴我，凡事都有商有量，我們有說不完的話，雖全是些雞毛蒜皮的瑣碎事，慢慢地我也就懂了些。一朵妳嫁到了季家，就是季家婦，妳該好好地和季有倉過日子。我瞧著有倉是心裡有妳，把妳看得重，妳更應該和他好好過日子，別把好好的一個家整得烏煙瘴氣。

「這男人倘若妳不靠近他，時日久了，他再怎麼歡喜妳也會變得不喜歡，連家裡的男人都不站在妳面前替妳遮風擋雨，妳的日子如何能好過？丈母娘雖生氣妳頭胎生的是個閨女，後面也沒怎麼為難妳，妳千萬不能得寸進尺，更應該抓著機會和丈母娘把關係處好，妳要記著，妳現在是季家婦，生是季家人，死是季家鬼！」

劉大郎看著面色煞白的一朵，心裡直嘆氣。「妳看，現在在劉家，上上下下都把阿杏看得很重，都顧及著她，不僅僅是她撐起了劉家，更因為她是真心真意待幾個弟弟、妹妹，二郎他們都感受得到。妳知道二朵為什麼要去錦繡閣嗎？二朵跟我說，她希望有一天能成為像大嫂一樣能幹的人，能讓她歡喜的人也都歡喜她。

「一朵，孩子是極容易受身邊人的影響，妳這性子再不改改，妞妞跟在妳身邊，遲早得學了妳這模樣，往後她長大嫁人了，若不能及時看清自己的位置，妳這是在害妞妞！妳看看妳自己，嫁到季家滿打滿算也就兩年，就被深深影響了，可怕的是妳自己還不知道！」劉大郎的聲音忽地拔高了，透著嚴厲和指責。

「家裡的幾個孩子受了她的影響，是越發的有出息，妳……妳應多多注意自己的言行，至少得影響到季有倉，把妳的小家顧妥當了，往後真有個什麼事，我們在松柏縣，遠水救不了近火，妳得靠著妳男人。」說完，劉大郎起了身，進了廚房，打了盆溫水放到了桌面。「別哭了，好好洗把臉，別嚇著妞妞，一會兒我送妳們回柳兒屯。」

劉大郎站在一朵的身旁，從她懷裡接過妞妞，逗了她兩下，妞妞咧嘴格格地笑。劉一朵聽著女兒的笑聲，哭得更厲害了，她僵著動作緩緩地洗手、洗臉，臉上的淚水卻越流越多，怎麼也抹不淨，最後，她用帕巾蒙著臉嚎啕大哭起來。

劉大郎見狀，抱著妞妞走到了屋簷下，聽見有敲門聲，他走過去打開大門，見是二郎提著一桶洗乾淨的衣服走了進來，看了眼堂屋。「大哥跟大姊說話了？」

「嗯，一會兒送她回柳兒屯。」

劉二郎愣了下。「我送大姊回柳兒屯。」

「也行。」劉大郎沒多說什麼，遲疑了下，又說：「東西就別買了，得讓她醒醒神。」別一回到季家把他們苦口婆心說的話又扔腦後了。

「我知道了。」劉二郎根本就沒有生心思要給大姊買什麼禮品回家，聽見大哥這話，飛快地應了。

這天的辰時末，劉二郎租了輛牛車，送劉一朵母女倆回了柳兒屯，到季家後，他只和季母打了聲招呼，說是得趕著去幹活，連水都來不及喝就匆匆忙忙地走了。

季母看著劉一朵這憔悴的樣，跟丟了魂似的，又見她兩手空空，再想想劉二郎的舉動，心裡泛起了冷笑，她就知道大兒媳遲早得把自己作死了。見娘家稍有點起色，她就以為自己嬌貴了，生個賠錢貨還敢今兒個雞蛋、明兒個雞蛋地拿，暗地裡沒少背後攛掇有倉；現在和娘家離了心，又跟有倉生分了，還怕整不死她個不要臉的。

這辛辛苦苦養大的兒子就是用來給她磨的？也不看看自己有沒有這個臉，敢把她家有倉當傻子耍，真以為她這婆婆拿她沒辦法？且等著，這後面日子還長，如今阿桃也被接走了，就是她這大兒媳該出力的時候了。她那嫁出去的大女兒，作為娘家就是想說點什麼，也無話可說，更別提她這大兒媳作死的性子，這次鬧翻了為著就是阿桃那小丫頭片子吧，呵呵，她就知道，她那兩個女兒的情分好得跟母女似的。

第二十七章

一朵走後，劉大郎把家裡的瑣碎活拾掇拾掇，就去了東市，讓媳婦帶著兩個小的去逛逛，一會兒就該回家做飯了，他來看著攤位。

早上吃飯的時候，季歌就說了，想給阿桃置辦兩身衣裳鞋襪等等，順便量了三兄弟的尺寸，回頭一併送到朱大娘家，前些日子買來的布料，足夠給他們三兄弟做一身春衫，三朵也有，二朵的等她回來再做。今兒個她特意穿了新做的衣裳，那顏色襯得她更顯水靈幾分，本就是年歲正好時，稍稍穿好些，就跟朵花似的嬌豔。

她沒提昨晚的事，也沒提一朵，其他人也沒有提，這事也就無聲無息地翻過去了，日子仍和往常一樣，溫馨美好，和和氣氣的一家子。

從朱大娘家回來見屋裡靜悄悄的，季歌就知道一朵應是回家了，她稍稍地失神了會兒，領著兩個孩子張羅起午飯來。阿桃是虛八歲，她想今年好好養養，明年開春時，送阿桃去錦繡閣試試。吃好、睡好，小孩子就一天一個模樣，問題應該不大。

到了中午餘嬸收攤準備回家，見隔壁的攤位沒動靜，她想起兒子說的話，便走了過去。

「大郎不回家吃飯呢？」

「一會兒媳婦送飯過來，餘嬸一個人在家，甭開伙了，一併上我家吃點。」知道媳婦跟餘嬸關係好，劉大郎把她當成長輩，多了幾分親近。

餘嬸樂呵呵地笑。「今兒個不成，我兒也在家呢。」說著，她頓了頓。「我聽你媳婦說，你們兩兄弟準備自己在縣城找些活幹？」

她本來是和兒子知會一聲，讓他跟隊裡說說，有什麼活可以帶著劉家兄弟兩個，又說起劉家兄弟想自己找活幹，這事哪是這麼容易的，這裡頭亂著呢，兒子能拉一把就省事了。沒想到，兒子一聽，卻讓她來探探劉家兄弟的底，他們真的想自己找活幹，那他也不跟著隊裡幹活了，他手裡也攢了點人脈，他們仨湊一湊興許真能成事，這樣比跟著隊裡幹活拿的錢要多，也暢快些，不用受氣。

餘瑋特意和娘細細地解釋了許多，餘氏越聽越覺得可行，這說出去可比跟著人幹活要好聽多了，兒子的親事也好說些。眼看兒子年歲將近，娶媳婦這事就成了餘氏心事，日日夜夜地琢磨著，可這縣城不比村裡，要說樁好親事真是太難了。

「對，是有這個想法。」劉大郎笑著應道。

餘氏聽著喜上眉梢。「大郎啊，我兒說想和你一起找活幹，他跟著隊裡幹了好幾年的活，手裡也有些人脈，裡頭的一些事也清楚。你們兩兄弟若有這個心，傍晚我就和阿瑋過去你家串門子，咱們兩家好好地說道說道。」

「可以啊，這是好事，就我和二郎還是單薄了點，若阿瑋願意和我們一起幹活，這是最好的，三個人找活幹也就差不多了。」剛開始肯定只能接些零碎的小活，三個人正好合適，劉大郎心裡挺高興的，等二郎回來了跟他說說，有了阿瑋的加入，也就沒什麼問題了。

「那行，傍晚我倆就過來。」餘氏歡喜得不行，匆匆忙忙地把攤位寄放，風風火火地跑回了家，把這事跟兒子說道說道。

劉二郎趕回來時，家裡正準備吃晚飯，見他回來了，都笑呵呵地打趣他，回來得可真巧，再晚些就得吃剩飯剩菜了。讓他先洗把臉再歇會兒，等他緩過氣來了才開飯，一家子有說有笑，氣氛特別的熱鬧。

三朵和阿桃興奮地說著今天逛街的事，三郎偶爾插嘴說說學堂裡的事，季歌說些日常瑣碎，大郎把餘嬸的話告訴二郎，二郎就笑著接話，順便說了一件路上看見的趣味事，嘻嘻哈哈很是溫馨。劉家的飯桌上向來是這樣，白日裡得各忙各的，也就只有傍晚都歸家了，吃晚飯時全家都在，就趁這短短的時光加深一下彼此的感情，讓這份親情越發的濃郁醇厚。

晚飯過後，餘氏母子過來串門子，劉大郎把大門打開，笑著喊：「餘嬸，阿瑋。」

「哎喲，我在後胡同就聽見你們的說笑聲，這一片啊就數你們家最熱鬧，歡歡喜喜的。」餘氏眉開眼笑地說著。

餘瑋對著劉大郎笑了笑。「劉大哥。」

「家裡吃飯的時候就喜歡說些雜七雜八的事。」劉大郎很喜歡這種吃飯的氛圍，雖說吃飯要慢了些，心情卻格外的舒爽，覺得這才是家，充滿著溫暖。

餘氏一臉的羨慕。「這樣好，多熱鬧，我家啊，就我和阿瑋冷冷清清的，秀秀回來住一宿，就大不同了，那孩子也是個愛說話的。」

「餘嬸，阿瑋哥。」三郎站在屋簷下喊了聲。

餘氏滿眼歡喜地看著三郎。「這孩子年紀小小，氣勢倒足，跟個小大人似的，讀了書就是不一樣。」隱約可見青竹之姿了。

「他是個不用操心的。」說起三弟，劉大郎也是一臉笑，很欣慰。進屋剛落坐，二郎就過來了。「餘嬸，阿瑋。」手裡端著兩杯茶。

「大郎媳婦在拾掇著家務呢？」餘氏端了茶問道。

劉大郎應道：「對，兩個小的也在旁邊搭著手。」

「你們家的孩子個個招人喜歡。」當然，餘氏最喜歡的還是三朵，白白胖胖，一雙大大的杏仁眼，呆呆憨憨的，看得她心坎都軟了。

人都到齊了，說了兩句家常話便迅速進入了正題，說了會兒，天色略顯灰暗時，季歌拾掇好了家務，領著三朵和阿桃進了堂屋。

等天色完全暗透，月光籠罩著整個天地，事情總算說妥了，商量出了個章程，大郎負責買必要的工具，二郎和阿瑋腦子要靈活些，就依著手裡的人脈關係去找活幹。錢財上的分配，大郎四成，二郎和阿瑋各三成，因為後勤事務是由大郎負責。

次日劉大郎和劉二郎早早地起來，忙著做糕點，稍後三郎也起來幫著燒火，季歌把饅頭蒸上，帶著三朵和阿桃忙碌著瑣碎事。吃過飯後，三郎揹著小藤箱不慢不緊地出了門往學堂走；二郎去小楊胡同找阿瑋兩人琢磨著找活的事；大郎幫媳婦擺好了攤，拿了適量的銀錢逛著東市。

經過昨晚後，劉、餘兩家的關係更親近了，餘氏一見劉家來擺攤，就樂呵呵地打著招呼，邊忙著生意邊見縫插針的聊著天，如此便覺得時間過得飛快，臨近中午把攤位寄放，拐去菜市買了點肉，幾人高高興興地往家裡走。

季歌見大門是從裡面鎖著的，就知道家裡有人，敲著門喊。「我們回來了。」

劉大郎打開大門，對著媳婦笑，接著繼續察看買回來的工具。三朵和阿桃喊了一聲，三朵拉著阿桃的手好奇地走了過去，眼睛亮晶晶地看著大哥擺弄著工具。季歌關了大門，在旁邊瞅了兩眼，笑著拎著菜進了廚房。阿桃掙開三朵的手，顛顛地跑進廚房，幫著姊姊洗菜燒火等。

三朵看了會兒，覺得沒什麼意思，正要往廚房走時，聽見敲門聲，她飛快說道：「大哥，我去開門。」說著打開了大門，對著門外的二郎笑得眉眼彎彎。「二哥。」

「嗯。」二郎伸手摸了摸三朵的頭頂，進了屋，朝著大哥走去，蹲在他身邊隨手拿了個工具瞅著。「多少錢？」

「這兩樣是在二手區淘來的，其他的是買的，用了近二兩多銀子。」劉大郎說著比劃了兩下。

劉二郎翻看著兩樣二手貨，笑著說：「看起來很新，划算。」

三朵聽不懂，隨手關了大門後，就樂顛顛地跑進了廚房，幫著大嫂打下手。

吃飯的時候，季歌隨口問起。「活找得怎麼樣了？」

「下午再看看。」劉二郎應著，垂著眼想，他們手裡的人脈關係還窄了點，自己找活幹比想像中要艱難些。

劉大郎安慰了句。「就是跟著隊裡幹活也不是天天都能有活幹，不著急，慢慢來，剛開始難了點，後面局面打開了就容易了。」

「工具買好了？有活的話立即就能接活幹了？」季歌不是很瞭解。他們有點兒像搬運工，又類似建築隊，挺像搞裝修的，做的活很雜亂，不過就眼下只有三人的小隊，應該只能做點搬運活，或是幫人堆砌個小廚房等等比較零碎的小活，好在這裡是松柏縣，零碎的小活應該不難找，她心裡有個想法，就是不知道能不能行，下午可以和餘嬸說說。

「對，有合適的活計接了就能開工。」劉大郎答道，又說：「咱們人手少，會的不多，一般只能接點苦力活，我會點木匠手藝，阿瑋對建房屋方面很熟悉，基本都會。」二郎才開始進這行，只有把窮力氣。

季歌懂了。「松柏縣這麼大，要找活計也不難，心急吃不了熱豆腐，可以和柳叔夫妻打聲招呼，倘若有這方面的活計就介紹給咱們。」

「我也是這麼想的，上午已經去了趟小飯館，阿瑋也跟他的熟人打好了招呼。」劉二郎接著話。

「甭管做什麼事，都得腳踏實地，不能偷工減料，咱們做得好，人家看在眼裡，平日裡話家常時說起這方面的事，說不定就順口帶了出來，依我看，咱們這小隊還得取個名字。」季歌說著。

劉大郎看著媳婦笑著說：「我和二弟都曉得這個理，不會心急，會好好地經營著；至於妳說給小隊取個名，我覺得很行，這樣吧，等傍晚三郎也回來了，把餘嬸和阿瑋都喊過來，咱們認真說說這事，都來討論討論，儘量取個好點的名頭。」

「好。」劉二郎很俐落地應著。

這話題算是過了，接著又說了些其餘雞毛蒜皮的瑣碎事，三朵和阿桃能聽懂，笑嘻嘻地發言說話。

下午擺攤，生意有些零落，季歌讓阿桃和三朵看著攤位，她則挪了個小板凳坐到了餘嬸身邊，想跟她說說自己的想法。

「餘嬸，咱們這小攤位也積了不少老熟客，有些關係跟咱們還挺好，買了吃食後不著急走，會站著跟咱們聊聊天，我想著，正好借著機會，跟他們說說大郎他們的隊伍，給他們拉拉生意，凡是誰家要搬家、要卸貨、要運貨等等苦力活，以及家裡房屋要修葺，堆個小屋、砌個灶臺等此類活計，大郎他們都可以接。」

「這法子好，我怎麼沒有想到！還是大郎媳婦腦袋瓜子靈活。」餘氏聽著眼睛頓時一亮。

季歌見餘氏聽明白了，便又說道：「中午大郎他們說，想給他們的小隊取個名，這樣給別人介紹時也好說話。傍晚您和阿瑋就一併過來吃飯吧，正好咱們邊吃邊說這事，這名呀得取得響亮些。」

「好！哎呀，想得太周到了。」餘氏激動地抓住季歌的手。「大郎媳婦咱們可說好了，今兒個晚飯菜我出，不能跟我爭啊。」

「不爭不爭。」季歌笑著搖頭。

見沒有生意，兩人索性就細細地說起怎麼跟老熟客介紹，又不能引起他們的反感，還得自然些讓他們放在心上，這裡若是打通了，就是一個很可觀的人脈關係網了。

絮絮叨叨眼看一下午又快過去了，餘氏瞧著時間差不多，讓季歌幫看著攤位，她去隔壁的菜市買些菜，一會兒兩家一起收攤回家。

吃晚飯的時候，劉家是相當的熱鬧，鬧哄哄的，雖有些嘈雜，氛圍卻甚是喜悅開懷。

經過一屋子再三討論，最後定了個很普通樸素的名頭——「用心經營」。這是告訴別人他們的幹活態度，也是告誡自己不能丟了初心，得時刻記在心裡。

第三天，阿瑋手裡的人脈給他們介紹了個小活計，城西有家住戶，想要把現有的灶臺推了，用著不滿意，想堆個新的灶臺，要求有點刁鑽。阿瑋聽完主家的要求，覺得有八成把握可以做好，就把這活接了，找到了劉家兄弟把事說了說，待遇不錯，幹活期間包中、晚飯，須得在三日內完成，總共六百文錢，讓主家滿意了還會有獎賞，除此外紅包也是必不可少的。

次日辰時初，劉家兄弟和餘瑋拿著工具去了城西，個個都精神抖擻、容光煥發。見他們接著活了，季歌和餘氏都悄悄地鬆了口氣，接了活就好，總算有了個開始。

進了三月下旬，用心經營共接了兩樁小活計，第一樁工錢是六百文，主家很滿意各獎賞了兩斤碎秈米，市面價格十二文一斤，雖是普通糧食口感粗糙，卻比平日裡吃的糙米要好些，糙米營養高卻耐煮，太費柴了。另給每人五十文紅包，算起來這一樁生意就得了差不多近一兩銀子，比跟著隊裡幹活要好一倍有餘。

第二樁生意是攤位上的老熟客介紹的，城東有戶人家想搬回村裡，不算很遠，因在松柏縣做了近十年的小買賣，現在要搬回村裡，雜七雜八的物件和日常用品特別多。按車計算，一車家當全鬚全尾的送回村裡，一車六十文，牛車的租費主家出，劉大郎三人很用心地替主家搬運家當，在安全的範圍內把一車家當裝得妥當又滿實，本來要裝六車才行，足裝了五車就完事。

主家特別地滿意，覺得這三個小夥子是個實在人，付了工錢後，又每人給了十文錢紅包。準備離開時，由劉二郎出面，和主家套套交情，不著痕跡地把「用心經營」的名頭說了出去，主家高興地送著他們出了院子，直說往後有事還找他們「用心經營」來搬運。這一樁共掙了三百三十文錢，天微微亮就開始幹活，天色昏暗時才歸家，很累卻很開心。

眼下已經有四天沒有接生意，三人卻不著急，別看只接了兩樁生意，卻已經和他們往常領的月錢接近了，這才只是開始，他們相信用心經營生意會越來越好！

沒活的時候，劉家兄弟就幫著做糕點，這些累活、苦活都由他們來，輕省些的家務瑣碎就由季歌帶著兩個小的拾掇著。最近幾天小攤子的生意呈現逐漸上漲的趨勢，有時候是訂製蛋糕，要求雖頗多，可價格很可觀，有時候是零碎生意，總的來說，一天的收入已經朝七百文進攻。

夜裡季歌和劉大郎躺在床上，照例睡前說說話、聊聊家常，說起小攤子的收益，都在暗暗期待著日收能破七百，等到真有這麼一天，就說明他們離買宅子、店鋪又近了一步，在保證質量的情況下，生意只會越來越好。同時，也有些癡癡地想著，如果「用心經營」一個月能接好幾筆甚至十幾樁活計，稍稍一想，就把這對小夫妻激動得都有些睡不著了。他們的努力沒有白費，付出是有回報的，他們未來美好得像作夢！

劉大郎特別滿意現在的狀態，他不用和媳婦分開也能有活幹、也能掙到錢，他在媳婦面前也能自在些，說話底氣更足點。更重要的是，現在是自己幹活，一般辰時前離家就行，他還能幫媳婦打蛋清、做蛋糕，這活比較累，他以前心疼媳婦，現在好了，幾乎每天都是他在做這事，媳婦總算能輕鬆些了。

家裡的前景這麼好，有時候他會忍不住想，多努力一些、再努力一點，說不定明年年底就能攢夠錢，到時候他就可以和媳婦生孩子。他和媳婦的孩子啊！媳婦定會把他們的孩子養得白白胖胖，會把孩子教養得很好，看三郎和三朵就知道，長大後說不定還會被媒婆們踏破門檻呢，他這個當爹的可得擦亮眼睛好好選，要給女兒挑個好女婿，公婆也要和善；要給兒子挑個好媳婦，性情好、能孝敬公婆的。

每天入睡前，劉大郎都會美滋滋地想一會兒，然後睡得特別香沈，第二天醒來精神格外地好，渾身勁頭十足，充滿了鬥志，用餘瑋的話來說，大郎每天都跟打了雞血似的，亢奮得不行。

三月二十八日，已經接連十天沒有接到生意，三人以為「用心經營」這個月的收益也就這樣了，卻沒想到，下午的時候，柳氏風風火火地跑到了東市的攤位前，跟季歌和餘氏說，小飯館隔壁的鋪面租出去了，老闆想要重新整理裝修，問大郎他們能不能接這活計，若能接，她就立馬回去說一聲，別轉眼活計讓旁人接走了，因為剛搬來交情淺，只招呼了聲，頂不了什麼大用，得快點給個准信。

聽了這話，季歌和柳嬸匆匆忙忙地往貓兒胡同走，恰巧見劉大郎三人剛逛了街回來，湊一塊兒不知道在說什麼，得知柳嬸的來意，三人覺得這活能接，便拎了工具和柳嬸趕回小飯館。

季歌氣喘吁吁地回到攤位前，對著湊過來的餘氏說：「隨著柳嬸去了趟小飯館，今兒個可累著柳嬸了，跑來跑去的，回頭得請他們吃頓飯才好。」

「必須的，也有段時日沒和柳姊嘮嗑了。」餘氏眉開眼笑地接話，又道：「不知道是什麼生意，阿瑋還說，這個月只怕就這樣了，不過也挺好的，雖只有兩樁生意，掙的錢也不算少。哎呀那秈米挺好吃的，煮起來容易不費勁，就是貴了些，若是十文一斤，倒是不用買糙米，直接買秈米算了，那柴木也是錢吶。」糙米八文一斤，比景河鎮貴了兩文。

劉家的口糧是從清岩洞運回來的，只須四文一斤，就是挺累的，那路道太艱難險阻了。季歌聽餘嬸說起這事，才猛地想起，湊近了些和餘氏說：「進了四月，家裡就沒米了，大郎會回清岩洞買米，到時候讓阿瑋一起去，只需要四文一斤，就是山路難走很偏遠，一來一回得兩天整。」

「真的？那太好了。我們村子裡的糙米賣六文一斤，只比鎮裡的便宜一文，以前阿瑋得出門做短工，就直接在縣城買糧了，現在自己接活幹，要方便多了，這口糧上也能省不少錢呢。」

餘氏笑得特別開懷，拉著季歌的手直拍，很真心真意地說：「大郎媳婦妳可真好，在這縣城啊，遇著妳才覺得日子過得要快活些，有點歡喜勁。」

「我們一家剛搬來縣城，也虧得有您和柳叔夫妻在旁提點，才能迅速地把縣城的情況摸清。咱們三家人如今這關係堪比親戚，相互幫襯著是應當的。」季歌眉眼柔和地應著，眼裡滿滿的全是歡喜。

第二十八章

正當兩人聊得興起時，有個年約三十五、六歲的婦女走了過來，笑得一臉和善，臉盤圓圓的，白白淨淨，更顯幾分和氣。「咱們胡同都在說，劉家媳婦做的糕點比店鋪裡的還要好吃，說得我都忍不住了，劉家媳婦啊，給我切塊果脯蛋糕。」說著，她遞出五文錢，又道：「這是玉米發糕吧，劉家媳婦果然手藝好，這平常糕點都能做出不一樣的味來。」

「嬸子也是貓兒胡同的？」季歌包了塊果脯蛋糕遞給她，笑著問了句。

那婦女接過果脯蛋糕也沒急著走，反而站到了攤位後面，看這架勢是想和兩人話話家常。「對，後巷裡的，妳們一般不在那邊走動，怕是沒見過我，我夫家姓吳。」

「吳嬸子，坐會兒？」季歌說著，又從小攤車的下面拿出一張小凳子。

「欸，好，我這也沒事，見妳們說話說得正熱鬧，就厚著臉過來話話家常了。」吳氏笑著接過板凳，看著阿桃和三朵道：「這兩個孩子長得可真討喜，看著就眼饞。」

阿桃和三朵脆生生地喊著。「吳嬸。」露出一個大大的笑臉。

「哎喲，這麼一笑就更討喜了。」吳氏笑著把果脯蛋糕放懷裡，一手拉一個樂滋滋地邊看邊誇著。

季歌和餘氏對視一眼，有些微微的彆扭感，這吳氏也太熱情了點呢！心裡是這麼想，面上卻不顯，笑呵呵地跟著吳氏說話。幾人熱熱鬧鬧、東拉西扯地說了小半個時辰，吳氏才歡喜地離開，走時還邀請她倆有空上她家坐坐，留了詳細的地址，看說話神情都很真心實意，就是態度熱情了點，說不定本身就是這自來熟的性子，不好說。

待吳氏離開後，季歌和餘氏討論了幾句，沒說出個子丑寅卯來，或許是她們想多了，便把吳氏擱一旁不再亂琢磨，只是心裡留了些警惕。看這情況，日後還有機會相處，到底是個什麼樣的人，相處久了自然就知道了。

快收攤時，劉大郎和餘瑋過來幫著收攤回家，自從兩家人合作後，關係就更親密了，見大郎天天幫著媳婦收攤，阿瑋也覺得自己該給娘盡盡孝心，不能讓娘太操勞了，便和大郎約好，傍晚時一起去東市。餘氏見兒子這麼孝順，拉著季歌的手，笑得特別欣慰，連眼眶都紅了，她一個寡婦養大孩子多不容易，好在孩子大了都知道心疼她，再多的苦和累都值了！

這次的活計待遇一般，包中、晚飯，按人頭算每人每天三十文錢，得在進四月前完成，老闆想在月初開店，好在也就是換一下格局，活計不是特別複雜。下午把該拆的拆了，該搬的搬離，見時辰差不多，老闆就讓他們先回家，明天再過來幹活。這小半天的工每人算十文錢，明顯不想管他們的晚飯，三人也沒多說什麼，這行當裡有大方的也有小氣的，只要不太過分就行。

吃飯的時候，季歌心情愉悅地說：「眼看三月快過完，還有兩天二朵該回家了，也不知學了一個月的規矩變成了什麼模樣。」

「和秀秀姊一樣。」三朵飛快地應了句，漂亮的杏仁眼大大亮亮閃著光。

阿桃在劉家住了二十多天，也見過餘秀秀幾回。「和秀秀姊一樣好。」頓了頓，又說：

「好看。」她不知道要怎麼形容，就是覺得好看，特別的舒服，想要靠近和秀秀姊說話，暗地裡她偷偷地模仿了一下，心跳得好快好快，好像要蹦出胸膛般，既緊張又興奮，手心冒了層汗黏乎乎，如果她能變成和秀秀姊一樣的人，姊姊會很高興吧？

明年，姊姊說等她再長高一點，小身板養出了些肉，臉色白淨紅潤些，就送她去錦繡閣試試。她一定會選上的，不可以失敗，她會努力地學，一定要進錦繡閣，讓姊姊為她感到自豪和欣慰。

「三朵也想成為秀秀姊那樣的人嗎？」季歌側頭眉目含笑地看著她。

這話有些微微地拐彎，三朵眨了眨眼睛，過了會兒才答。「不要。」

別說季歌有些意外，連劉家三兄弟都好意外，劉大郎看著三妹，詫異地問：「為什麼？」

三朵紅著臉，低頭扒飯，半天不肯說答案。

「她不想離開大嫂。」到底是雙胞胎，只一會兒三郎便猜出來了。

三朵抬頭怯怯地看著大嫂，她是不是很沒出息？

季歌挾了一筷子肉放到三朵的碗裡。「不要就不要，大嫂手把手地教妳廚藝，妳跟著三郎識些字，往後的日子也好過。」

三朵咧嘴樂滋滋地笑，吃著大嫂挾給她的肉肉，覺得開心極了，肉嘟嘟的臉蛋紅撲撲，一雙眼睛水潤亮光。

「大嫂，妳別太慣著三朵。」劉二郎小聲地嘀咕了句。憂心忡忡地想三朵太呆、太憨了，再這麼慣著，說不定嫁了人還得讓大嫂牽掛操心。

夫妻倆私下話家常的時候，季歌曾提起幾個孩子往後的發展，劉大郎見三妹正合了媳婦的意，覺得這樣也不錯，同時深深地覺得，他媳婦可真好，把弟妹顧得妥當不說，連往後都操心著，就是父母在世時，只怕也沒有她想得這般周全，內心生出的歡喜，如同冬天裡泡熱水澡，舒服得沒法形容，一身的疲累消散不見，只剩下滿心溫暖。

「三朵的性子跟在媳婦身邊要好些，再讓二朵教些簡單的繡活，也就差不多了。」找個人口簡單、知根知底的人家，公婆憨厚和善，依著三朵的性子，定能把日子過好，不說大富大貴，安安穩穩總可以的。劉大郎瞬間有種當爹的即視感，他最近就愛有事沒事琢磨這些沒影的事，一個人樂呵。

劉二郎看了眼大哥，邊吃著飯邊想，依大嫂的性子，二朵和三郎都有了出息，必不會落下三朵，怕是早就有了規劃，想著他眼裡有了笑意，大姊有句話沒有說錯，大哥能娶到大嫂是劉家的福氣。「三朵能學到大嫂五成的手藝，就萬事不愁了。」

「大嫂教的我都能學會！」三朵難得大聲說話，她才不會讓大嫂失望。

看著她那氣呼呼的模樣，臉鼓得像極了一顆包子，全家人都哈哈地大笑起來。

三朵擰著眉頭，認真地說道：「我是慢了點，可大嫂教的我都能學會。」頗有股惱羞成怒的意味。

誰知她這話剛落音，大夥兒笑得更開心了。

阿桃笑嘻嘻地安慰她。「三朵，我們都相信妳，是替妳高興呢。」

樣。

「真的嗎？」三朵一臉的狐疑，怎麼看都覺得家人笑得怪怪的，根本不是阿桃說的那樣。

「真的。」阿桃眼裡的笑多了幾分，忍不住伸手捏了捏三朵的臉。「吃飯吧。」

呆呆的三朵瞬間福至心靈地懂了，家裡人是在笑她的模樣，二姊就喜歡捏她的臉，說她像顆大饅頭，想通了她就不氣了，仰著臉跟著憨憨地笑。

三郎瞅了瞅身旁的三朵，慶幸地想，還好他比較懂事，往後有他護著三朵，大嫂就能省些心了。他沒有跟任何人說，他想得還更深遠些，他想考取功名，不僅是為劉家光宗耀祖，更是因為，他有出息了，家裡人就能過得快活輕鬆些。

晚飯過後是學習時間，季歌拾掇著瑣碎家務，忙到一半時，聽見有人敲門，她匆匆忙忙地打開大門。「餘嬸。」

「收拾著呢？」餘嬸說著進了屋，撩起袖子很自然地打了盆水清碗筷。「我剛和阿瑋說了，讓他明天跟柳姊說一聲，傍晚過來吃飯，說起來，柳姊還沒上我家吃過飯呢。」

季歌吃晚飯的時候，本來想說這事來著，結果一笑一鬧給忘了。「那行，用這理由說話，我看行，柳叔他們也就不好推託了。」說著，又道：「不對，餘嬸我記得四月初正好是秀秀回家，我家二朵也該回家了，咱們把時間推到四月初如何，三家人湊一塊兒好好地熱鬧熱鬧，下午早點收攤好好地整一頓豐盛點的。」

「這好，這主意好！」餘嬸一聽笑成了一張菊花臉。「一會兒我和阿瑋說說。」又道：「四月初得進清岩洞買糧食，這事和柳叔他們說說？」

季歌點著頭。「一併說說，四個人正好租兩輛牛車。」這算不算是給清岩洞招財了？想著她眼裡的笑意更深了，突然往深裡一想，眼裡的笑僵了僵。「餘嬸咱三家一起購糧，價格可能會漲一點，畢竟農家一年到頭就靠著地裡掙點錢，累點苦點無所謂，清岩洞的糧運出山到景河鎮能賣到五文呢。」

「這……」餘嬸神色僵了僵，沈默了會兒說：「五文也不錯了，一年下來也能省點錢，農家掙點錢也是不容易，全得看老天給不給活路。」她家漢子還在時，一家人就是靠種田為生，交了稅餘下的也僅夠溫飽，年頭忙到年尾也攢不了幾個錢，想到這裡，她重重地嘆了口氣。「過日子都難著呢。」

見餘嬸沒生什麼情緒，季歌不著痕跡地鬆了口氣，她和清岩洞的幾戶人家關係也好，不想他們太吃虧。「不一定到五文，應該是四文半一斤，畢竟咱們千里迢迢地進清岩洞買糧，怎麼著也不會按景河鎮的價格來算。」如此也就差不多了，對兩邊都挺好的。

「能四文半那是最好了。」餘嬸樂滋滋地笑。「那這事讓大郎去說？明天說吧，後天也行……不行，一來一回得兩天，這買糧的事得放在初二，初一咱們三家人吃飯時說吧，正好當個話題。」

「對。」季歌點著頭。「明、後兩天大郎他們得忙著幹活呢，初一去又不能趕回來，初二說正好合適。」

等瑣碎活都拾掇妥當了，餘氏高高興興地回了小楊胡同，季歌送著她出門，目送她走遠了，才關緊大門。這會兒天色昏暗，家家戶戶都點了油燈或是掛了燈籠，夜風輕拂略有幾分涼意，卻不覺得冷，再過一段時間，會變得晝長夜短，還能省點燈油錢呢。

「啪、啪、啪」的拍門聲伴隨著說話聲響起。「劉家媳婦。」

吳嬸？季歌心裡犯著嘀咕，轉身打開了大門，笑著說：「吳嬸。」

「這是我閨女。」說著，對身旁的秀麗姑娘說道：「這是劉家媳婦，妳喊嫂子就行。」

季歌聽著這話忙說：「喊我劉家嫂子就好。」又誇了句。「小姑娘長得可真標致，白白淨淨的。」

小姑娘……吳嬸的笑臉僵了下，瞬間又恢復了。她閨女比劉家媳婦還要大一點呢，說也奇怪，這劉家媳婦都嫁人了，怎麼看著還跟個小姑娘似的，瞅著跟她閨女差不多的感覺。

「劉家嫂嫂。」秀麗的姑娘輕聲細語地喊了句，不著痕跡地打量著。

到底是小姑娘，嫩著呢。季歌一下就發覺到了，卻沒有點破，笑盈盈地站著，任她打量，大大方方地和吳氏說道：「吳嬸帶著閨女這是上哪兒去？」

「剛從大嫂家吃了晚飯回來，在胡同口碰見了餘家妹子。」說著，遞出一個油紙包。「這是我家大嫂給的，妳也嚐嚐味道，不是咱們松柏縣的吃食，剛剛餘家妹子也接了份，我還想著明兒個送給妳們，誰知今晚就碰個巧。別跟吳嬸客氣啊，接著吧，妳家孩子挺多，讓他們也嚐個新鮮，就是不多，一點心意罷了。」

這話說得可真漂亮，全全面面、滴水不漏，季歌思索著也沒多推託，笑著接過油紙包。「吳嬸話都說到這分上，那我就不客氣了。」

「甭客氣，我這人啊，就是這性情，就愛跟人打交道，碰著合眼緣的就特別高興。我那兩個兒子有出息，如今手裡也沒什麼事，整天閒著就喜歡跟人嘮嗑打發時間，劉家媳婦莫要覺得我嘈雜就行。」說著，吳氏又樂哈哈地道：「這天色也挺晚的，就不閒聊了，往後有空咱們多說說話。」

季歌聽著她這噼哩啪啦的一串話，笑著說：「吳嬸走好。」站在大門口送著母女倆走遠了才關門。到底是沒有說出那句「往後兩家多走動走動」，她仍覺得這吳嬸爽朗過頭了些，然後是那吳家小姑娘，感覺有點古怪，先不鹹不淡地處著，看看情況吧。

關緊了大門、落了鎖，季歌看著手裡的油紙包，明兒個得和餘嬸琢磨琢磨。

走遠的吳家母女倆，吳家姑娘抿了抿嘴，聲音小小的隱含擔憂。「娘，這樣能行嗎？我怎麼看著那劉家嫂子好像對咱們不大熱絡。」

「劉家媳婦戒心可真重。」吳氏沒想到，她話都說這分上了，那劉家媳婦竟然還這麼不鹹不淡的，有點頭疼，往常她和別的人家打交道時，都沒出現這樣的情況。

吳家姑娘猶豫了下，支支吾吾地道：「娘，她、她、她莫不是瞧出來了？」聲音低得幾乎聽不見。

「怎麼會！」吳氏趕緊否定，安撫著閨女。「不可能的，這事就咱們兩個知道，別想太多，我再琢磨琢磨哪裡出了錯，趁現在情況不是太壞，及時改正就行了。」

第二十九章

緊趕慢趕的，劉大郎三人總算在三月底把店鋪裝修完畢，天微微亮就起，天色模糊才歸家，相當地累，且伙食不大好、老闆太吝嗇，甚至妄想在工錢上剋扣些，好在劉大郎他們三個也不是吃素的，人高馬大的青年氣勢足著呢，三兩下就把那老闆給鎮住了，讓他不得不乖乖地掏錢出來。

到了四月初秀秀和二朵歸家的日子，大郎和二郎因為不放心，看著時辰差不多，就領著阿桃和三朵到錦繡閣接人。錦繡閣門口站了近十個人，都是過來接人的，有兩戶是全家都出動了的，有說有聊還挺熱鬧，氣氛滿不錯，二郎和大郎也和其中兩個男的聊起天來。

吳氏昨夜躺床上細細地琢磨了半宿，還真想出了點頭緒，依著劉家媳婦戒心重又謹慎，想來是她太過熱情了，讓人心生狐疑，便暗暗決定，從明天起就算心急也要收斂點，先溫水煮青蛙慢慢地來，待關係親暱些了，談起親事來也就不覺得突兀丟臉，關係要好的兩家只要孩子對眼了，長輩會先說個章程，然後才請媒婆出面。

也是她沒想周全，心急地請了柴家婆娘出面，把事情給搞砸了。最初見這劉家是從山溝裡搬出來的，她就想著，既然閨女看上了劉家二郎，便打算招了做上門女婿，反正劉家父母早死，那劉家大嫂怕是巴不得二弟被招上門當女婿，不僅能省大把銀子還能省掉不少事。

萬萬沒有想到，那劉家媳婦居然不答應！不僅不答應，還把柴家婆娘給趕出來了，裡面肯定有什麼貓膩，不然依著柴家婆娘的性子，怎麼會這麼快就息事寧人，可恨她死活不說出來。早先請柴家婆娘說親，就是想著好不容易碰著了閨女歡喜的，怎麼著也得把這親事說成了，閨女眼看就要滿十七了，再耽擱下去，名聲只會越來越不好聽。

就今年上門來提親的人家，都是些拐瓜劣棗，還不如前兩年說的人家呢，這樣的人家不說她閨女，就連她都看不上。可大嫂說了，再這麼挑下去，往後怕是沒哪個媒婆願意上門了，就算有人願意說親，條件只會更差，她可不想閨女一輩子就這麼毀了。

既然劉家不願意做上門女婿，那閨女嫁過去也行，等往後劉家搬回山溝裡時，她出些銀錢讓閨女一家租個小鋪面，依著劉二郎的能力，撐起個小鋪面還是行的，日子也就不難過了。

其實她私心裡有些不滿意這劉二郎，倘若願意做上門女婿還好，偏偏劉家媳婦不識抬舉，也不知道閨女怎麼著就死心眼了。眼下說親的幾戶裡，劉二郎也算上等了，大嫂說得對，不能再挑了，就這麼湊合著吧，大不了往後偷偷的多接濟接濟。

為了寶貝閨女吳氏也是愁白了頭髮，把家裡拾掇妥當後，便去了東市，買了些菜，繞去了劉家攤位，笑呵呵地說：「劉家媳婦給我塊果脯蛋糕，別說，味道是真好！」說著，不經意地問了句。「昨天的吃食妳們覺得味道如何？我覺得稍油膩了點，口感還不錯。」態度不過分親密熱情，也不覺得生硬做作，很自然。

季歌包好一塊果脯蛋糕，遞給了吳氏，卻沒有接她的錢。「吳嬸昨天請我吃新鮮吃物，今兒個我請吳嬸吃蛋糕。」

「那我不得賺了？」吳氏倒也沒說什麼，把錢收了起來，接過蛋糕看向餘氏，打趣道：「餘家妹子是不是也要請我吃自家做的吃食了？」

聽到這裡，餘氏才明白她前面那句賺了是什麼意思，覺得這吳氏也是個風趣的人，笑著道：「大郎媳婦都送蛋糕了，我若不送，回頭妳不得嘀咕我小氣了？下午我炸吃食時，妳儘管過來，敞開肚子吃。」

「那我就當真了。」吳氏見好就收，不再逗留。「家裡還有點瑣碎活我得先回去了。」說罷，匆匆忙忙地走了，懸在嗓子眼的心落回了肚裡，看模樣她是猜對了。

待人走遠後，季歌對著餘氏說：「嬸子，今兒個吳嬸好像正常些了。」

「應該是察覺出來了。」餘氏說著，又道：「我跟街坊鄰居打聽過了，這吳氏就是這麼個性子，我瞅著還不錯，挺有分寸的。」

季歌點點頭。「今天跟她說話舒坦多了，沒了那股彆扭勁。」

臨近午時，季歌估摸著家裡人也該回了，二朵一個月沒著家，中午得整頓豐盛的。「餘嬸，中午別張羅了，和阿瑋一併上我家吃吧，反正傍晚都得去您家。」

「好哩，現在就收攤，正好把菜買齊了。」餘嬸說著，眉開眼笑地看著季歌。「大郎媳婦傍晚妳得給我搭把手，我這手藝就家常菜能拿得出手呢。」

季歌麻溜地應道：「我瞅著申時過半咱們就可以收攤回家張羅著，依柳嬸的性子，也會早早過來搭把手。」

推著小攤車擱到了寄放處，和那看守的人閒聊了兩句，餘氏和季歌拐進了菜市，菜市和小吃街一樣熱鬧，就是氣味沖了些，有些刺鼻，稍緩和了會兒，倒也沒什麼。

「大郎媳婦妳跟我琢磨琢磨，三家湊一塊兒人多，怎麼著也得整八大樣菜，妳看看整哪些菜比較好？」餘嬸心裡大概有個底，就是想再聽聽季歌的意思。

季歌瞅著跟前魚攤的魚很新鮮，活蹦亂跳的，她邊挑著魚邊想。「一碗肉、一碗魚、一碗骨頭湯，這三樣得有，剩下的五樣，餘嬸您想做什麼？」

「韭菜煎蛋，現在的竹筍也鮮嫩，菌子肥美，再添一把野青菜，殺隻雞吧，別燉湯，孩子們喜歡吃爆炒。」別的都好，餘氏就是有點點肉疼，好幾百文錢就沒了，肉疼歸肉疼，這該花的還是得花。她也知，太摳門小氣是交不到什麼好鄰居的，更別提眼下他們三家關係好著呢，自然得好好張羅著，借著這飯桌把感情再深厚深厚。

季歌捕捉到餘嬸眼底一閃而過的隱晦情緒，粗粗算了算這菜單，得花費小半個月的菜錢呢！或許可以換個方式，雖沒有明說實則都清楚，吃飯是其次，加深感情才是重點，得把氣氛整熱鬧些，要說這熱鬧氣氛啊，吃火鍋時最給力了。「餘嬸我想著，咱們可以換個花樣，吃點新鮮的。」

「啊？」餘氏愣了愣，看著季歌，不大明白她嘴裡的「新鮮」是個什麼意思，她說的這幾樣菜還不夠新鮮嗎？

季歌笑著說：「咱們今晚做個大火鍋，正好火爐和鍋子都不缺。」說著，又想了想。「咱們做個骨頭菌湯當鍋底，味美鮮香，五花肉可以買兩斤，買條三斤重的魚，野菜得買兩把，土豆得買點，豆芽菜得買點，嫩竹筍也買點，韭菜也買兩把，蘿蔔買兩條，我家還有曬乾的蘑菇回頭再拿些過去，應該就差不多了。」

「大郎媳婦妳說的是什麼，我沒聽明白。」餘氏略顯窘迫地開口。

季歌越想越覺得這主意好，親暱地挽上了餘氏的胳膊。「餘嬸您就相信我吧，保證把今兒個的晚飯整得妥妥的，讓大夥兒都吃個盡興開心，還意猶未盡呢！」

「行，那我就交給妳了，咱們買菜去。」餘氏喜滋滋地想，就知道大郎媳婦是個心思活絡的，看她高興的樣子，今晚這頓飯定是好的。

在菜市細細地逛了近半個時辰，總算把該買的菜都買整齊了，兩竹籃子裝得滿當當。

「餘嬸要不要準備點小酒？」柳叔好像是喝酒的，可自家兩兄弟卻沒見喝過，季歌這才後知後覺地想，莫不是她沒準備，他們便沒有喝了？

餘氏應是和季歌想到一塊兒了，嘀咕著。「柳哥應該會喝點酒，成，咱們去買點酒。」錢都花了這麼多，再添點酒錢也沒什麼了。

到了買酒的地方，季歌才曉得自己想癡了。這世道糧食是個金貴物，酒就成稀罕物了，哪是尋常人家能消費得起的，也就偶爾喝兩口。

都午時過半了，買好了酒，季歌和餘氏匆匆忙忙地往貓兒胡同趕。

「大郎媳婦我先回家把菜擱好，順便和阿瑋說聲，帶他過來吃飯。」到了貓兒胡同口上，餘氏停下腳步說了句。

季歌點著頭。「好。」時間來不及燉骨頭湯，她就買了小排骨，以前她做過一次蒜香炸排骨，二朵極愛吃。

邊敲門邊喊了聲，立即有人打開了大門，二朵歡喜地衝向季歌，響亮亮地喊著。「大嫂我回來了，想我沒？我可想妳了！」

「不害臊。」劉二郎笑著打趣。

劉大郎伸手接過季歌手裡的籃子。「別站大門口，進屋說話。」

「欸，大嫂大嫂，妳瞅瞅我是不是變漂亮了。」二朵開心地拉著大嫂的手往屋裡走了好幾步，見大哥關緊了大門，便鬆開了大嫂的手，俏生生地往那兒一站，笑得眉眼彎彎，嫩黃的衣裳襯著她白淨的臉，明媚的笑容都添了幾分嬌美。

季歌驚呆地看著她，笑著調侃。「這是哪來的姑娘，可真漂亮！」心裡是真驚訝，錦繡閣格調高就是不一樣，才學了短短一個月的規矩，二朵就有了些許的氣質，小姑娘亭亭玉立的模樣，真招人喜歡。

「大嫂我跟妳說，我學得可認真了，這一批的姑娘裡頭就我學得最好、最認真，師傅還誇獎我了。」說著，她立即變成懶骨頭撒嬌似地抱著季歌的腰，把腦袋埋在她的懷裡，聲音有些悶悶的，不是很清晰。「大嫂，一個月過得可真累，尤其是頭幾天，每天早上醒來都是種酷刑，哪兒都疼疼疼疼，有好些姑娘就是這樣沒撐過。」

季歌伸手摸摸她的頭頂，輕輕柔柔地安撫著。「都過去了，往後啊，二朵可不能鬆懈，這才剛剛開始呢。不過妳能挺過這一個月的學規矩，後面再難都不是事了，我相信妳能很好地適應。」

「師傅很喜歡我，她悄悄跟我說，倘若這五年我能在錦繡閣咬牙堅持住，把繡技學妥當了，若是被閣主看中，說不定能當個繡藝師傅，那可就風光了；再不濟，出了錦繡閣，也可以去大戶人家當教習，教導閨中女子學繡，有頭有臉的深宅大院進不了，可一般的中等門戶還是可以進的，錦繡閣出來的繡藝師傅向來吃香。」

季歌一聽怔住，前景這麼好？她問道：「錦繡閣的繡技能隨便教人？」

「也不是，師傅說錦繡閣有種撐門面的繡技，深受上流圈子的喜愛，想學這種繡技，就必須賣身給錦繡閣。旁的繡技只要能學到，就算自己的本事，教給別人也無妨。」二朵很有雄心壯志地道：「大嫂我決定了，定要在這五年內，把錦繡閣大大小小的繡技都參透！」

「妳自己把握好就行，不能太勞累了，小小年紀傷了眼睛不好；還有啊，凡事貴精不貴多，太貪吃容易分神，不能專注一種就很難參透。」季歌慢聲細語地說著，又道：「錦繡閣是不是教妳識字了？」

二朵連連點頭，兩眼放光。「對。上午是識字，下午是學規矩，記憶力不行的也被退回來了，真的好嚴格。進了錦繡閣後，還得每天上午跟著夫子學習三個月識字，下午是學繡技，還有啊，一月一小考，三月一大考，若是連最基本的要求都達不到，就有可能被辭退。」

季歌聽著略略皺眉，可真嚴格，難怪待遇這麼好。

二朵見大嫂皺眉，便笑著說：「大嫂我沒事，我樣樣都好著呢。」

「二朵覺得好就好，努力的同時可千萬要顧好自己的身體，什麼都比不得身體重要，少了健康，想做什麼都寸步難行。」劉家的孩子，志向一個比一個高，也就三朵好點。季歌有些憂心，有顆奮鬥的心是好事，卻也不能過了頭，許是她想多了，他們心裡都敞亮著呢，都是明白人。

二朵很認真地點頭。「大嫂我知道的，不會讓妳擔憂牽掛，我會顧好自己的。」

「好。妳啊，好好在錦繡閣裡學著，回頭也教教阿桃和三朵，讓她們學點皮毛也是好的。」季歌心裡一陣鬆快，孩子懂事，她就能少操點心。

「大嫂，我剛回來我就說啦，我會好好教她倆的！不認真學？哼哼。」二朵誇張地做著表情。

把一家人都給逗樂了。

餘家母子剛走到大門口，就聽見從裡面傳來的笑聲，立即就被感染了，眉眼裡都有了笑意，對著身旁的兒子說：「頭一回見到這麼和氣的一家子，天天都熱熱鬧鬧、笑聲不斷。」說著，便拍門喊人。

「餘嬸，阿瑋哥。」阿桃站得最近，麻利地打開了大門。

「老遠就聽見你們的笑聲。」餘氏進了屋，笑著說道。

季歌一拍腦袋。「光顧著說話，都忘記張羅午飯了，來來來，餘嬸快給我搭把手。」

「飯已經煮上了，魚也清理妥當了。」劉大郎在旁說著。

三朵拉著阿桃顛顛地往廚房跑，要給大嫂打下手。

「大嫂我也來。」見人都往廚房鑽，二朵笑嘻嘻地也湊了過去。

劉二郎對著其餘兩人笑道：「那咱仨話話家常。」

吃過午飯，將家裡的瑣碎活都拾掇好，餘氏回了小楊胡同睡會兒午覺，二朵興致勃勃地拉著三朵和阿桃進了屋，教她們繡簡單的繡活，劉大郎三人出了家門，不知道去哪兒閒逛。

季歌把衣服理了理，進了四月，天氣漸漸溫熱，有些厚襖子、棉外套等可以收起來，把薄春襯疊在最上面，鞋子也得換成單布鞋。她做衣服不行，做鞋子的手藝還成，平日裡守著攤子，沒生意時也能見縫插針地忙一小會兒，就是速度有點慢。屋裡收拾妥了，她站在下屋的門口瞅了會兒，見二朵認真教著，三朵和阿桃用心學著，她沒有出聲，又笑著退回了屋裡。

下午剛擺攤沒多久，吳氏果真又過來了，手裡還拎了個小籃子，不像是菜籃，比較小巧精緻，剛靠近就衝著餘氏笑。「遠遠的就聞著一股香味，餘家妹子我就不客氣了，拿兩個嚐嚐味。」她打聽過了，這餘氏就是個爽朗的性子。「真脆真香，沾了點芝麻就是香。」

「妳拿這邊的吃，這邊炸了一會兒，不會燙嘴。」餘氏笑著提醒，拿了個板凳擱一旁。「要不要坐？」

吳氏邊嚼著邊應。「坐，我坐會兒，下午最清閒了，我還特意拿了點瓜子過來，來，嗑瓜子打發時間。」說著，衝旁邊的季歌道：「劉家媳婦也來拿一把。」又對著對面的兩個大娘道：「王家妹子、李家大娘妳倆也過來，沒事咱們扯著嗓子、說說閒話唄。」

俗話說三個女人一臺戲，五個婦人湊一塊兒，都快趕上兩臺戲了。婦道人家嘮磕左右離不開東家長、西家短的，說完家裡的瑣碎就道別人家的八卦，話題一個接一個都不帶停歇的。季歌和餘氏兩人要稍稍內斂些，大多數是聽著她們三個亂侃，偶爾插個一、兩句的。

說著說著就說到了兒女的婚事上，這可是天下父母的一個心病，季歌和餘氏又聽了好一通報怨，尤其是餘氏也正日夜琢磨著這事呢，於是話就多了些。

那李家大娘聽了餘氏的念叨，笑著打趣道：「我看吶，吳家的閨女、餘家的兒子，年歲正好合適呢。」

王家妹子聽了這話，一拍大腿，樂不可支地道：「可不就是，餘姊家的大兒模樣端正，長得也高高壯壯的，多好的一個後生，聽說現在不跟著別人幹活，和劉家兄弟一起自己找活幹呢，這可是個好路子，養家餬口足夠了。」說著，又衝著季歌笑了笑，笑得更樂了。「我記得劉家也有一個好後生呢，模樣也怪好，我見過兩回他去河邊洗衣裳，洗得還挺有模有樣的，是個會疼人的。」

餘氏隔壁的攤位聽見這邊熱鬧著，忍不住也搬了個凳子過來，接了句。「劉家那後生確實好啊，前陣子我蹲河邊洗衣服，起得猛了些，犯頭暈，差點就摔河裡了，幸好他在旁邊伸手扶了我一把。唉，想想就後怕得緊，劉家後生還沒說親呢？」這話是對著季歌問的。話說她也有個小閨女沒嫁人呢，虛十三歲，早知道劉家後生沒有說親，她就該鼓起勇氣和劉家媳婦打打交道。

季歌一見這陣勢，心裡有些發虛，忙搶著答道：「沒呢，他年歲還小，這個四月裡才滿十五，他說想等到十八再來說親，那時候手裡也攢了點錢，用不著媳婦跟他受苦受累。」二郎這桃花真夠多的！

「還沒滿十五?!」吳氏正暗暗高興著，這話總算說到點上了，這會兒聽了季歌的話，一腔歡喜頓時化為烏有，一臉驚悚地看著季歌。

餘氏在旁瞅著忙道：「沒呢，家裡父母走得早，孩子經的事多，就顯得沈穩些，看著年歲要大點。」

「還真看不出來，爹娘死得早，日子不是很難過嗎？瞅著劉家也沒受什麼影響，孩子個個都長得不錯。看我娘家弟弟，從小到大吃得忒多，盡往橫裡長，就是不見拔高，愁死人了。」王家妹子一臉的怨念。

好一個柴家賊婆娘，還說什麼劉家是不願意當上門女婿，又貪了她五百文錢，結果仍把事情搞砸了，她還以為是劉家不識抬舉呢，原來最大的問題在這裡！吳氏氣得不行，臉色忽紅忽白忽青，一臉的憤怒怨恨，真當她的錢財是那麼好得了？她可記得清清楚楚，一共是八百文錢，且等著！定讓她全部吐出來！死賊婆，黑心腸的爛貨！

不滿十五歲？不滿十五歲！她閨女都快十七了！萬一她真開口跟劉家媳婦提了這事，人家不知道得怎麼笑話她，她閨女的名聲就徹底地毀了，那個殺千刀的破爛貨！吳氏越想越憤怒，恨不得生吞活吃了那柴家婆娘。

「吳家妹子妳怎麼了？」李家大娘瞅著吳氏有些不對勁，納悶地問了句。

一句話視線就全落吳氏身上了，吳氏忍了忍，忍了又忍，露出一個略顯猙獰的笑。「沒事，就是剛剛想到了一點不好的事，心裡有些犯堵。哎呀，妳們嗑著瓜子，我心口不舒坦，我得回家躺躺，妳們別管我了，我沒什麼事，明天再過來和妳們嘮嗑。」

「那行，妳當心點，別走太急了。」王家妹子憂心地說著，又道：「要不我送妳回家？」看她這模樣，挺讓人不放心的。

吳氏連連擺手。「不用不用，老毛病了，沒事，我先走了，明天再過來找妳們閒聊。」說著，匆匆忙忙地離開，連小籃子都忘記拎了。

季歌目送著吳氏遠去，眼底有著深深的思索，想了會兒，她就擱了這事。

吳氏一走，李家大娘和王家妹子稍稍坐了會兒，因不大熟悉，也沒怎麼嘮嗑就回到了自己的攤位前，倒是餘氏隔壁攤子的仍坐著沒有動，她神情略帶幾分緊張和拘謹，笑容透著幾分不自在，眼神挺真誠的。「劉家媳婦我還沒跟妳道謝呢，早就想著過來串串門子，就是我這性子吧，有點不得勁、太膽小了點，那天的事多虧了妳家後生。」

「沒事，街坊鄰居的幫一把是應當的，換了誰都會這樣做。」季歌溫溫和和地應著。

餘氏在旁邊提醒。「妳家攤位上來生意了。」

「喔，那、那我先過去忙著了。」說著，慌慌張張地拎起板凳往攤位走。

見人都走了，季歌拿了個掃帚把一地的瓜子殼掃到一邊。

吳氏回了家，氣沖沖地進了閨女的房間，直接就道：「婉柔啊，劉家那後生妳甭想了，不合適妳，娘再給妳尋摸個合適的。」

吳婉柔正在做繡活，冷不丁的聽了這話，針尖刺到了手指，這抹疼痛提醒著她，她沒有出現幻聽，娘確確實實是在跟她說話。「為什麼！」她迅速紅了眼眶，淚水在眼眶裡打著轉，情緒很是激動。「娘，您明明答應我，會、會、會如了我的心願！我都這年歲了，好不容易碰著個心儀的，您為什麼又說不合適了？」

「孩子啊，若是可以，甭管多難，我都替妳把這親事說成了，可是、可是真的不行！」吳氏心裡揪著疼，把閨女抱在了懷裡，輕輕地摸著她的頭髮，顫抖地說：「他、他、他連十五都還沒有滿！」都怪柴家那婆娘，太可恨了！

吳婉柔被這話刺激過了頭，兩眼一翻暈倒在她娘的懷裡。

「婉柔！婉柔！婉柔！妳別嚇娘啊，孩子妳醒醒，妳別嚇娘啊！」吳氏急得眼淚都流出來了，紅著眼睛惡狠狠地盯著某處——柴、家、婆、娘！

申時初，柳氏風風火火地走了過來。「興致不錯啊，瞧這一地的瓜子殼。」她倒是不客套，直接尋了個小板凳往旁一坐，從季歌的手裡拿了幾粒瓜子嗑著。「妳倆誰買的？這不像妳們的性子啊。」

「是別人買的。」餘氏把小竹籃遞到了柳氏的跟前。「柳姊儘管吃，還有不少呢。」說著看向季歌。「妳家糕點還剩多少？」她這下午都沒怎麼炸，就怕賣不掉浪費了多可惜，本來成本就高、掙的錢少。

季歌見柳嬸過來就清點了一下。「快了，還有兩份爆米花，一份玉米發糕，就剩這三樣。」

「不著急，這才什麼時辰啊，早著呢。」柳氏邊嗑著瓜子邊說，又道：「我過來的時候，瞅著妳們貓兒胡同可熱鬧了，有衙差在抓人呢，抓的還是個大娘，都這年歲了，也不知道犯了什麼罪？可真丟人。」
季歌和餘氏對視一眼，餘氏吶吶地問：「哪戶人家啊？怎麼一點信都沒有聽著。」
「我急著走路呢，沒太注意，看著吧，不用一宿，今兒個傍晚就能傳遍了。」柳氏小聲地嘀咕著。
這都不是個什麼好話題，稍稍說了兩句，三人便說起別的家長裡短瑣碎事，接近申時半，季歌的糕點全部賣光了，今天她特意少做了一點的，三人便收著攤子往回走。
到了貓兒胡同口上，季歌對著兩人道：「我擱了攤子就領著孩子們過來。」
「行。」柳氏點頭應著。「麻利點啊。」說著和餘氏推著攤子往小楊胡同走。
剛進貓兒胡同，就見有兩個路過的婦女在小聲嘀咕著。「壞事做盡，總算來報應了，我早就看那柴氏不順眼，自從她來了後，周邊被她禍害的姑娘還少嗎？那個喪盡天良的，終於踢著鐵板被收走了，咱們這一區，少了她這個禍害，要清淨不少呢！」
「就是就是，往後日子要好過多了。」說著，又重重地嘆了口氣。「那柴家媳婦真是可憐，瞅瞅被折磨得都沒人樣了，我說呢，怎麼夜裡總會聽見有聲音，我家男人一直說我事多，說那是什麼錯覺，原來是真的！太狠了，這母子看著人模人樣的，真是太畜生了。」
喲，這柴家還真藏了貓膩呢！季歌心裡邊想邊推著攤子往家裡走。算了，這事跟她也沒什麼關係，想著便收回了心神。

——未完，待續，請看文創風450《換得好賢妻》2

2016年9月出版

換得好賢妻

文創風 449～451

她有一個家，有一個對她很好的男人，
她不是一個人，她有家有愛。
前世她獨自一人都能打拚出一條路來，
這輩子是和家人在一起，還有什麼是戰勝不了的，
定也能經營出一份安安穩穩的幸福！

溫馨又溫柔的小確幸／暖和

季歌剛穿越，還沒來得及搞清狀況，就被父母匆匆忙忙地換了親。
嫁去的劉家，父母皆逝，沒有公婆持家，
原是長姊如母，如今劉家的長姊跟她家換親也嫁了人，
她這個新婦長嫂，自然得把劉家長姊的活全接手裡。
數著這一二三四……個小蘿蔔頭，望著家徒四壁的茅草屋，
嘆！真真是巧婦難為無米之炊。
但嫁都嫁了，夫婿又是個體貼、顧著她的，她咬牙也得撐起這個家，
憑著穿越前學得的廚藝，
家裡一餐餐飽了，銀子一點點攢下，小日子過得愈來愈好……
她有信心，總有一天定能發家致富！

流浪貓狗介紹所

為流浪貓狗加油

和貓寶貝 狗寶貝

廝守終生(一定要終生喔！)的幸福機會

對人來說，貓寶貝狗寶貝只是生活的一部分，但妳（你）對牠們來說，卻是生活的全部，領養前請一定要考慮清楚——

▲ 愛黏人的小蜜糖 Miffy

性　　別：女生

品　　種：米克斯虎斑

年　　紀：約6或7個月大

個　　性：活潑、親人，喜愛磨蹭人

健康狀況：未結紮、已打四合一疫苗

目前住所：桃園市龜山區

本期資料來源：台灣認養地圖

『Miffy』的故事：

我與Miffy的相遇是在五月某個涼風徐徐的傍晚。

那天好不容易準時下班回家，打算去超市採買鮮食，準備施展廚藝大快朵頤一番，忽地發現一隻小小的身影在周圍的人行道與店家閒逛，完全不怕生的牠趁客人進門的瞬間溜進超市與店家，帶著好奇心一步一腳印地探索這陌生的世界。只見一臉無奈的店員不斷將Miffy請出店外，免得影響到店裡消費的客人。附近都是車水馬龍的道路，我生怕牠遭受意外，將牠抱起送到超市隔壁的動物醫院檢查是否有植入晶片。很遺憾的是，Miffy身上並沒有晶片；但牠身體健康，個性又不怕生，讓人無法確定Miffy到底有沒有主人。

後來等了好一陣子，都沒有主人與我聯繫，只好先將Miffy從動物醫院接回照顧。活潑好動的牠，有極好的彈跳力。喜歡玩鬥貓棒、追著雷射筆的光點跑，也喜歡藏在窗簾後面跟我玩躲貓貓。Miffy充滿了活力與朝氣，每天一早看到牠心情都會非常地好呢！但我的工作十分忙碌，經常到國外出差，無法好好照顧黏人親人的Miffy，所以希望能尋找一位可以好好陪伴牠成長的主人。

Miffy對人十分依賴，是一隻非常可愛的小淘氣，希望牠能成為你／妳的家人，為你／妳帶來歡樂、幸福與感動～～歡迎來信 gortexlin@gmail.com (林先生)，主旨註明「我想認養Miffy」。

認養資格：

1. 認養者須年滿20歲，有獨立經濟能力，並獲得家人、同住室友或房東的同意。
2. 須同意簽認養寵物切結書。
3. 同意送養人日後之追蹤探訪，對待Miffy不離不棄。

來信請說明：

a. 個人基本資料：姓名、性別、年齡、家庭狀況、職業與經濟來源等。
b. 想認養Miffy的理由。
c. 過去養寵物的經驗，及簡介一下您的飼養環境。
d. 若未來有當兵、結婚、懷孕、畢業、出國或搬家等計劃，將如何安置Miffy？

換得好賢妻 1

國家圖書館出版品預行編目資料

換得好賢妻 / 暖和著. --
初版. -- 臺北市 : 狗屋, 2016.09
冊 ; 公分. --（文創風）
ISBN 978-986-328-638-7（第1冊 : 平裝）. --

857.7 105012850

著作者 暖和
編輯 王佳薇
校對 沈毓萍 黃亭蓁
發行所 狗屋出版社有限公司
地址 台北市104中山區龍江路71巷15號1樓
電話 02-2776-5889～0
發行字號 局版台業字845號
法律顧問 蕭雄淋律師
總經銷 知遠文化事業有限公司
電話 02-2664-8800
初版 2016年9月
國際書碼 ISBN-13 978-986-328-638-7
原著書名 **《穿越之长嫂如母》**，由北京晉江原創網絡科技有限公司授權出版

定價250元
狗屋劃撥帳號：19001626
網址：love.doghouse.com.tw E-mail：love@doghouse.com.tw